WORLD
토브욘
군나르
카말 대사막
리안강
수도
아르네
스벤센
토레
바야크
바야크 저지선
홀리랜드
카롤

룬드
에룬
요르겐
맥클라우드
위그
마고

하라간

ORIGINAL FANTASY STORY & ADVENTURE

쥬논 판타지 장편소설

dream books
드림북스

하라간 13 남북 전쟁의 시작

초판 1쇄 인쇄 2019년 6월 11일
초판 1쇄 발행 2019년 6월 25일

지은이 쥬논
발행인 오영배
편집 편집부
일러스트 유진
본문편집 오정인
제작 조하늬

펴낸 곳 (주)삼양출판사 · 드림북스
주소 서울시 강북구 도봉로 173
대표 전화 02-980-2112 팩스 02-983-0660
편집부 전화 02-987-9393 팩스 02-980-2115
블로그 blog.naver.com/dreambookss
출판등록 1999년 3월 11일 제9-00046호

ISBN 979-11-283-9366-2 (04810) / 979-11-313-0654-3 (세트)

+ 이 도서의 국립중앙도서관 출판시도서목록(CIP)은 서지정보유통지원시스템홈페이지(http://seoji.nl.go.kr)와 국가자료공동목록시스템(http://www.nl.go.kr/kolisnet)에서 이용하실 수 있습니다. (CIP제어번호: CIP2019020912)

드림북스는 (주)삼양출판사의 판타지 · 무협 문학 브랜드입니다.

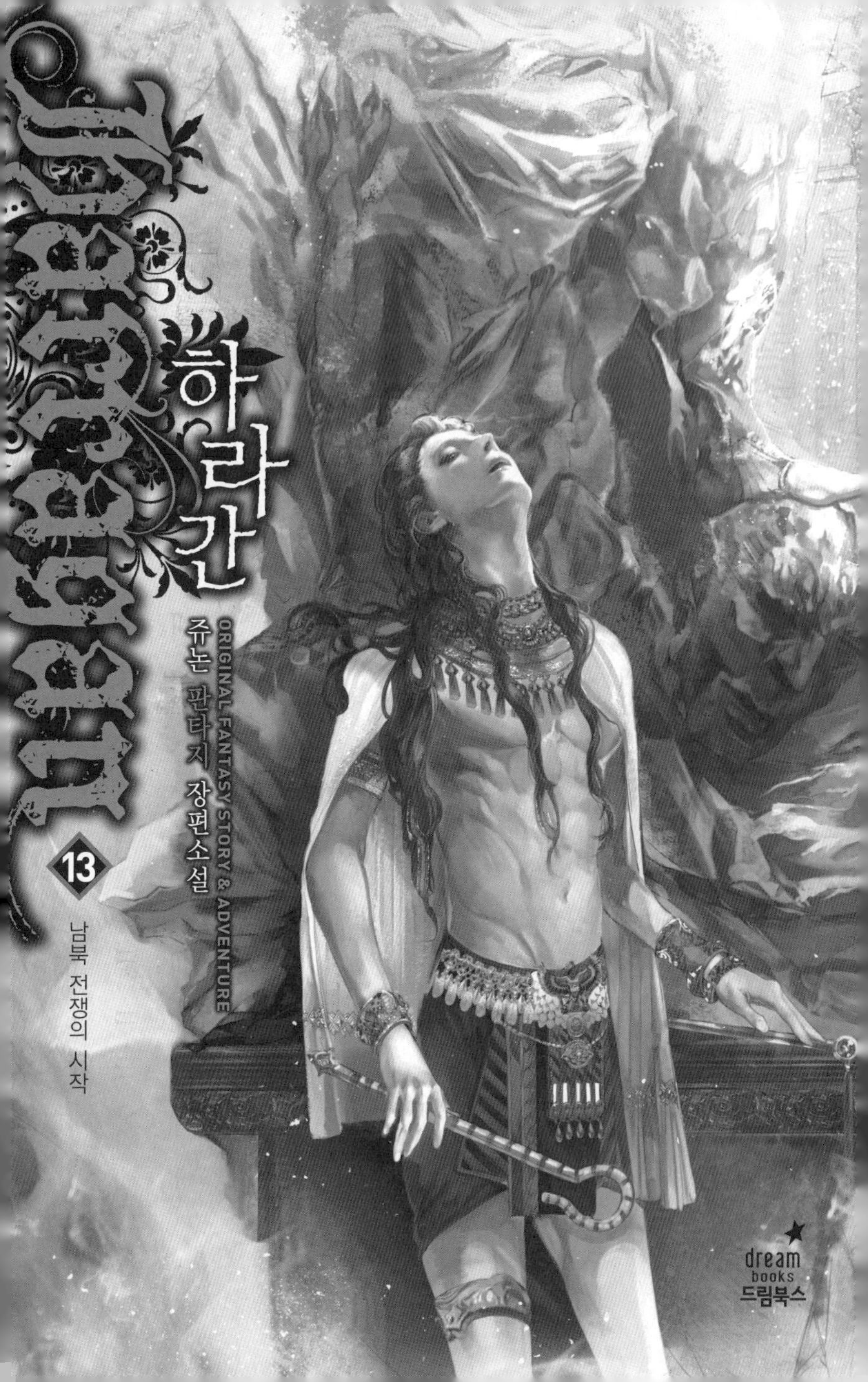

하라간
쥬논 판타지 장편소설
ORIGINAL FANTASY STORY & ADVENTURE
13
남북 전쟁의 시작
dream books
드림북스

목차

사대신수

『성혈의 바하문트』

—신수: 날개 달린 사자

—상징: 공포

—속성: 흙(土), 피(血)

『둠 블러드 이탄』

—신수: 냉혹의 뱀

—상징: 파멸

—속성: 금속(金), 빛(光)

『불과 어둠의 지배자 샤피로』

—신수: 광기의 매

—상징: 탐욕

—속성: 불(火), 어둠(暗), 나무(木)

『포식자 하라간』

—신수: 투명 마수

—상징: 타락, 나태

—속성: 얼음(氷), 균(菌), 물(水)

영멸을 원하는 자여
검푸른 마해(魔海)를 들여다보라
끝을 가늠할 수 없는 그 깊은 심해저 밑바닥에
괴물이 산다

제1화

데스 로즈를 만나다

Chapter 1

"오드가 나의 재림을 부정하였다. 나는 그 죄를 물으러 이곳에 왔다."

하라간의 말이었다.

그의 한 마디 한 마디에 진한 피 냄새가 배어 있었다.

'으으윽.'

아르네 왕국의 원로들은 등골이 오싹했다.

'왕족들이 싹 다 죽어 나가겠구나.'

집정관 디포에우스는 이렇게 짐작하고는 두 눈을 감았다.

아니나 다를까, 홀리 생츄어리의 법주들이 배교자 오드와 그 혈육들을 종교 재판에 넘겨야 한다고 입에 거품을 물었다. 결국 디포에우스는 왕족들이 피신해 있는 새벽여신의 신전으로 하라간을 안내할 수밖에 없었다.

"오드가 주로 머물렀던 곳이 이곳인가?"

하라간의 물음에 집정관 디포에우스가 즉각 대답했다.

"그렇사옵니다. 그는 시도 때도 없이 이곳에만 머물렀사옵니다."

디포에우스는 커다란 몸체를 굽실거리며 말했는데, 그의 어투 속에는 오드에 대한 원망이 녹아 있었다. 디포에우스가 오드를 "위대하시고 또 위대하신 분"이라는 수식어 대신 "그"라는 3인칭 대명사로 낮춰 부른 것은 바로 이러한 원망 때문이었다.

하라간의 친위대원들과 온바, 뮬러러는 디포에우스의 이런 태도를 당연하다는 듯이 받아들였다. 심지어 아르네 왕국의 원로들도 디포에우스의 말에 전혀 거부감을 느끼지 않았다. 하라간은 신인이었다. 제아무리 오드라고 해도 신인을 부정하는 참담한 배교 행위를 저지를 수는 없는 법. 그런 중대한 죄를 지었다면 죽어서 영혼까지 축출당하는 것이 마땅했다.

하라간이 무표정하게 발걸음을 옮겼다.

사람들이 그 뒤를 졸졸 쫓았다.

'치잇.'

우르르 몰려오는 하라간 무리를 보면서 페리쿨라, 아니 데스 로즈는 입술을 꼭 깨물었다.

'일이 꼬였구나. 꼬여도 아주 더럽게 꼬였어.'

데스 로즈는 원래 전쟁의 혼란한 와중에 이 왕궁을 뜨려고 마음먹었다. 그런데 그만 도주할 기회를 놓치고 말았다. 하라간이 왕궁을 점령하는 속도가 너무도 빨랐던 탓이었다. 데스 로즈가 속으로 한탄했다.

'죽는 것은 두렵지 않다. 하지만 내가 이곳에서 죽거나 감옥에 갇힌다면 내 아들 카일의 복수는 누가 해 준단 말인가? 아아아, 새벽여신께서 내게 어찌 이런 큰 형벌을 내리신단 말인가?'

데스 로즈의 등 뒤에는 화려한 복장의 부녀자들이 득실거렸다. 그녀들은 겁먹은 표정으로 몸을 웅크렸다. 대부분은 아르네 왕국의 왕족들이었는데, 그 가운데 유독 한 명, 50대로 보이는 귀부인이 눈에 두드러졌다.

그녀의 이름은 바스테트.

오드의 손자며느리이자 필로프의 부인이 바로 이 여자였다. 다른 여인들은 바스테트를 중심으로 뭉쳐서 서로의 손을 꼭 붙잡았다.

바스테트의 남편인 필로프는 대아르네 왕국의 후계자였다. 그런데 두 달쯤 전 룬드 왕국에 침투한 아들을 만나러

갔다가 그만 하라간에게 붙잡혀 포로가 되었다.

그보다 한발 앞서 필로프의 아들인 모크도 반병신이 되어 하라간의 손아귀에 떨어졌다. 모크는 시노브 공주의 정신을 제압하여 룬드 왕국을 집어삼키려 시도했다가 하라간에게 철퇴를 맞았다.

남편과 아들이 실종된 악재 속에서도 바스테트는 대아르네 왕국의 왕세자빈으로서 내궁의 구심점 역할을 하며 의연한 모습을 보였다.

오드는 그런 손자며느리를 기특하게 여겼다. 그러곤 바스테트를 위해서라도 하루빨리 필로프와 모크의 행방을 찾으려고 노력했다.

그렇게 매사에 당차던 여장부 바스테트가 오늘은 다리를 후들후들 떨며 불안한 기색이었다. 바스테드의 주변에 모인 여자들과 아이들도 모두 오들오들 떨면서 왕국을 침탈한 정복자를 맞이했다.

하라간의 시선이 바스테트를 빠르게 훑고 지나갔다.

'저 여자가 핵심 인물이군. 누구지? 오드의 부인? 아니면 필로프의 부인?'

이어서 하라간의 눈이 데스 로즈에게 멎었다.

옆에서 디포에우스가 목청을 가다듬어 아뢰었다.

"험험. 신인이시여, 저 여인이 바로 새벽여신을 섬기는 페리쿨라 여신관이옵니다."

"새벽여신? 북부에서 다른 신을 섬기는 자가 있던가?"

하라간의 반응이 싸늘했다.

홀리 생츄어리의 여덟 법주들이 당장 도끼눈을 떴다.

"다른 신이라니요? 절대 불가한 일이옵니다."

"이곳 북부에서 신인 이외에 잡신을 섬기는 불측한 자들은 일부 있사오나, 이렇게 대놓고 잡신의 신전을 세우는 사례는 없었사옵니다."

"마땅히 신인 한 분만을 오롯이 섬겨야 할 아르네 왕국이, 왕궁 한복판에서 남몰래 불경한 짓을 저지르고 있었다니, 으으읏! 이건 도저히 참을 수 없사옵니다."

"마땅히 신벌을 내리시어 이 잡신의 신전을 불태워야 할 것이옵니다."

"뿐만 아니오라 잡신을 섬기는 자들의 눈을 뽑고 혀를 자르고 사지를 절단해야 마땅할 줄 아옵니다."

"신인께서 한 말씀만 하소서. 저희가 홀리 생츄어리의 집행자들을 동원하여 이 이단자들을 엄중히 재판할 것이옵니다."

"신인의 혈통을 이어받았다고 자랑하던 아르네 왕국이 왕궁 안에 이런 잡신의 신전을 세우다니요? 아르네 왕국이 멸망하기 잘하였사옵니다."

"아암, 당연히 멸망해야 마땅하옵니다."

8명의 법주들이 제각기 열변을 토했다. 흥분한 법주들은 당장에라도 집행자들을 동원하여 새벽여신의 신전을 박살 낼 기세였다.

"흐읏."

데스 로즈가 곤혹스럽게 얼굴을 구겼다.

"마마, 어떻게 하면 좋아요? 흐흐흑."

아르네 왕국의 부녀자들도 발을 동동 구르며 바스테트의 옷깃을 붙잡았다. 바스테트가 두 팔을 벌려 부녀자들을 보호하려는 자세를 취했다.

'흠.'

하라간이 눈을 살짝 찌푸렸다.

솔직히 하라간은 새벽여신의 신전을 불태우고 싶지 않았다. 하지만 지금은 신인인 척 연기를 하는 중이라 이런 불경한 장소를 용납할 수 없었다. 하라간의 입에서 "당장 이 불경스러운 장소를 밀어 버려라."라는 명령이 떨어지려는 찰나였다. 불안하게 입술을 깨무는 데스 로즈의 얼굴이 하라간의 뇌에 불도장처럼 틀어박혔다.

'어엉?'

순간적으로 하라간의 동공이 확대되었다. 하라간의 표정이 딱딱하게 굳었다.

'닮았……다. 그분과 똑 닮았어.'

스승이던 카일 백작의 어머니.

전대 드뷔시 백작 부인.

하라간의 기억 속에만 남아 있던 그 백작 부인의 얼굴이 데스 로즈의 얼굴과 완전히 겹쳐 보였다.

어린 시절 루잉은 전대 드뷔시 백작 부인과 종종 대면했었다. 두 사람이 그렇게 살가운 사이는 아니었지만, 전대 백작 부인은 루잉을 온화한 눈빛으로 봐 주었고, 루잉도 백작 부인을 공경했다.

백작 부인이 죽은 것으로 알려진 이후에도 루잉은 초상화를 통해 그녀의 얼굴을 봐 왔다. 그러니 이 얼굴을 기억 못 할 수가 없었다.

'설마 이분께서 살아 계셨단 말인가? 아니면 그저 얼굴이 닮은 다른 여인인가? 아니지. 아니야. 살아 계셨을 수도 있겠구나. 카롤 왕국의 선대왕도 세간에는 죽은 것으로 알려졌지만 사실은 살아 있었잖아. 그러니까 이분도 생존해 계셨을 수 있어.'

하라간은 토레의 궁전에서 마주친 골드 라이온을 잠시 떠올렸다.

Chapter 2

하라간이 데스 로즈의 얼굴을 빤히 바라보고 있을 때였다.

"신인께서 명령만 내리시옵소서. 저희가 이 불경한 계집을 종교 재판에 붙여 갈가리 찢어 죽이겠나이다."

"이 불경한 장소도 모두 불태우고, 잡신을 숭배하던 자들을 이 장소와 함께 화형시킬 것이옵니다."

법주들이 하라간의 등 뒤에서 아우성을 쳐 댔다.

하라간이 버럭 언성을 높였다.

"닥쳐라."

이 한마디에 주변이 꽝꽝 얼어붙었다. 신전 바닥과 기둥에 서리가 한 겹 내렸다. 사람들의 피부가 갑자기 냉동되었다.

"히끅!"

"으으읏, 용서하소서."

놀란 법주들이 그 자리에 엎드렸다.

하라간은 법주들에게서 시선을 돌려 다시 데스 로즈를 바라보았다. 하라간의 눈동자가 데스 로즈의 내면을 집요하게 탐색했다. 그리고 마침내 깨달았다.

'진짜 그분이시구나. 카일 스승님의 어머님이 분명해.'

하라간의 눈동자가 폭풍 앞의 촛불처럼 흔들렸다.

'아는 척을 해야 하나?'

하라간은 잠시 생각에 잠겼다.

고민은 길지 않았다.

'아니야. 내가 아는 척을 하는 것이 이분께 도움이 되지 않아. 그리고 내게도 도움이 되지 않지. 나는 더 이상 루잉이 아니잖아.'

하라간은 루잉과 영혼이 합쳐지면서 루잉의 감정과 기억을 물려받았다.

그렇다고 해서 100 퍼센트 루잉이 된 것은 아니었다. 만약 하라간이 진짜 루잉이라면 데스 로즈를 알아보는 즉시 머리부터 숙였을 것이다. 그러나 하라간은 데스 로즈를 윗사람으로 떠받들 마음이 없었다. 오히려 다른 종류의 경각심만 생겼을 뿐이다.

'생각보다 많은 인물들이 북부에 침투해 있었구나. 토레의 궁전에서 만난 선대왕도 그렇고, 이분도 그렇고. 그런데 이걸 어쩌나? 나는 이미 이분들과 가는 길이 다른걸.'

하라간이 마음을 정리하는 동안 사람들은 침을 꿀꺽 삼키고 하라간의 명이 떨어지기를 기다렸다. 데스 로즈와 바스테트를 포함한 아르네 왕국의 부녀자들도 조마조마한 심정으로 하라간의 입만 쳐다보았다.

마침내 하라간의 입술이 벌어졌다.

"아무도 이 신전을 건드리지 마라. 이곳에 머무는 자들도 온전하게 내버려 두어라. 이들에 대해서는 나중에 따로 지시를 내릴 것이다."

누구의 명이라고 거역하겠는가.

"가슴에 새겨듣겠사옵니다."

"세상 모든 일이 그러하듯이 이 또한 신인의 말씀대로 이루어질 것이옵니다."

8명의 법주들이 일제히 엎드렸다.

"성심을 다해 신인의 뜻을 받들겠나이다."

온바와 뮬러러, 그리고 아르네 왕국의 원로들도 한목소리로 대답했다.

"아아아!"

바스테트는 겨우 긴장을 풀었다.

바스테트의 등 뒤에 숨어서 벌벌 떨던 부녀자들도 그제야 안도의 한숨을 내쉬었다. 그래도 그들은 끝까지 마음을 놓지 못했다. 하라간이 다시 등을 돌려 새벽여신의 신전을 떠나고 나서야 비로소 안심했다.

반면 데스 로즈는 전혀 다른 반응을 보였다.

'응?'

하라간이 자리를 뜨기 전부터 데스 로즈의 얼굴에는 핏

기가 사라진 상태였다. 그녀는 하라간에게서 이상한 점을 발견했다.

처음부터 데스 로즈가 이런 느낌을 받은 것은 아니었다. 처음에 그녀는 하라간의 위압감에 압도되어 머릿속이 백지장처럼 하얗게 변했다. 아무런 생각도 떠오르지 않았다. 그런데 숨 막히는 첫 대면의 시간이 지나간 뒤, 데스 로즈의 마법 팔찌가 그녀에게 특이한 신호를 주었다.

청동 재질의 이 팔찌는 데스 로즈가 드뷔시 가문으로 시집을 오기 전부터, 그러니까 마고 왕국의 왕녀 시절부터 착용하던 마법 아이템이었다. 이 팔찌 안에는 정신 계열의 공격 마법을 방어하고 대상자의 정신력을 굳건하게 만들어 주는 축복 마법이 내재되어 있었다.

과거에 데스 로즈는 이 팔찌를 이용하여 가족들을 축복했다. 데스 로즈 본인에게도, 사랑하는 아들 카일에게도, 죽은 남편에게도, 손녀 실비아에게도 모두 이 축복 마법이 부여되었다.

데스 로즈는 가족애가 강한 사람이라 혈육이 아닌 사람에게는 절대 축복 마법을 걸어 주지 않았다. 며느리에게도 축복은 없었다. 게다가 이 팔찌로 축복할 수 있는 횟수는 딱 다섯 번으로 제한되어 있기도 했다. 데스 로즈는 하나 남은 축복을 며느리에게 주지 않았다.

그러던 어느 날 카일이 데스 로즈에게 간곡히 부탁했다.

“어머니, 제 제자인 루잉에게 축복을 부탁드립니다.”

데스 로즈는 대답하지 않았다. 거절의 의미였다.

카일이 좀 더 간곡하게 말했다.

“루잉은 제 자식이나 다름없습니다. 그러니까 어머니에게는 손자와 같은 아이입니다. 부디 루잉에게도 축복 마법을 걸어 주십시오.”

“하지만 내 진짜 손자는 아니지.”

데스 로즈가 차갑게 코웃음을 쳤다.

카일은 집요했다.

“그래도 축복 마법이 필요합니다. 어머니도 아시다시피 저는 수시로 전쟁터에 나가서 북부의 마물들과 싸우지 않습니까? 루잉은 그 전쟁터에서 제 등을 지켜 줄 만한 믿음직한 제자입니다. 그런 제자가 무너져 보십시오. 저도 위험해집니다. 그러니 루잉이 아니라 저를 위해서 루잉에게 축복 마법을 걸어 주십시오.”

카일의 말은 설득력이 있게 들렸다. 데스 로즈의 마음이 흔들렸다.

‘맞아. 루잉의 정신이 굳건해야 내 아들 카일의 등을 지켜 줄 수 있겠지?’

이렇게 판단한 데스 로즈는 하나 남은 축복 마법을 루잉에게 걸어 주었다. 물론 썩 내키는 일은 아니었다.

데스 로즈의 마법 덕분이었을까? 루잉은 피가 튀고 뼈가 잘리는 잔혹한 전쟁터 속에서도 제정신을 유지했다. 그 어떤 상황이 닥쳐도 판단력이 흐려지지 않았다.

그러던 루잉이 토레의 손에 죽었다. 루잉의 영혼은 하라간의 몸에 깃들었다. 거기에 더해서 마신까지 하나로 융합되었다.

루잉, 하라간, 마신.

셋의 영혼이 합쳐지면서 완전히 새로운 자아를 갖게 된 하라간이지만, 영혼의 일부에 각인된 축복 마법의 향기는 완전히 사라지지 않았다.

데스 로즈의 마법 팔찌가 그 각인된 향기에 반응했다.

우우웅— 우우우웅—

하라간이 데스 로즈에게 가까이 접근하자 팔찌가 가늘게 진동했다. 하라간이 멀어지자 진동이 약해졌다.

'뭐, 뭐야?'

데스 로즈의 두 눈이 폭풍이라도 만난 듯 부들부들 떨렸다. 데스 로즈의 시선은 하라간의 등에 고정되어 떠날 줄을 몰랐다.

Chapter 3

그날 밤.

궁금증을 도저히 참을 수 없게 된 데스 로즈는 결국 죽음을 무릅쓰고 하라간을 찾았다.

한때 오드가 사용했던 내궁의 으리으리한 침실 앞이었다. 데스 로즈가 조심스럽게 접근했다.

"멈춰라."

처처척!

침실 밖에서 지키고 서 있던 융과 테티가 창을 X자로 세워 데스 로즈를 막았다.

"여기가 어디라고 접근하느냐?"

"목이 떨어지기 전에 썩 물러가지 못할까."

데스 로즈를 질타하는 융과 테티의 목소리가 서릿발처럼 매서웠다.

그때 침실 안에서 하라간의 목소리가 들렸다.

"안으로 들여."

"넵."

말이 떨어지기 무섭게 융과 테티가 창을 거두고 길을 열어 주었다. 일체의 반문도 없었다.

데스 로즈는 침을 한 번 꿀꺽 삼킨 다음, 두 친위대원에게 목례를 하고는 침실 안으로 들었다. 데스 로즈의 심장이 두근두근 뛰었다.

온통 황금빛으로 장식된 오드의 침실은 기사 수십 명이 훈련을 해도 될 만큼 광활했다. 천장까지 높이도 무려 10미터가 넘어 사람을 위축시켰다. 스텐실 창을 통해 들어오는 달빛이 무지갯빛으로 침실을 조명했다. 벽과 천장엔 온통 고풍스러운 조각들이 가득했으며, 침실 꼭대기부터 바닥까지 드리워진 황금빛 휘장은 겹겹이 늘어서 있어 넓은 방 안을 미로처럼 느껴지게끔 만들었다.

"들어가겠사옵니다."

이렇게 아뢴 데스 로즈는 하늘하늘한 휘장들을 손으로 헤치며 안쪽으로 발걸음을 옮겼다

침실 중심부.

황금 몰딩으로 장식된 둥그런 침대 위에 하라간이 상의를 반쯤 풀어헤친 모습으로 앉아 있었다. 그 아래 오드의 시중을 들던 시녀 10여 명이 무릎을 꿇고 대기 중이었다.

데스 로즈가 하라간을 말없이 바라보았다.

하라간도 상대의 시선을 피하지 않았다.

그렇게 두 사람이 서로를 탐색하는 와중에도 데스 로즈의 팔찌가 웅웅웅 울어 댔다. 데스 로즈가 아랫입술을 꼭 깨물었다.

'틀림없어. 축복 마법의 흔적이 분명하다고. 그런데 어떻게 그럴 수가 있지? 팔찌의 축복 마법을 부여받은 사람은 세상에 5명뿐. 나와 남편, 카일, 실비아, 그리고 루잉뿐인데 이 가운데 3명은 이미 죽었잖아. 그리고 실비아는 카롤 왕국에 남아 있다고. 그렇다면 너는 누구냐?'

데스 로즈는 하라간의 내면을 집요하게 들여다보았다.

그사이 하라간은 데스 로즈의 팔뚝 부위를 주목했다. 상대의 옷 속에서 가늘게 진동하는 팔찌를 느낀 순간, 하라간은 속으로 혀를 찼다.

'쯧쯧쯧. 바로 저 팔찌 때문에 사달이 벌어졌구나.'

하라간은 데스 로즈의 팔찌를 기억했다.

'오래전 이분께서 저 마법 아이템으로 내게 축복 마법을 걸어 주셨지. 그런데 그게 화근이 될 줄이야. 체엣.'

하라간은 데스 로즈가 왜 이곳을 찾아왔는지 비로소 깨달았다. 그걸 알면서도 하라간은 상대를 모르는 척했다.

"새벽여신을 섬기는 여신관이라고 했지? 여기까지 무슨 일인가?"

하라간이 아무렇지도 않게 물었다.

하라간의 음성은 나긋나긋했으되 풍기는 기세는 엄혹했다. 침대 아래서 대기 중이던 시녀들이 사시나무처럼 몸을 떨었다. 데스 로즈도 숨이 턱 막혔다.

대답이 없자 하라간이 다시 채근했다.

“여기까지 무슨 일이냐고 물었다.”

“그건 저…….”

데스 로즈가 한참을 망설이다가 직설적으로 물었다.

“신인께서는 혹시 카일이라는 이름을 아십니까?”

갑자기 튀어나온 스승의 이름에 하라간의 안색이 굳었다.

데스 로즈는 질문과 동시에 마법 팔찌를 손으로 쓰다듬었다. 팔찌는 웅웅 진동만 할 뿐 별다른 변화는 없었다.

하라간이 뭐라고 말을 꺼내기도 전에 데스 로즈가 다시 질문을 던졌다.

“그렇다면 혹시…… 루잉이라는 이름은 들어 보신 적이 있으시옵니까?”

루잉이라는 명칭이 튀어나오자 팔찌의 울림이 갑자기 증폭되었다. 하라간의 가슴도 덩달아 울렁거렸다.

“아!”

데스 로즈의 눈가가 파르르 떨렸다.

하라간의 눈동자 속에 순간적으로 노여움이 깃들었다.

상대는 카일 스승의 어머니였다. 하라간은 데스 로즈의 손끝 하나 건드리지 않고 잘 보호해 주고 싶었다. 그렇다고 해서 그녀에게 질질 끌려 다닐 생각은 없었다. 데스 로즈에게 휘둘릴 생각은 더더욱 없었다.

'이분이 이렇게 나오시면 곤란한데.'

하라간이 노여움을 드러내자 주변 공기가 파사삭 얼어붙었다. 결빙 현상이 발생하면서 침대 주변에 하얗게 서리가 내려앉았다.

찬 공기를 뚫고 하라간의 입술이 벌어졌다.

"세상엔 이해하기 힘든 일들이 가끔 벌어지곤 하지."

말을 하면서 하라간이 데스 로즈에게 손을 뻗었다.

하라간과 데스 로즈 사이의 거리는 8 미터 남짓.

와득!

그렇게 떨어져 있는 상태에서 데스 로즈의 팔뚝에 착용된 팔찌가 저절로 뜯겨 나와 옷을 찢고 허공으로 떠올랐다.

팔찌가 뜯겨 나가는 와중에도 데스 로즈의 팔은 멀쩡했다.

하라간이 가만히 손을 말아 쥐는 시늉을 했다.

우드득!

그에 동조하여 청동 빛깔의 팔찌가 허공에서 험악하게 우그러졌다. 형체를 알아보기 어렵게 변한 금속 덩어리가 둥실둥실 이동해 하라간의 손아귀 속으로 빨려 들어왔다.

마법 팔찌를 빼앗길 동안 데스 로즈는 손가락 하나 까딱하지 못했다. 그저 입을 딱 벌리고 팔찌가 뭉그러지는 모습을 바라볼 뿐이었다.

조그만 공처럼 뭉쳐진 청동 팔찌가 하라간의 손바닥 위에서 꽝꽝 얼었다가 가루가 되어 푸스스 흩어졌다.

하라간이 데스 로즈의 눈을 빤히 들여다보았다. 하라간의 등 뒤에서 투명한 덩어리가 구름처럼 일어났다.

부와아악—

그 무언가는 눈 깜짝할 사이에 오드의 침실을 가득 채웠다. 떡갈나무로 형태를 잡고 그 위에 황금을 씌워서 제작한 대형 침대가 우두둑 부서졌다. 휘장이 밀려 올라가 천장에 찰싹 달라붙었다. 벽과 천장에 아로새겨진 조각들이 파도에 휩쓸린 모래 그림처럼 단숨에 뭉개졌다.

투명 마수, 즉 마신의 미세한 솜털 일부가 돋아난 것만으로도 데스 로즈는 죽을 것 같은 공포감에 휩싸였다. 감각이 예민한 데스 로즈이기에, 지금 방 안에 소환된 마신의 일부가 얼마나 무시무시한 위압감을 풍기는지 어렴풋하게나마 느낄 수 있었다.

"으허억."

데스 로즈가 부들부들 떨면서 눈부터 내리깔았다. 데스 로즈는 더 이상 하라간과 시선을 마주칠 엄두를 내지 못했다. 계속 눈을 보았다가는 사타구니에 힘이 빠져 실금할 것 같았다. 데스 로즈는 호흡도 제대로 되지 않았다. 현기증이 나고 천장이 빙글빙글 돌았다.

"으헉."

결국 데스 로즈가 바닥에 바짝 엎드렸다. 그 상태에서 두 눈을 질끈 감았다.

하라간이 싸늘하게 뇌까렸다.

"내게 묻고 싶은 것이 있겠지?"

하라간의 목소리가 데스 로즈의 귓가에서 웅웅 울렸다. 데스 로즈는 아득해지려는 정신을 겨우 가다듬으며 상대의 말에 귀를 기울였다.

하라간이 말을 이었다.

"묻고 싶은 것이 있더라도 묻지 마라. 그냥 가슴속에만 담아 두어라. 궁금한 것도 많을 것이다. 하지만 그 또한 겉으로 드러내지 마라. 늘 침묵하라."

"으으으."

"오직 내가 말해 주는 것만 들어라. 내가 질문을 허용할 때만 물어라. 그러면 내가 판단하여 네가 알아야 할 사실들을 알게 해 줄 것이다. 그리고 내가 물어야 것들을 네게 물을 것이다. 알겠느냐?"

"으으으으. 네에, 네."

데스 로즈가 힘겹게 고개를 끄덕였다.

Chapter 4

하라간이 눈을 한 번 감았다가 다시 떴다.

"첫 번째 질문. 너는 지금 나를 루잉이라고 생각하겠지?"

"아!"

데스 로즈가 반사적으로 고개를 들었다.

"하지만 네 짐작은 틀렸다. 나는 루잉이 아니다."

"으읏."

하라간의 단언에 데스 로즈의 얼굴에 실망이 어렸다.

하라간이 빠르게 말을 이었다.

"하지만 남부의 기사 루잉으로부터 영향을 받은 것은 사실이다. 아니지. 엄밀하게 말해서 루잉이 아니라 그의 영혼과 좀 교류가 있었지."

하라간은 데스 로즈에게 상세한 설명을 생략했다. 진실을 있는 그대로 밝힌 것도 아니었다. 그런 탓에 데스 로즈는 많은 부분을 상상으로 채워 넣어야 했다.

'루잉이 북부에서 죽고, 그 영혼이 신인에게 빨려 들어간 겐가? 다시 말해서 신인의 권능으로 루잉의 영혼을 수집했다는 뜻?'

상대가 눈알을 굴리자 하라간이 눈을 찌푸렸다.

"씁."

"소, 송구하옵니다."

데스 로즈는 황급히 다시 고개를 숙여 듣기만 했다.

"페리쿨라, 아니 드뷔시 백작 부인."

정곡이 찔린 데스 로즈가 움찔했다. 하지만 생각보다 크게 놀라지는 않았다.

'신인이 루잉의 영혼을 수집했다면 내 정체를 꿰뚫고 있는 것이 당연하지.'

데스 로즈는 이미 마음의 준비를 했다.

"그대가 아르네 왕국에 침투한 것이 꽤 오래전부터지? 아마도 카롤 왕국의 선대왕이 그대를 부추겨 북부에 침투시켰을 거야."

골드 라이온이 언급되자 데스 로즈가 한 번 더 움찔했다.

하라간이 고약하게 빈정거렸다.

"그런데 그거 아나? 그대가 선대왕의 부추김을 받아 희생을 하는 동안 드뷔시 백작가는 뿌리부터 허물어지고 있다는 사실을, 알고 있나 몰라?"

"헙!"

데스 로즈가 손으로 자신의 입을 틀어막았다.

하라간의 입술이 더욱 비틀어졌다.

"이런. 쯧쯧쯧. 그건 이미 알고 있었구먼. 그렇다면 그대는 그대의 아들이 어떻게 죽었는지 아나? 아니면 아들의 억울한 죽음도 모르고 여기서 희생만 하고 있었던 것인가?"

하라간이 독하게 쏘아붙였다. 솔직히 하라간은 데스 로즈가 원망스러웠다. 그래서 더욱 신랄하게 그녀를 몰아붙였다.

'만약에 당신께서 드뷔시 가문에 버티고 있었다면 카일 스승님이 그렇게 억울하게 독살을 당하시지는 않았을 겁니다. 장모가 바람을 피울 엄두도 내지 못하였겠지요. 가문을 버리고, 아들도 버리고, 모두에게 큰 슬픔을 안겨 주면서 죽음을 위장하시고는, 막상 당신께서는 오드의 곁에서 첩자 노릇이나 하고 있었던 겁니까? 그 잘난 카롤 왕가를 위해서?'

이것이 하라간의 생각이었다.

"으아아아악!"

데스 로즈가 갑자기 입에서 괴성을 토했다. 그것만으로 그치지 않고 데스 로즈는 손톱으로 자신의 머리카락을 벅벅 긁었다. 손톱 끝에 피가 맺혔다.

급작스러운 데스 로즈의 발작에 하라간이 흠칫했다.

데스 로즈가 눈초리에서 피를 흘리며 소리쳤다.

"저도 압니다. 저도 안다고요. 제 아들 카일이, 내 귀한 아들이 며느리에게 독살을 당하였지요. 찢어 죽일 메로베 놈과 바람이 나서 그 두 연놈들이 내 아들 카일을 독살했지요. 저는 그것도 모르고 골드 라이온이 시키는 대로 아르네 왕국에 침투해서 미친 개 짓거리나 하고 있었습니다. 그런데 신인께서는 이 모든 사실을 어떻게 아시는 겁니까? 신이라서 꿰뚫어 보시는 겁니까? 아니면 루잉의 영혼이 알려 주던가요? 그렇다면 루잉도 드뷔시 백작가의 비극을 알고 있었습니까? 결코 알아서는 안 될 진실을 알게 된 탓에 루잉이 북부로 내팽개쳐진 겁니까? 메로베가 루잉의 입을 막기 위해 그 아이마저 죽인 겁니까? 으와아아아악!"

데스 로즈의 절규는 충격적이었다. 하라간이 입을 쩍 벌렸다.

'허억! 이게 무슨 소리야? 장모가 바람을 피운 상대가 메로베 폐하라고? 메로베 폐하가, 아니 그 메로베가 장모와 함께 스승님을 독살했단 말이야?'

루잉 백작이던 시절, 하라간은 확장된 감각으로 실비아의 독백을 엿들었다. 그때 실비아는 "엄마가 연하남이랑 불륜을 저질렀어."라고 줄리앙 왕세자에게 알려 주었다. 이것이 하라간이 알고 있던 바였다.

그런데 오늘 그 믿음이 깨졌다. 기어코 드러난 진실은 하라간이 알고 있던 것보다 훨씬 더 추악했다. 데스 로즈가 바닥을 기어 와 하라간의 발을 붙잡았다. 그러곤 펑펑 오열했다.

"루잉은, 그 아이는 어떻게 죽었습니까? 제발 신인께서 이 불쌍한 여인에게 알려 주십시오. 만약 루잉이 비참하게 죽었다면 제 아들 카일이 저승에서 무척 슬퍼할 겁니다. 으흐흐흑. 카일은 루잉을 친자식처럼 사랑했어요. 친자식처럼, 친딸인 실비아보다 더 루잉을 아꼈다고요. 흐흐흐흑. 만약 루잉마저 메로베의 손에 비참하게 죽었다면 카일이 억울해서 눈을 감지 못할 겁니다. 흐흐흑."

"으읏!"

하라간이 잇새로 신음이 흘렀다. 카일의 이야기가 나오자 하라간의 눈동자에 핏발이 곤두섰다.

데스 로즈가 절규했다.

"신인께오서 제발 이 불쌍한 여인에게 진실을 알려 주십시오. 루잉이 어떻게 죽었습니까? 혹시 그 아이의 영혼이라도 제가 만날 수 있습니까? 그 아이의 영혼은 지금 신인 곁에 머물러 있습니까? 그렇다면 부디 자비를 베푸시어 루잉의 영혼이 제 아들 카일의 곁으로 갈 수 있도록 풀어 주십시오. 흐흐흐흐흑. 그렇게만 해 주신다면 제가 할 수 있는 것은 뭐든지 하겠습니다. 남부 연합의 약점을 말하라면 말할 것이고, 저 저주받을 카롤 왕국을 앞장서서 붕괴시키라고 하시면 따를 것입니다. 그러니 제발 루잉의 영혼에게 평안한 안식을 주시고, 제게 복수를 할 기회를 주십시오.

저는 죽은 메로베를 대신하여 그 아들 줄리앙의 목을 벨 것입니다. 그의 부친 골드 라이온을 찢어 죽일 것입니다. 제 며느리 미아를 제 손으로 죽여 그년의 머리를 카일의 무덤에 바칠 것입니다. 으아아아악!"

하라간이 데스 로즈의 어깨를 붙잡았다. 그 손이 얼음장처럼 싸늘했다.

놀란 데스 로즈가 절규를 뚝 멈췄다.

하라간은 입술을 꾹 깨물어 마음을 다스린 다음, 루잉의 죽음을 제3자 입장에서 전했다.

"루잉을 죽인 것은 메로베가 아니야. 네가 알고 있을지 모르겠으나, 루잉은 드뷔시 가문의 데릴사위가 되어 실비아와 결혼했다. 그런데 그 실비아가 왕세자인 줄리앙과 짜고 루잉을 죽였지."

"허억!"

이번엔 데스 로즈의 눈이 휘둥그레졌다.

Chapter 5

하라간이 목소리 톤을 높였다.

"루잉은 스승의 죽음에 얽힌 비밀을 풀고자 했어. 하지만 그 일을 하기도 전에 전쟁터로 내몰렸지. 메로베와 미아가 불륜이 발각될까 두려워서 루잉의 스승을 독살한 것처럼, 줄리앙과 실비아도 같은 이유로 루잉을 죽음으로 내몰았다."

"아아, 우리 실비아가 그런 짓을 했다니."

데스 로즈가 휘청거렸다.

하라간이 데스 로즈의 어깨를 붙잡아 세웠다.

"이 지저분하고 복잡한 인과 관계를 어떻게 풀 것이냐? 너는 아들의 복수를 위해 관련자들을 모두 죽인다고 했지? 그렇다면 스승의 복수를 하고자 했던 루잉은? 그러다 결국 부인의 손에 죽임을 당한 루잉의 입장에서는 과연 누구에게 복수를 해야겠느냐? 줄리앙에게? 실비아에게? 하면 실비아도 찢어 죽일까?"

하라간이 말 한 마디 한 마디에서 섬뜩한 살기가 배어 나왔다. 데스 로즈의 귀에는 하라간의 말이 곧 현실로 구현되는 것처럼 생생하게 들렸다. 데스 로즈의 머릿속에 손녀가 찢겨 죽는 모습이 떠올랐다. 절로 몸서리가 쳐지는 끔찍한 일이었다.

하라간의 두 눈에서 시퍼런 빛이 쏟아졌다.

"왜 대답이 없느냐? 실비아도 죽일까?"

"아아아, 아아아아."

데스 로즈는 가늘게 신음만 할 뿐 뭐라고 말을 하지 못했다. 실비아는 데스 로즈의 친손녀였다. 카일이 세상에 남기고 간 유일한 혈육이었다. 그런 손녀에게 죽음을 선고해야 한다는 말을 데스 로즈는 차마 할 수 없었다.

하라간이 상대를 와락 밀쳤다.

데스 로즈가 거칠게 나동그라졌다.

"흥! 그것 보아라. 너는 너의 복수가 정당하다고 주장하겠지만, 똑같은 잘못을 저지른 실비아는 어떻게든 살리고 싶을 것이다. 하지만 똑똑히 알아 두어라. 루잉의 영혼을 달래려면 카롤 왕가뿐 아니라 실비아도 죽여야 해."

"으으흐흑, 그건 차마…… 흐흐흑."

데스 로즈가 결국 울음을 터뜨렸다.

하라간이 냉정하게 윽박질렀다.

"나는 원래 루잉의 영혼을 위로해 줄 생각이었다. 우선 북부를 깔끔하게 정리한 다음, 부쿤 대산맥을 넘어 남하하여 그의 복수를 해 줄 요량이었지. 그런데 지금 생각이 바뀌었다. 나보다는 네가 더 관련이 깊은 장본인이구나. 카일과 루잉은 결국 드뷔시 가문의 사람이 아니더냐. 너의 가문에서 벌어진 일이니 웃어른인 네가 깨끗하게 단도리를 하여라."

이것이 하라간이 내린 결정이었다. 북부로 넘어올 당시

하라간, 아니 루잉은 운명의 여신에게 복수를 맹세했다. 만약 그가 북부에서 살아남는다면 배덕자인 실비아와 미아, 줄리앙을 모두 죽이기로 굳게 맹세한 것이다.

그런데 아직 그의 마음속에는 실낱같은 망설임이 남아 있었다.

'내 손으로 장모를 죽인다면, 카일 스승님이 그걸 용납하실까? 내 손으로 실비아를 죽이면 그분께서 편안히 눈을 감으실 수 있을까?'

아무리 반문해 보아도 답이 나오지 않았다. 하라간이 복수를 망설이는 이유는 단 하나, 바로 카일 때문이었다.

그래도 여신에게 맹세를 했으니 어쩔 수 없이 복수를 실행해야겠노라고 다짐해 왔는데, 오늘 하라간은 운명처럼 데스 로즈를 만났다.

'이분께서 생존해 계신 이상 내가 장모께 직접 징벌을 내릴 필요는 없지. 세상에 그럴 권리를 가지신 분은 바로 이분뿐이셔.'

하라간이 미아를 죽이면 그건 스승에 대한 복수였다. 데스 로즈가 미아를 죽이면 그건 아들에 대한 복수였다. 하라간은 스승에 대한 복수보다 아들에 대한 복수가 더 무겁다고 판단했다.

실비아에 대한 징벌도 마찬가지.

데릴사위인 루잉이 실비아를 벌하는 것과, 가문의 웃어른인 데스 로즈가 실비아를 벌하는 것은 경우가 달랐다. 전자가 감정의 찌꺼기를 발산하는 개인적인 행위라면, 후자는 가문의 명예를 지키기 위한 숭고한 결단이었다.

하여 하라간은 이 무거운 짐을 데스 로즈에게 떠넘겨 버렸다. 그러곤 무려 5년 만에 홀가분한 심정이 되었다.

그렇다고 하라간이 복수를 포기한 것은 아니었다. 하라간은 데스 로즈에게 한 가지 제약을 걸었다.

"큰 틀에서 보았을 때 미아와 실비아는 동일한 죄를 지었다. 네가 며느리를 단죄한다면, 마땅히 손녀도 단죄해야 할 것이다. 만약 네가 손녀를 살리려거든 며느리도 용서해야 할 것이다. 너는 어떤 선택을 하겠느냐?"

"그건!"

데스 로즈는 선뜻 답하지 못했다.

하라간이 그럴 줄 알았다는 듯이 방법을 제시했다.

"쉬운 선택은 아니겠지. 그렇다면 일단 네 눈으로 그들을 만나 보고, 네 아들의 무덤으로 그들을 끌고 가라. 그곳에서 망자를 위한 술을 한 잔 바친 다음 뒤처리 방법을 결정하여라. 어차피 나는 조만간 대군을 몰아 남부의 땅을 밟을 생각이다. 그때 네가 앞장서서 길을 열어라. 그리하여 우선 가증스러운 카롤 왕가를 무너뜨리고, 그다음 드뷔시 가문의 배덕녀들을 어찌 처리할지 고민해 보아라. 그날이 오면 내가 너에게 열흘의 시간을 줄 것이다. 마음의 결정을 내릴 수 있도록 말이다."

이것이 하라간이 제시하는 마지막 선이었다.

데스 로즈는 손으로 입을 막고 흐느껴 울다가 천천히 고개를 주억거렸다.

"흐흐흑, 알겠습니다. 제 가문의 일이니 제가 처리를 하겠습니다. 신인께서 이렇게 기회를 주신 것에 감사드립니다. 흐흐흑."

할 말을 모두 마친 데스 로즈가 비틀거리며 일어나 침실에서 물러났다. 그녀는 방을 나가는 동안 몇 차례나 휘청거렸다.

하라간이 먹먹한 눈으로 데스 로즈의 뒷모습을 더듬었다.

'죄송합니다. 웃어른으로 대우해 드리지도 못하고 어려운 짐만 떠넘기게 되어서 정말 송구스럽습니다. 하지만 이해해 주십시오. 이미 루잉은 죽었습니다. 저는 카롤 왕국의 기사 루잉이 아니라 군나르 왕국의 왕세자 하라간입니다. 제가 손을 쓰면 하라간의 입장에서 모든 일을 처리할 수밖에 없습니다. 그러니 제가 나서는 것보다 백작 부인께서 마무리를 지으시는 것이 백번 더 나을 겁니다. 돌아가신 카일

스승님께서도 그것을 더 바라실 것 같고요.'

속으로 이렇게 중얼거린 뒤, 하라간은 무겁게 한숨을 내뱉었다.

어쨌거나 이제 복수의 칼자루는 데스 로즈에게 넘어갔다. 하지만 이것은 표면상의 모습일 뿐, 하라간이 진짜로 복수의 의지를 접었는지는 알 수 없었다. 사실 하라간은 그리 쉽게 타인을 용서하는 성격이 아니었다.

만약 데스 로즈가 며느리와 함께 손녀에게도 죄를 묻는다면?

그럼 하라간은 카일에 대한 죄책감 없이 복수를 한 셈이니 마음이 편할 것이다.

하지만 만약 데스 로즈가 실비아를 용서한다면?

그때 하라간이 어떤 행동을 취하게 될 것인지 하라간 본인도 알 수 없었다.

'어쩌면 변덕을 부려서 내 손으로 배덕녀를 처벌할 수도 있겠지. 그것이 내가 운명의 여신에게 맹세한 바이니까.'

하라간의 진짜 속내는 하라간 자신도 알지 못했다.

새벽 3시.

하라간이 습관처럼 일어나 손에 검을 쥐었다. 매일 이 시간에 검을 휘두르는 것이 하라간의 일상이었다.

그런데 오늘은 조금 달랐다. 하라간은 검을 뽑아서 자연스럽게 앞으로 내미는 자세만 취했을 뿐, 휘두르지는 않았다.

하라간의 머릿속에서 데스 로즈와의 대화가 떠올랐다. 자연스럽게 배덕녀 실비아와 가증스러운 줄리앙이 연상되었다.

지금까지 하라간의 마음 한구석에는 그들에 대한 복수심이 가득했다. 분노 자체는 시간이 흐르면서 조금씩 희석되었지만, 복수심 자체가 무뎌진 적은 없었다.

오늘은 변화가 생겼다.

'복수가 중요한 게 아니야. 내 개인적인 복수보다는, 드뷔시 가문 입장에서 어떤 선택을 해야 가문의 명예를 지킬 수 있는지 그 점이 더 중요하지. 카일 스승님이 살아 돌아오신다고 해도 결국 이런 선택을 하실 수밖에 없어.'

복수라는 것은 참으로 인간적인 단어였다. 마신과 결합하여 인간다운 면모를 많이 잃어버린 하라간이지만, 복수를 되새길 때만큼은 다시금 인간 본연의 모습으로 돌아왔다. 역설적인 이야기지만, 복수심이 하라간을 인간으로 머물도록 만들어 준 것일지도 몰랐다.

툭.

그 하나의 실이 끊겼다. 하라간이 복수에 얽매였던 마음을 풀어 버리면서 마음속에 매여 있던 한 가닥의 실이 끊겼다. 하라간의 의식은 인간을 뛰어넘어 훨씬 더 깊은 곳으로 침잠해 버렸다.

무감정하고, 무자비하며, 비인간적인 무의식의 저편.

그 아득한 심연 속에서 하라간은 하나의 검을 떠올렸다.

그 검은 공간을 자유롭게 자르고 다시 이어붙이는 '공간 검' 이었다.

그 검은 시간을 베고, 매듭짓고, 때때로 거스르는 '시간 검' 이었다.

그 검은 인간의 마음을 도려내어 인간 외적 존재로 거듭나게 만드는 '마음의 검' 이었다.

Chapter 6

하라간이 생각하는 마음의 검은, 남부의 검사들이 상상 속에서 이름을 붙인 마음의 검, 즉 심검(心劍)과는 완전히 달랐다.

남부 검사들이 말하는 마음의 검이란, 정신으로 검을 만들고, 그 검으로 물체를 베어 내는 경지였다. 하라간은 이미 오래전 마나의 벽 4단계에 올라섰을 때 그 경지에 도달해 버렸다. 뿐만이 아니라 지금은 그 수준을 훌쩍 뛰어넘었다.

그러니 오늘 새벽 하라간이 고민하는 마음의 검이 그 낮은 수준의 심검일 수 없었다. 하라간은 진짜로 사람의 마음과 혼백을 베어 내어 자유롭게 이어 붙이는, 그런 종류의 검을 상상했다.

'사람의 감정이라는 것은 결국 시간에 따라 변하게 마련이지. 자식을 잃은 슬픔도, 부모를 여읜 슬픔도 결국 시간이 흐르면 아물게 마련 아닌가. 살점을 후벼 파는 듯한 지독한 복수심도 시간에 따라 희석되는 것이 아니던가. 인간의 마음이라는 것은 결국 시간의 흐름 속에서 함께 흘러가기 마련. 유한한 존재인 인간이 시간과 무관하게 항상 동일한 감정을 가질 수는 없는 것처럼, 내가 만약 검으로 시간을 조정할 수 있다면 결국 인간의 마음 또한 검으로 컨트롤할 수 있지 않을까?'

이런 독창적인 생각이 하라간의 머릿속을 가득 채웠다.

하라간이 공간을 지배하면서 시간을 컨트롤할 권능을 손에 넣은 것처럼, 시간을 지배하게 되면 사람의 마음이나 기억, 심지어 영혼까지도 컨트롤할 수 있을 거라는 생각이 그의 뇌리를 퍼뜩 스치고 지나갔다.

"아아아!"

번개가 후려치는 듯한 찰나의 시간에 깃든 생각이 하라간의 사고를 크게 진전시켰다.

콰콰쾅!

하라간은 새하얀 벼락이 정수리에 떨어져서 사타구니로 빠져나가는 듯한 충격을 받았다. 그 충격을 발판 삼아 하라간의 검이 미세하게 움직였다.

싸악—

하라간의 검 끝이 시간을 끌어당겼다. 주변의 전체 시간과 분리하여, 딱 한 곳의 시간만 살짝 끄집어 당겨 왔다.

침대 휘장 너머에서 대기 중이던 시녀 가운데 한 명의 시간이 그 검 끝에 유인되었다. 시녀의 시간은 시녀의 의식과 곧바로 직결되어 있었다. 그 의식이 투명하고 가느다란 실처럼 변해서 하라간의 검 끝으로 휘감겨 들어오는 모습이 하라간의 감각에는 빤히 인지되었다.

'어디 보자.'

하라간은 검 끝을 빙글 돌려 시녀의 의식, 다시 말해서 시녀의 시간을 돌돌 감았다. 사람의 눈으로는 볼 수 없는 시녀의 생각들과 감정들, 그리고 기억의 편린들이 하라간의 검 끝에 말려 낱낱이 파악되었다.

어린 시절 이 시녀가 겪었던 사건과 사고들, 처음 왕궁에 들어와 무서움에 떨던 경험, 동료 시녀와 다툼, 경쟁심, 남몰래 마음을 주었던 병사와의 헤프닝 등, 수많은 사건들과 감정들이 하라간의 검 끝으로 모여들었다.

하라간은 그 가운데 하나의 사건을 골라서 툭 끊어 버렸다.

다름 아닌 하라간에 대한 기억 부분이었다.

매끈하게 잘린 기억이 하라간의 검 끝에 자석처럼 달라붙었다. 그 기억 부분을 제외한 나머지는 다시 하나의 실로 이어 붙어서 허공을 뱅글뱅글 맴돌았다.

'돌아가라.'

하라간이 검 끝을 묘하게 움직였다.

눈에 보이지 않는 기억의 실이 다시 시녀의 뇌로 되돌아갔다. 시녀가 부르르 몸서리를 쳤다.

하라간이 시녀를 불렀다.

"거기, 왼쪽에서 세 번째 앉은 너."

"네? 저 말씀이옵니까?"

시녀가 손가락으로 자신을 가리켰다.

하라간이 그 시녀를 가까이 불렀다.

"그래. 너. 이리 좀 들어오너라."

"네이."

하라간의 부름에 시녀가 어리둥절한 표정으로 휘장 안으로 들어왔다. 그러곤 공손히 머리를 조아렸다.

"위대하시고 또 위대하신 분이시여, 찾아 계시옵니까?"

시녀가 이렇게 아뢰었다.

휘장 뒤가 발칵 뒤집혔다.

"어맛! 재가 미쳤나 봐."

"신인께서 찾으시는데 왜 갑자기 위대하시고 또 위대하신 분을 찾아?"

"재가 졸다가 착각한 거 아냐?"

"이거 큰일 났네. 신인께서 진노하시면 어떻게 해?"

동료 시녀들이 발을 동동 굴렀다. 시녀장의 얼굴도 하얗게 질렸다. 그녀들이 서로 속닥이는 소리가 하라간의 귀에 들렸다.

반면 하라간의 부름을 받은 시녀는 동료의 속닥거림을 듣지 못했다.

하라간이 시녀에게 손을 뻗었다.

"목이 마르구나. 물 한 잔 다오."

"네이."

시녀가 금으로 만든 잔에 물을 가득 따라 하라간에게 올렸다. 그러다가 자연스럽게 하라간의 얼굴을 보게 되었다. 시녀가 소스라치게 놀랐다.

"에그머니나?"

땡그랑

물 잔이 대리석 바닥에 떨어져 요란한 소리를 내었다. 사방으로 물이 튀었다. 당황한 시녀가 황급히 손사래를 쳤다.

"송구하옵니다. 아니, 그보다 뉘시온지요? 뉘신데 이곳에 계시는지……?"

휘장 뒤에서 동료 시녀들이 웅성거렸다.

"어쩜, 쟤가 미쳤나 봐."

"이걸 어째? 이러다 우리 모두 죽는 거 아냐?"

보다 못해 시녀장이 나섰다.

시녀장은 목숨을 걸고 하라간에게 아뢰었다.

"미, 미, 미천한 저희가 감히 신인께 여쭙사옵니다. 혹시 안에 들이신 아이가 무슨 실수를 저질렀는지요? 감히 제가 안으로 들어가 뒤처리를 해도 좋을지 문의드리옵니다."

시녀장의 목소리가 덜덜 떨려 나왔다. 시녀장은 말까지 더듬었다.

물 잔을 쏟은 시녀가 어리둥절한 표정을 지었다.

"신인이요? 신인이시라고요?"

시녀는 정말 하라간을 처음 보는 기색이었다. 시녀의 표정에는 '오드 님의 침대에 떡하니 앉아 있는 이분이 누구시지?' 라고 쓰여 있었다. 그러면서도 시녀는 겁이 덜컥 나서 이빨을 딱딱 맞부딪쳤다. 휘장 뒤의 시녀장도 이빨을 맞부딪쳤다.

'이제 우리는 다 죽었다.'

시녀장은 목이 떨어지는 상상을 했다. 동료 시녀들도 모두 사색이 되었다.

그녀들의 짐작과 달리 하라간은 진노하지 않았다.

'이게 되는구나. 하하하.'

하라간이 활짝 웃었다.

하라간은 검으로 사람의 기억 일부를 잘라 내고 다시 이어 붙이는 데 성공했다. 그렇다면 사람의 감정을 컨트롤하는 것도 당연히 가능할 것이다. 공간검과 시간검에 이어서 마음의 검까지 손에 넣는 순간, 하라간의 뇌가 커다란 폭발을 일으켰다.

콰앙!

하라간의 귓가에 어마어마한 폭음이 터졌다. 태초 우주가 형성되었을 때나 나올 법한 소리였다. 동시에 하라간의 뇌 주름 사이에서 일곱 가지 색깔의 불꽃이 명멸했다. 더할 나위 없는 오르가즘에 하라간의 사타구니부터 시작해서 젖꼭지, 그리고 발끝까지 모두 찌릿해졌다.

"아아아아아!"

하라간이 입을 쩍 벌렸다. 하라간의 뇌에서 시작된 화려한 빛줄기는 이윽고 하라간의 온몸으로 번져서 폭발적으로 쏟아졌다.

투화아악!

눈부신 빛이 하라간을 휘감았다.

그 빛의 향연 속에서 하라간은 한 단계의 벽을 또 뛰어넘었다.

마나의 벽 4단계를 돌파하면서 공간의 지배자가 된 하라간이, 마나의 벽 5단계로 올라서면서 시간마저 거머쥐었다. 이제 거기서 한 발 더 나갔다. 오늘 하라간은 마나의 벽 6단계로 점프하면서 마음의 검까지 손에 넣었다.

하라간 이전의 그 어떤 초인도 마나의 벽 3단계를 넘어선 적이 없었다는 점을 생각하면, 하라간이 이룩한 6단계의 경지는 세상의 그 누구도 이해하거나 상상할 수 있는 수준이 아니었다. 대부분의 초인들은 '마나의 벽은 총 3단계까지 있으며, 그보다 더 위는 없다.' 라고 확신하곤 했다.

인류 역사상 오직 하라간만이 그보다 위쪽 신세계를 한 발 한 발 걸어 올라가는 중이었다. 마신 X 마신 하라간이 각성을 통해 한 단계 더 외연을 확장했다.

제2화

사비지 백작의 방문

Chapter 1

군나르 왕국이 성전을 선포한 것이 1월 1일이었다.

그로부터 보름 뒤인 1월 15일.

아르네 왕국은 신인의 재림을 인정하며 백기 투항했다. 불과 15일 만에 전쟁이 종료된 것이다.

"헉, 아르네 왕국이 손을 들었다고?"

"그게 진짜야?"

북부 전체가 큰 충격에 휩싸였다. 굶주린 늑대의 눈으로 전쟁 추이를 지켜보던 스벤센 왕국의 왕세자 류리크는 문을 걸어 잠그고 긴 생각에 잠겼다.

전쟁 초기, 류리크는 큰 기회가 왔다고 생각했다.

'신인께서 우리 스벤센 왕국을 돕는구나. 이건 영토를 넓힐 좋은 기회야. 군나르 왕국이 아르네 왕국과 싸우다 약해졌을 때 우리가 군나르 왕국으로 치고 올라가야겠어.'

실제로 류리크는 거인족 돌격대를 급히 편성하여 군나르 왕국과 맞닿은 지역으로 배치해 놓았다. 여차하면 북쪽으로 치고 올라가기 위함이었다.

그런데 류리크가 뭔가를 도모해볼 기회도 없이 아르네 왕국이 항복했다. 류리크는 가슴이 철렁했다.

'정말 신인께서 재림하셨단 말인가? 군나르 왕국에?'

이게 사실이라면 큰일도 보통 큰일이 아니었다. 스벤센 왕국은 군나르 왕국과 편안한 관계가 아닐뿐더러, 지금 군주인 스벤센이 실종된 상태였다.

'어떻게 하지? 지금이라도 군나르 왕국에 사신을 보내 화친을 맺어야 하나? 군나르 왕국이 우리가 내민 손을 잡아 줄까? 으으으.'

류리크는 열 손가락을 머리카락 속에 콱 박아 넣고는 고민에 빠졌다.

아쿤 왕국도 분위기가 뒤숭숭했다.

솔직히 아쿤 왕국은 이번 전쟁에 별다른 관심을 두지 못했다. 얼마 전 룬드 왕국으로 쳐들어갔던 군주 아쿤이 그대로 증발해 버린 탓이었다. 아쿤뿐 아니라 그를 따르던 120,000명의 병력 전체가 소식이 끊겼다.

120,000 대군이면 아쿤 왕국 전체 병력의 3분의 1에 해당하는 수치였다. 갑자기 왕국의 머리가 툭 사라지고 팔다리가 떨어져 나간 셈이 된 아쿤 왕국은 군나르 왕국과 아르네 왕국의 전쟁에 관심을 둘 여력이 없었다.

그런 아쿤 왕국도 이번 전쟁의 결과에는 큰 충격을 먹었다.

"종전이라고? 그게 말이 돼?"

"전쟁 발발 후 고작 보름 만이잖아. 그런데 전쟁이 끝나? 그것도 아르네 왕국이 일방적으로 항복했다고? 에이, 말도 안 되지."

아쿤 왕국의 대소신료들은 처음에 종전 소식을 믿지 않았다. 하지만 아르네 왕국의 백기 투항이 결국 사실로 드러났다. 아쿤 왕국의 대신들이 기겁할 수밖에 없었다.

"진짜로 신인께서 다시 이 땅에 내려오셨단 말인가?"

"그럼 우리가 뭘 어떻게 해야 하지?"

"당연히 군나르 왕국으로 사신을 보내야지. 우선 사태 파악부터 정확하게 해야 하는 것 아냐?"

"사태 파악을 하면 뭐해? 위대하시고 또 위대하신 분께서 돌아오셔야 그다음 수순을 밟을 수 있잖아. 우리끼리 뭘 어떻게 하냐고."

대신들은 이런 말들로 논쟁만 거듭할 뿐 제대로 진도를 나가지 못했다.

아쿤 왕국의 혼란은 헤닝 왕국에 비하면 아무것도 아니었다.

"이 일을 어떻게 합니까? 아르네 왕국 편에 설까, 아니면 군나르 왕국 편에 설까 고민만 하다가 전쟁이 끝나 버렸어요."

샤라키 후작이 작심을 하고 이렇게 주장했다. 샤라키는 불을 다루는 화염 계통의 마법사로, 얼음 계열 마법사인 사비지와 불편한 관계였다.

"끄응."

사비지는 아무런 반박도 하지 못했다.

샤라키가 한 발 더 나갔다.

"이게 어떤 기회였습니까? 미래를 보는 혜안이 있으신 오르곤 님께선 오늘날 이런 일이 있을 것을 미리 알고 마리네 왕녀님과 하라간 님의 혼사를 추진했습니다. 만약 우리가 그 혼사를 제대로 추진하고 군나르 왕국과 의리를 지켰다면 지금 우리 헤닝 왕국에 얼마나 큰 이익이 떨어졌겠습니까? 그런데 일부 대신들이 눈앞의 조그만 이익에 눈이 멀어서 이상한 짓을 하였지요. 그 탓에 오르곤 님이 추진하셨던 혼사도

망가졌고, 우리의 입장도 우습게 되었습니다. 쯧쯧쯧.”

샤라키의 말은 틀린 것이 없었다.

“그렇습니다. 후작님 말씀이 옳습니다.”

“최소한 이번 혼사를 파탄 낸 사람들은 책임을 져야 할 겝니다. 크흠.”

화염 계통의 마법사들이 책임을 거론했다.

“끄으응.”

사비지는 한 번 더 얼굴을 구겼다.

오르곤도 그리 표정이 좋지 않았다. 샤라키는 사비지만 붙들고 늘어지지만, 사실 파혼의 책임은 오르곤에게도 있었다. 아니, 엄밀하게 말해서 오르곤보다는 마리네 왕녀의 잘못이 컸다.

신하들 몇몇이 힐끗힐끗 마리네를 곁눈질했다.

마리네가 입술을 꼭 깨물었다. 만약 시간을 되돌릴 수만 있다면 그녀는 과거로 돌아가서 파혼을 물리고 싶은 심정이었다.

‘이 멍청한 것. 이 바보, 천치. 내가 왜 그랬을까? 내가 지금 굴본 남작과 사귀는 사이도 아니잖아. 그렇다면 그냥 오라버니의 말을 순순히 따라서 군나르 왕국으로 시집을 갔어야 했는데, 나 때문에 오라버니의 입지가 이상해졌어. 이걸 어쩌지? 어떻게 만회하지?’

흙빛이 된 마리네의 얼굴을 오르곤이 물끄러미 쳐다보았다. 그러곤 목에 힘을 주어 말했다.

"자자, 그만. 그만."

오르곤이 입을 열자 샤리키도 더 이상 딴죽을 걸지 않았다. 신하들이 오르곤에게 주목했다.

오르곤이 상황을 정리했다.

"우리 서로에게 비난을 하지는 맙시다. 결국 결정은 내가 내린 것이 아니오? 그러니 모든 잘못은 나에게 있소."

"아닙니다. 어찌 이것이 오르곤 님의 잘못이겠습니까? 모두 저의 탓입니다."

사비지가 손사래를 쳤다.

샤라키도 한 입 거들었다.

"비난을 한 것처럼 보였다면 송구하옵니다. 단지 저는 우리 대신들이 반성해야 한다는 의미였을 뿐, 사비지 백작을 나무란 것은 아닙니다."

"그래요. 그래. 내가 샤리키 후작의 충심도 알겠고, 사비지 백작의 마음도 이해하겠소. 하지만 일단 우리가 좋은 기회를 그르친 것은 사실 아니겠소? 만약 하라간 님이 소문대로 신인의 재림이시라면 우리 헤닝 왕국은 위태로울 수도 있는 상황이오. 그러니 우선 이 위기를 헤쳐 갈 지혜부터 모아봅시다. 잘잘못은 이 위기를 넘긴 다음에 따지기로 하고."

오르곤은 뛰어난 리더였다. 그의 말 한마디에 헤닝 왕국 신하들의 마음이 봉합되었다. 샤리키도 사비지를 공격하려던 마음을 비웠다. 사비지도 샤리키에게 원한을 품지 않았다.

그렇게 머리를 맞대고 의논하자 몇 가지 의견이 추려졌다.

"제 생각에는 일단 이번 파혼의 잘못이 우리에게 있다는 점을 인정해야 한다고 봅니다. 특히 제 잘못이 큽니다. 그러니 저를 군나르 왕국에 사신으로 보내 주십시오. 제가 군나르 왕국에 가서 솔직하게 죄를 인정하겠습니다. 그리고 어떻게든 이번 혼사를 다시 추진해 보도록 하겠습니다."

사비지가 이렇게 주장했다.

오르곤이 의견을 내었다.

"솔직하게 우리 잘못을 인정하자는 취지는 좋은 것 같소. 그런데 혼사를 다시 추진하기는 어렵지 않겠소? 군나르 왕국에서 우리 제안을 받아 주겠소?"

"끄응. 쉽지는 않을 겁니다."

사비지가 고개를 절레절레 내저었다.

이번엔 샤라키 후작이 묘안을 내었다.

"어지간해서는 사과도 받아 주지 않을 겝니다. 사비지 백작이 찾아가도 군나르 님이나 하라간 님의 존안을 뵐 가능성이 작습니다. 그래서 소신의 생각으로는 선물이 필요합니다."

"선물? 양국 간에 혼사를 추진해 보자며 군나르 왕국이 우리에게 보내온 선물이 얼마나 막대했는지 한번 떠올려 보시오. 그 두 배를 배상한다고 해서 저들이 거들떠보기나 하겠소?"

오르곤은 부정적이었다.

Chapter 2

샤라키가 오르곤의 의견에 동의했다.

"오르곤 님의 말씀이 맞습니다. 재물로는 저들의 환심을 사기 어려울 겁니다."

"재물이 아니면, 마법 아이템? 그것도 별 소용이 없을 거요. 토브욘 왕국을 점령한 이후로 군나르 왕국은 마법 아이템이 풍부해졌소. 우리가 양질의 마법 아이템을 보내도 저들은 별 반응이 없을 것 같소. 내 말이 틀렸소?"

오르곤이 이렇게 반박했다.

샤라키 후작이 은근하게 아뢰었다.

"꼭 재물이나 마법 아이템만이 선물은 아니지 않습니까? 자고로 가장 좋은 선물은 상대방의 가려운 곳을 긁어 주는 것이라 했습니다."

"오호라. 가려운 곳을 긁어 준다고?"

오르곤이 상체를 기울여 샤라키의 말에 집중했다.

대신들의 이목도 온통 샤라키에게 쏠렸다.

"이걸 한번 보십시오."

샤라키가 오른손 손바닥을 위로 향해 오르곤에게 내밀었다. 그의 손바닥에서 빛이 뿜어져 나와 허공에 영상을 하나 띄웠다.

머리에 티아라를 쓴 아름다운 미부인 한 명.

로브를 걸친 노인 한 명.

그 뒤를 따르는 일단의 무리들.

샤라키가 띄운 영상 속에는 마법사 무리로 보이는 행렬이 잡혔다.

오르곤이 고개를 갸웃했다.

"저 여인, 어쩐지 안면이 눈에 익은데? 저들이 대체 누구요?"

샤라키가 잇몸을 드러내고 웃었다.

"후후후. 이 여인이 바로 토브욘 왕국의 이왕비 카스트렌입니다. 그리고 카스트렌의 뒤에 있는 노인이 바로 토브욘 왕국의 집정관인 악셀리지요."

"카스트렌 왕비! 집정관 악셀리!"

오르곤이 벌떡 일어났다.

샤리키가 으스스한 미소와 함께 말을 이었다.

"군나르 왕국의 손에 토브욘 왕국이 무너지던 날, 이자들이 우리 헤닝 왕국으로 도망을 쳐 왔습니다. 자기들 딴에는 살아날 방도를 찾기 위해 기어들어 온 것 같은데, 운이 나쁘게도 이들이 공간 이동을 한 곳이 바로 소신의 영토였습니다. 마침 소신의 영토에는 온갖 감시 마법진이 중첩되어 있었지요. 주술계 녀석들과 내전을 벌이느라 설치한 그 감시 마법진에 토브욘 왕국 망명자들이 걸려든 셈입니다. 물론 처음에 소신은 이들의 정체를 파악하지 못했습니다. 그러다 최근에 눈치를 챘지요."

"오오오!"

오르곤이 탄성을 질렀다.

"오호라. 그런 일이 있었습니까?"

사비지는 손바닥으로 자신의 무릎을 쳤다.

샤라키가 자랑스럽게 어깨를 으쓱했다.

"에헴. 소신이 이들 망명자 무리에게 추적 마법을 걸어 놓았습니다. 물론 섣부르게 이들을 건드리지는 못했습니다. 망국의 이왕비 카스트렌은 소신도 감당하기 어려운 최고위 마법사이고, 나머지 잔당들도 만만치 않아 보였기 때문입니다. 그래서 그저 추적 마법만 붙여 놓았을 뿐입니다."

"잘했소. 정말 잘하셨소."

오르곤이 샤라키를 향해 엄지를 치켜세웠다.

사비지도 감격해서 두 손으로 얼굴을 쓸어내렸다.

"아아아, 이제야 한시름 덜었습니다. 원래 소신은 군나르 왕국에 사신으로 가서 무작정 무릎을 꿇고 잘못을 빌 생각이었습니다. 군나르 님이나 하라간 님이 소신을 만나 주실 때까지 무턱대고 기다릴 요량이었습니다. 그런데 샤라키 후작님 덕분에 이야기가 쉽게 풀릴 것 같습니다. 저희가 토브욘의 잔당들을 붙잡아서 선물로 가져가면 군나르 왕국에서도 제 이야기에 귀를 기울여 주겠지요. 아아아, 정말 다행입니다."

사비지는 실제로 울음을 터뜨릴 것 같은 표정이었다.

그 모습을 본 샤라키는 가슴 한구석이 뭉클해지는 것을 느꼈다.

'나와 사이도 나쁘고 아옹다옹하지만, 사비지 백작이 그래도 충신은 충신이야. 저토록 우리 왕국을 걱정하는 충신이 몇이나 되겠는가.'

샤라키는 마음속으로나마 사비지 백작을 인정했다.

한편 마리네 왕녀는 부끄러워 얼굴을 들 수 없었다.

'혼담이 깨진 것은 사비지 백작 탓이 아니야. 엄밀하게 말해서 엉덩이에 뿔 난 망아지처럼 천방지축으로 날뛴 내 잘못이라고. 그런데 사비지 백작이 내 죄를 대신 짊어지고 우리 왕국을 위해서 헌신할 동안 나는 대체 뭘 하는 거지? 나의 삶? 나의 자유분방함? 이런 것들을 위해서 왕국에 피해를 주는 이기적인 내가 과연 왕녀의 자격이 있을까? 하아아.'

가슴이 답답해진 마리네는 결국 이야기를 끝까지 듣지 못하고 대전에서 빠져나왔다.

그날 밤.

"저곳이오?"

숲 속 후미진 곳에 지어진 오래된 저택을 향해 오르곤이 턱 끝을 들었다.

샤라키 후작이 고개를 끄덕였다.

"네, 오르곤 님. 소신이 걸어 놓은 추적 마법이 저 저택을 가리키고 있습니다."

샤라키 후작은 말만으로 그치지 않고 오르곤에게 둥그런 크리스털을 보여 주었다. 크리스털 화면 안에는 붉은 점 수십 개가 맺혀 있었는데, 그 가운데 몇몇 점들이 움찔움찔 이동하는 것이 보였다.

"이 점 하나하나가 제 영토로 들어온 토브욘 잔당들의 위치를 나타냅니다."

옆에서 사비지 백작이 끼어들었다.

"샤라키 후작님, 잔당들 전원이 다 포착된 것 맞습니까? 혹시 이탈자가 있을 가능성은 없습니까?"

사비지의 질문은 해석하기에 따라서는 공격적으로 들릴 법했다. 샤라키가 펄쩍 뛰기 전에 오르곤이 부연 설명을 붙였다.

"샤라키 후작, 사비지 백작의 말을 곡해해서 듣지 마시구려. 사비지 백작은 혹시라도 카스트렌 왕비가 저곳에 없을까 봐 걱정하는 것 같소. 다른 사람을 다 붙잡아도 카스트렌이 빠지면 의미가 없지 않겠소?"

다행히 샤라키는 화를 내지 않았다.

"소신도 그 점 때문에 신경을 많이 썼습니다. 소신이 파악하기로는 아직까지 단 한 명의 이탈자도 없습니다. 특히 카스트렌과 악셀리는 저 저택 안에 머무는 것을 거듭 확인했습니다."

오르곤이 고개를 주억거렸다.

"그렇다면 다행이오. 이제 시작합니다."

말과 함께 오르곤이 얼굴에 시커먼 가면을 뒤집어썼다.

'만약 얼음과 빙하의 제왕 토브욘이 살아 있다면? 만약 그가 원한을 품고 헤닝 왕궁으로 쳐들어와서 날뛴다면?'

오르곤과 그 신하들은 바로 이 점을 걱정했다. 그래서 아무도 모르게 카스트렌 일행을 포박한 다음 곧바로 군나르 왕국에 넘겨주려는 생각이었다.

오르곤에 이어서 사비지 백작이 검은 가면을 착용했다.

샤라키 후작도 가면으로 얼굴을 가렸다.

이들 3명뿐 아니라 거의 300여 명에 달하는 워메이지(War Mage: 전투 마법사)들이 얼굴을 숨기고 마나를 잔뜩 끌어 올렸다.

이제 모든 공격 준비가 완료되었다.

마침 구름이 달을 가려 주변도 어둑해졌다. 샤라키와 오르곤, 사비지가 서로의 눈을 마주 보며 고개를 끄덕였다.

Chapter 3

얼굴에 가면을 쓴 덕분에 세 사람 사이엔 대화가 자유롭지 않았다. 샤라키는 입을 여는 대신 뇌파로 의견을 전달했다.

[100 미터의 거리를 두고 저택을 포위할 겁니다. 그다음 저택 주변에 돔 형태로 공간 왜곡 마법진을 형성할 예정입니다.]

[당연한 수순이오. 주변 공간을 왜곡시켜 놓아야 카스트렌이 포탈로 도망치지 못하겠지.]

오르곤이 샤라키의 작전에 동의했다.

까딱까딱.

샤라키가 부하들에게 수신호를 보냈다.

[알겠습니다, 후작님.]

명을 받은 자들은 모두 화염 계열의 워메이지들이었다. 그들이 허공으로 둥실 떠올라 원형 포위망을 구축했다. 그 다음 저택을 향해 저공비행했다.

이번엔 사비지의 차례였다.

[우리도 간다.]

[명을 받들겠습니다.]

얼음 계통의 워메이지들이 플라이(Fly: 비행) 마법으로 떠올라 저택에 접근했다.

[나도 슬슬 움직여야겠지?]

마지막으로 오르곤이 몸을 띄웠다. 오르곤의 뒤를 따라 왕실 직속 워메이지들이 차례로 전장에 투입되었다.

오르곤이 직접 나서는 이유는 두 가지였다.

'카스트렌이 소문대로 강하다면 그녀를 감당할 사람은 나밖에 없다. 내가 몸을 사리면 아군의 피해가 커질 거야. 자칫하다가 그녀를 놓칠 수도 있고 말이야.'

오르곤은 아군의 피해와 카스트렌의 도주 가운데 후자를 더 걱정했다. 지금 헤닝 왕국이 군나르 왕국과의 관계를 회복하려면 카스트렌을 꼭 붙잡아야 했다. 오르곤이 입술을 꾹 다물어 의지를 다졌다.

그런데 시작부터 일이 꼬였다.

파직! 파카캉!

"크악!"

저공비행으로 저택 100 미터 지점까지 접근하던 중, 화염 계통 워메이지 가운데 한 명이 갑자기 감전되어 비명을 질렀다.

[이런, 마법 트랩(Trap: 덫)이다.]

샤라키가 낭패한 표정을 지었다. 조심성이 많은 카스트렌이 저택 주변 100 미터 밖까지 마법트랩을 깔아둔 것이다.

생각보다 데미지가 크지는 않았던지 지상에 추락했던 워메이지가 다시 벌떡 일어났다. 대신 저택 안에서 일제히 불이 켜졌다.

[젠장! 놈들이 눈치를 챘다. 어서 공간왜곡 마법진부터 발동햇.]

샤라키가 뇌파로 악을 썼다.

[넵.]

워메이지들이 미리 준비해 놓은 마법 아이템을 앞으로 던졌다. 어부가 크게 그물을 펼쳐서 던지듯이 활짝.

그렇게 흩뿌려진 마법 아이템들이 저택 주변 100미터를 빙 둘러쌌다.

후오옹!

아이템으로부터 솟구친 주홍색 빛줄기가 이내 거대한 반구, 즉 돔의 형태를 구성하며 저택을 포위했다. 돔 안의 공간이 꾸불꾸불 뒤틀렸다. 지축이 뿌드드득 소리를 냈다.

[되었다. 이제 놈들이 포탈을 열지 못한다.]

샤라키가 쾌재를 불렀다.

그 보다 한 발 앞서 사비지가 벼락처럼 몸을 날렸다.

[모두 진격하라.]

[명을 따르겠습니다.]

얼음 계통의 마법사들이 사비지의 뒤를 따라 저택으로 날아들었다.

[빙계 녀석들에게 공을 빼앗길 수는 없지. 우리도 진격한다.]

샤라키가 플라이 마법으로 몸을 띄웠다.

[진격하랍신다. 우하하하하.]

[가자아—]

성격이 급한 화염 계열 마법사들이 가만히 있을 리 없었다. 그들은 피를 볼 생각에 광분하여 눈알을 희번덕거렸다.

그렇게 워메이지들이 저택으로 날아들 때였다.

저택 안에서 강한 반격이 터졌다.

쿠와앙!

저택의 벽면이 터져 나가면서 둥그런 구체가 튀어나왔다.

기아아아앙—

지름 2미터 크기의 금속 구체는 무서운 속도로 회전하며 날아와 얼음 계통 마법사들을 덮쳤다.

그 즉시 사비지가 오브를 휘둘렀다.

[어딜 감히.]

사비지의 오브에 박힌 하얀 구슬이 새하얀 벼락을 토했다. 그 벼락에 스치는 모든 물체가 꽁꽁 얼어붙었다. 금속 구체 표면도 하얗게 얼어붙기 시작했다.

그러자 구체의 회전 속도가 한층 빨라졌다.

기아아아앙—

구체 표면에 달라붙었던 얼음들이 부서져 파편으로 흩어졌다. 재차 회전하기 시작한 구체가 방향을 틀어 사비지에게 날아들었다.

[이익!]

사비지가 오케스트라의 지휘자처럼 오브를 크게 휘저었다. 휘이이잉! 오브로부터 강한 눈보라가 휘몰아쳤다. 사비지의 부하들도 힘을 보탰다. 워메이지들은 캐스팅을 마치고 다 함께 손을 앞으로 내밀었다. 그들이 연합해서 만들어낸 얼음 화살 수천 발이 저택 안으로 쏟아져 들어갔다.

퓨퓨퓨퓨퓻!

"흥!"

저택 안에서 여자의 코웃음 소리가 들렸다. 이어서 무시무시한 강풍이 불어 닥쳐 워메이지들의 얼음 화살을 뒤로 되돌려보냈다.

그게 끝이 아니었다. 저택 주변에 시커먼 구름이 모여들었다. 그 구름으로부터 눈 폭풍, 즉 블리자드(Blizzard)가 발생했다.

휘유우우웅—

바람 소리가 마치 유령의 울음처럼 들렸다. 차가운 삭풍이 대지를 거칠게 할퀴었다. 휘몰아치는 하얀 눈송이가 송곳처럼 얼어붙어 저택을 포위한 워메이지들을 공격했다.

[비켜라. 우리가 상대하겠다.]

샤라키 후작이 사비지의 머리를 뛰어넘어 앞으로 나섰다. 샤라키의 두 손은 어느새 시뻘건 화염으로 물들었다. 그가 전면으로 손을 뻗자 화염이 빙글빙글 회전하면서 쏟아져 블리자드에 대항했다.

화염 계열의 마법사들이 달려와 주변에 원형 마법진을 설치했다.

[쿠워워워워—]

원형 마법진 표면에서 화염으로 이루어진 거인이 튀어나와 두 주먹을 불끈 들었다. 하반신은 마법진 속에 박혀서 보이지 않고, 상반신만 세상에 드러낸 화염의 거인은 3 미터가 넘는 두 팔을 휘둘러 저택 지붕을 후려쳤다.

콰앙!

휘몰아치는 눈 폭풍도 화염의 거인을 막지 못했다. 저택 지붕이 단숨에 허물어졌다. 벽을 타고 불길이 번져 저택을 활활 태웠다.

"크읏, 이놈들이 감히."

저택 속에서 분노에 가득한 신음이 터졌다. 이윽고 불길을 좌우로 가르며 한 여인이 모습을 드러내었다. 머리에 티아라를 쓰고 우아한 드레스로 몸을 치장한 귀부인의 정체는 다름 아닌 카스트렌이었다. 카스트렌의 신체 주변에는 나선형으로 빙글빙글 회전하는 눈보라가 호위 무사처럼 자리했다. 그 나선의 바람이 어찌나 강렬했던지 화염의 거인도 접근하지 못했다. 거인이 손을 뻗었지만 강력한 눈보라 때문에 손 자체가 위태롭게 흩어졌다.

"으드득. 웬 놈들이냣?"

카스트렌이 표독하게 외쳤다.

헤닝 왕국의 워메이지들은 답하지 않았다.

적들을 무섭게 노려보던 카스트렌이 샤라키를 향해 벼락처럼 달려들었다. 갈고리처럼 휘어진 그녀의 손끝에서 새하얀 얼음 벼락이 작렬했다.

콰지직! 콰득!

샤라키의 몸 주변에 날카로운 얼음 가시가 돋아났다.

Chapter 4

카스트렌의 손끝에서 날아온 얼음 벼락이 샤라키의 가슴을 때렸다.

꽈릉!

샤라키의 코앞에서 소름 끼치는 소리가 들렸다.

깜짝 놀란 샤라키는 반사적으로 파이어 월(Fire Wall)을 일으켜 세웠다. 카스트렌의 얼음 벼락이 파이어 월을 뚫고 단숨에 샤라키의 가슴을 때렸다.

"크왁!"

샤라키가 뒤로 뺑 날아갔다. 샤라키의 가슴 부위에서 얼음이 쩌저적 얼어붙어 거미줄처럼 그의 몸을 장악해 갔다.

"죽여 주마."

카스트렌이 샤라키의 숨통을 완전히 끊어 놓으려고 달려들었다.

그때 오르곤이 전투에 개입했다. 플라이 마법으로 날아오는 오르곤의 양손에 푸른 번개가 형성되는가 싶더니, 무섭게 확산하기 시작했다. 번개는 이내 오르곤의 상반신 전체를 푸르게 물들였다. 오르곤의 두 눈에서도 시퍼런 광채가 뿜어졌다.

샤라키가 얼음 벼락에 얻어맞고 뒤로 나자빠진 것과, 오르곤이 앞으로 달려들면서 오른손을 크게 휘두른 것이 거의 동시였다.

빠카카카캉!

오르곤의 손에서 뿜어진 시퍼런 벼락이 전면을 그대로 휩쓸었다.

스플리티드 라이트닝(Splitted Lightning: 분열 번개) 작렬!

장애물에 한 번 부딪칠 때마다 2개, 3개, 4개로 쪼개지면서 무수히 증식해 버리는 오르곤 특유의 전격계 광역 마법이 발동했다.

그 번개의 다발이 카스트렌뿐 아니라 저택 안쪽까지 그대로 지졌다.

후오옹!

저택 안에서 반투명한 쉴드가 솟구쳤다.

스플리티드 라이트닝은 그 쉴드 표면을 때리며 다시 2개, 3개로 분열했다. 그렇게 생긴 새 번개가 다시 쉴드를 때리고 또 때렸다.

빠카캉! 빠캉! 빠캉!

눈부신 번개의 향연이 지속되었다.

"크윽."

카스트렌이 답답한 신음을 흘렸다.

"으윽, 이게 대체 무슨 마법이야?"

저택 안에서 쉴드를 쳤던 악셀리도 진저리를 쳤다.

하지만 아직 오르곤의 공격은 끝나지 않았다. 오르곤은 오른손에 이어서 왼손을 뻗었다. 그의 왼손 주변에 집약시켜 놓았던 번개의 기운이 투창처럼 날아갔다.

또다시 스플리티드 라이트닝 작렬!

빠카카카캉!

연달아 터진 최상위 전격계 공격에 악셀리의 쉴드가 깨졌다.

"쿠악!"

악셀리가 뒤로 튕겨 나가며 입에서 피를 뿜었다.

악셀리를 도와서 쉴드 마법을 펼쳤던 토브욘 왕국의 마법사들도 함께 튕겨 나갔다. 다들 고압 전류에 감전되어 손발을 바르르 떨었다.

카스트렌이 다시 한 번 오르곤에게 달려들었다.

"이 노옴, 네 상대는 나다."

카스트렌이 분노하자 그녀의 머리카락이 하늘로 솟구쳐 거칠게 일렁거렸다. 새하얗게 탈색된 그녀의 두 눈동자엔 노여움이 가득했다.

"이야아아압."

카스트렌은 젖 먹던 힘까지 쥐어짜서 두 손을 머리 위로 들었다. 카스트렌의 손 안에서 정육면체 모양의 새하얀 박스가 소환되었다.

이것은 랜덤 박스(Random Box).

고대에 멸종한 신수를 소환하여 적을 물리치는 최고위 소환 마법이 카스트렌의 손끝에서 펼쳐졌다.

랜덤 박스 안에서 어떤 신수가 튀어나올지는 미지수였다. 카스트렌은 제발 강력한 공격형 신수가 튀어나오기를 기도했다. 그러면서 네모난 박스를 번쩍 들었다가 대지에 내리찍었다.

꽝!

처음엔 아무런 변화도 나타나지 않았다.

'엉? 이게 무슨 마법이지?'

오르곤이 잠시 어리둥절했다.

헤닝 왕국의 워메이지들도 눈만 껌뻑거렸다.

이윽고 지축이 흔들렸다.

우르르, 우르르, 우르르르.

땅속으로 스며든 네모난 박스가 지축을 끊으며 고대의 숨겨진 힘을 불러일으켰다.

[커우우우우.]

늑대 울음소리와 함께 몸길이 30 미터, 송곳니의 크기만 60 센티미터가 넘는 초대형 은빛 늑대가 등장했다. 땅거죽을 뚫고 튀어나온 늑대는 단숨에 수십 미터를 도약하여 헤닝 왕국의 워메이지들을 덮쳤다.

"옳거니!"

그 모습을 본 카스트렌이 쾌재를 불렀다. 이 은빛 늑대는 랜덤 박스에서 소환되는 신수 가운데 열 손가락 안에 꼽히는 강력한 종이었다.

파사삭—

은빛 늑대의 발톱에 스친 워메이지 3명이 눈 깜짝할 사이에 얼음으로 변해 부서졌다.

[이크, 보통 마법이 아닌 것 같다.]

[모두 힘을 합쳐 저 대형 늑대를 공격하라.]

헤닝 왕국 화염 계열 마법사들이 다시 한 번 마법진을 그렸다. 그 마법진 안에서 불길에 휩싸인 거인의 상반신이 튀어나와 은빛 늑대와 맞서 싸웠다.

[커우우—]

화염으로 이글거리는 거인을 향해 초대형 늑대가 아가리를 쩍 벌리고 달려들었다. 늑대의 입 안에서 블리자드가 휘몰아쳤다. 칼날처럼 곤두선 늑대의 털이 사방으로 얼음 화살을 날려 댔다.

"크윽."

"컥."

그 화살에 맞은 헤닝 왕국 마법사들이 부상을 입었다.

"치잇. 안 되겠구나."

아군의 피해가 커질 듯하자 오르곤이 입술을 꽉 깨물었다. 결국 최후의 수단은 마물 소환이었다. 오르곤의 몸이 풍선처럼 부풀었다. 그의 옷이 찢어지고 가면이 멀리 날아갔다. 오르곤의 몸 곳곳에서 뾰족한 창이 돋았다.

해구 3층 레벨의 밀레노포스 등장.

허공에 나타난 밀레노포스가 단숨에 목표를 타겟팅하고 무섭게 돌진했다.

웨애애애앵—

수 미터 두께의 철벽도 단숨에 찢어 버리는 이 회전 공격이야말로 밀레노포스의 주특기였다.

"막앗."

카스트렌이 황급히 은빛 늑대에게 명령을 내렸다.

[커우우— 컹컹.]

거대한 늑대가 화염의 거인을 내팽개치고 밀레노포스를 향해 달려들었다.

Chapter 5

콰르르르—

밀레노포스는 30 미터나 되는 거대한 늑대를 무시하고 그대로 카스트렌을 덮쳤다. 늑대가 아가리를 쩍 벌리며 막아섰으나, 해구 3층의 강력한 마물을 막기에는 역부족이었다. 얼음 결정으로 만들어진 늑대의 어금니가 와장창 부서졌다. 이어서 늑대의 주둥이가 밀레노포스의 가공할 회전력을 견디지 못하고 산산이 박살 났다.

오르곤이 빙글빙글 회전하면서 거대한 얼음 늑대를 완전히 해체해 버렸다.

[커커컹!]

랜덤 박스에서 튀어나온 신수가 강제로 소환 해제 되었다.

"이럴 수가."

카스트렌이 망연자실하여 입을 벌렸다.

늑대를 깨부순 오르곤이 카스트렌에게 달려들었다.

"안 돼."

카스트렌이 황급히 쉴드를 쳤다. 샤라랑 소리와 함께 카스트렌의 몸 앞에 얼음으로 만들어진 보호막이 한 겹 형성되었다.

오르곤의 밀레노포스는 그 쉴드마저 가볍게 부쉈다. 숨막히는 압박감이 카스트렌을 짓눌렀다.

"빌어먹을."

결국 카스트렌도 자신의 마물을 소환할 수밖에 없었다. 그녀의 마물은 해구 2층 레벨의 희귀종인 왑타포스였다.

온몸이 빙하로 이루어진 왑타포스가 수십 개의 촉수를 휘저으며 밀레노포스의 공격에 저항했다.

하지만 그 저항은 소극적이고 무의미했다.

카스트렌이 마물 소환을 망설인 이유는 바로 이 때문이었다. 마물들은 자신보다 레벨이 높은 마물을 만나면 기가 눌려서 제대로 싸우지 못한다. 적이 해구 3층 레벨의 밀레노포스임을 알아본 순간, 왑타포스는 꽁무니를 뺄 생각부터 했다.

'젠장, 젠장, 젠장.'

마물과 일체가 된 카스트렌도 그 사실을 느끼고는 눈앞이 캄캄해졌다.

그래도 지금은 어쩔 수 없었다. 은빛 늑대가 소멸당하고 쉴드마저 깨진 이상 카스트렌이 사용할 수 있는 무력은 왑타포스뿐이었다.

퓨퓨퓨퓨퓻!

오르곤의 밀레노포스가 회전과 함께 사방으로 마물 투창을 뿌려 댔다.

왑타포스는 빙하를 소환해 맞상대를 하다가 결국 꼬리를 말았다. 왑타포스가 마정석 안으로 숨어 버리자 카스트렌이 다시 사람의 모습으로 돌아왔다.

"커억, 헉헉헉."

카스트렌이 바닥에 주저앉아 거칠게 각혈을 했다. 그러다 다시 고개를 들고 표독하게 소리쳤다.

"누구냐? 네놈들의 정체가 뭔데 우리를 공격한 게냐?"

오르곤은 대답이 없었다.

카스트렌이 다시 악을 썼다.

"가면으로 얼굴을 가리고 입을 꾹 다문다고 모를 줄 아느냐? 네놈은 분명 헤닝 왕국의 왕족이겠지? 해구 3층 레벨의 초고위 마물과 결합한 것을 보면 답은 뻔하다."

오르곤은 여전히 대답하지 않았다.

카스트렌이 고개를 꼿꼿이 들고 비웃었다.

"오호호호호. 오호호호. 정말 웃기는구나. 자존심 강하던 헤닝 왕국이 이게 무슨 꼴이냐? 우리를 붙잡아서 뭘 어쩌게? 군나르 왕국에 우리를 바치고 꼬리라도 살랑살랑 흔들겠다는 속셈이냐? 오호호호홋. 비겁한 것들."

비겁하다는 비난에 밀레노포스가 거친 숨결을 내뱉었다.

그런 상대를 노려보는 카스트렌의 눈이 살기로 번들거렸다.

“흥! 마음대로 해 봐라. 위대하시고 또 위대하신 분께서 반드시 이 복수를 해 주실 게다. 오호호홋. 그분께서 네놈들의 내장을 뽑고 사지를 얼려서 부숴 버리실 게야.”

카스트렌은 끝까지 악담을 퍼부었다.

[이년이 어디서 감히 협박질이야?]

빠악!

어느새 카스트렌의 뒤로 접근한 샤라키가 팔뚝만 한 나무 막대기로 카스트렌의 뒤통수를 후려갈겼다. 양손으로 풀스윙해서 휘두른 나무가 뒤통수에 작렬하는 순간, 카스트렌은 머리가 뒤로 크게 꺾였다가 다시 앞으로 튕겨 나왔다.

“컥.”

카스트렌은 외마디 비명과 함께 눈 속에 얼굴을 처박았다. 그녀의 뒤통수는 온통 피범벅이었다. 한 방에 기절한 카스트렌의 머리 주변으로 붉은 선혈이 빠르게 번져 나갔다.

이제 저택 안의 전투도 막바지였다. 악셀리를 비롯한 토브욘 왕국의 망명자들은 헤닝 왕국의 워메이지들을 맞아 끝까지 저항했다.

“막앗. 오른쪽에 구멍이 뚫린다. 어서 쉴드를 쳐. 네놈들을 거기서 뭐하는 게야? 어서 공격 마법을 퍼붓지 않고.”

악셀리가 고래고래 소리를 질렀다.

"이익."

"죽어랏, 이놈들."

토브욘 왕국의 망명자들도 정말 열심히 싸웠다.

하지만 적이 너무 많았다. 헤닝 왕국의 워메이지들이 사방을 포위하고 마법을 난사하자 결국 망명자들이 하나둘 쓰러지기 시작했다.

마침내 방어선에 구멍이 뚫렸다.

사비지가 그 허점을 노리고 달려들어 얼음창을 퍼부었다. 빙글빙글 소용돌이치는 얼음의 창이 적의 약점을 집중 공격했다.

"안 돼."

악셀리가 달려와서 약점을 커버했다.

그러자 이번엔 사비지의 부하들이 악셀리에게 화력을 집중했다. 사비지도 얼음 창을 다시 만들어 악셀리를 공격했다.

"크악."

악셀리는 오브가 깨져 나갈 때까지 고군분투했으나, 결국 사비지의 공격을 막지 못하고 주저앉았다. 피투성이가 된 악셀리가 뒤로 벌렁 누웠다. 그의 가슴이 위아래로 거칠게 들썩였다.

카스트렌에 이어서 악셀리까지 제압을 당하자 토브욘 왕국의 망명자들은 더 이상 맞서 싸울 의욕을 잃었다.

"항복, 항복."

"제발 그만합시다. 크흐윽."

토브욘의 피를 이어받은 왕족들이 하나둘 손을 들고 항복했다. 악셀리의 아들들도 오브를 축 늘어뜨리고 무릎을 꿇었다.

이것으로 게임은 끝났다.

오르곤이 카스트렌과 악셀리를 포획한 것이 1월 19일 자정 무렵이었다.

불과 몇 시간 뒤인 1월 20일 오전.

헤닝 왕국의 특사가 군나르 왕궁을 방문했다. 특사단의 대표로 오르곤의 오른팔인 사비지 백작이 직접 움직였다.

군나르가 옷전에 앉아서 그 보고를 받았다.

"흥! 누가 왔다고?"

군나르의 반응은 그리 좋지 않았다.

문밖에서 수석 환관이 진땀을 훔치며 아뢰었다.

"헤닝 왕국의 사비지 백작이 하라간 님의 혼사를 다시 추진하기 위해 방문을 했사옵니다. 사비지 백작은 황망하게도 위대하시고 또 위대하신 분께 알현을 청하고 있사옵니다."

"제깟 놈이 뭔데 이 군나르를 알현해? 카텁에게 사신을 맞으라고 해라."

군나르는 사신 면담을 카텝에게 미뤘다.

수석 환관이 수건으로 땀을 한 번 닦은 뒤 다시 아뢰었다.

“대전에서도 그리하려고 했사옵니다. 사신에게 굳이 위대하시고 또 위대하신 분의 존체를 알현할 기회를 줄 필요가 없다는 것이 대신들의 중론이었사옵니다.”

“그러면 되었지, 왜 나를 찾아?”

“하온데 헤닝 왕국의 사신이 선물을 가져왔다고 하옵니다.”

“선물? 고작 선물 때문에 내가 사신을 만나야 한단 말이냐?”

군나르가 언성을 높였다.

휘류류류류—

방 안에서 휘몰아친 살기가 가닥가닥 꼬여서 방문 밖으로 뻗어 나가더니 수석 환관의 숨통을 그대로 틀어막았다.

Chapter 6

군나르는 최근 하라간 덕분에 탁소 키르샤에서 막키르샤로 진화했다. 그 후로 기세가 몇 배나 강해져서 군나르를 대면하는 수석 환관은 아주 죽을 맛이었다.

"커억, 컥. 소, 송구하옵니다. 컥컥컥."

수석 환관이 바닥에 머리를 처박고 거칠게 숨을 몰아쉬었다.

군나르는 그제야 살기를 거뒀다.

수석 환관이 두려움에 벌벌 떨면서 아뢰었다.

"하온데 보통 선물은 아니옵니다. 헤닝 왕국의 사신이 가져온 선물은 다름 아닌 옛 토브욘 왕국의 왕비였던 카스트렌이옵니다."

"뭐?"

군나르가 눈매를 가늘게 좁혔다.

수석 환관이 빠르게 뒷말을 붙였다.

"카스트렌뿐 아니라 옛 토브욘 왕국의 집정관이었던 악셀리, 그리고 망국의 왕족들 수십 명을 선물로 가져왔사옵니다. 일단 이 사실을 위대하시고 또 위대하신 분께 아뢰어야 할 것 같아서 보고를 올렸사옵니다."

"흐음."

군나르가 손으로 턱수염을 쓰다듬었다.

"카스트렌이란 말이지? 덤으로 악셀리도 있고?"

이렇게 뇌까리면서 군나르는 손끝으로 탁자를 두드렸다.

원래 군나르는 천장에 온갖 종류의 독 봉지를 주렁주렁 매달고 나무 탁자와 나무 가구로 방을 장식하곤 했다. 자연스러운 인테리어를 선호한 셈이었다.

그러다 최근 오드의 메탈룸 막키르샤를 잡아먹으면서 군나르의 취향이 조금 바뀌었다. 지금 군나르가 두드리는 탁자는 금으로 치장된 금속 탁자였다.

토옹, 토옹, 토옹, 토옹.

이 화려한 탁자의 상판이 군나르의 손톱과 부딪치면서 청명한 금속 소리를 퍼뜨렸다. 한동안 침묵하던 군나르가 배시시 웃었다.

"후훗. 헤닝 왕국이 그래도 경우가 아주 없지는 않군. 제멋대로 혼사를 뒤틀어서 우리 하라간의 눈을 찌푸리게 만든 점은 괘씸하나, 이 정도 선물을 가져왔으니 사신의 얼굴이나 한번 봐 줄까?"

"하오시면 대전에 사신을 대기시키고 가마를 준비하겠나이다."

수석 환관이 목청을 가다듬어 고했다.

군나르가 자리를 툭툭 털고 일어났다.

"그래. 사비지라는 녀석이 어떻게 생겨 먹었는지 얼굴이나 한번 보자."

그 말이 떨어지자 문밖에서 대기 중이던 수석 환관이 황급히 손가락을 돌렸다.

'지금 나오신다. 빨리빨리 준비해.'

수석 환관은 입도 벙긋거려 이렇게 명했다.

'알겠사옵니다.'

부하 환관들이 서둘러 군나르의 가마를 대령했다.

초조한 마음으로 대기 중이던 사비지가 드디어 군나르를 알현하게 되었다. 사비지는 옷매무새를 단정하게 가다듬고, 마음의 준비를 단단히 한 뒤 군나르 왕국의 대전에 들었다.

사막 왕국의 대전은 헤닝 왕국의 그것과는 분위기가 달랐다. 어마어마하게 높은 천장 아래 둥그런 기둥들이 줄지어 늘어서 있었고, 그 기둥 사이사이로 높이 5 미터의 대형 조각상들이 자리했다. 주둥이가 뾰족한 개의 머리에 사람의 신체가 복합된 조각상들이었다. 조각상들 모두 가슴 부위에서 양손을 X자로 교차한 형태였다.

대전 벽 높은 곳에 뚫린 조그만 창문을 통해서 햇살이 일직선으로 떨어졌다. 그 빛이 조각상에 닿아 짙은 음영을 드리웠다.

조각상 양옆의 화로에서는 횃불이 일렁일렁 타올랐다.

대전의 벽과 기둥에는 알 수 없는 문자들이 새겨져 있었다. 그 문자들은 일견 그림처럼 보이기도 하고, 어떤 도형처럼 보이기도 했다.

조각상 앞에는 군나르 왕국 대신들이 자리했다. 대신들은 보라색 융단을 따라 길 양쪽으로 늘어서 있었다.

군나르의 대신들은 사비지를 자세히 뜯어보았다. 그 대신들 가운데 몇몇 얼굴들이 사비지의 눈에 익었다.

'재정 대신 카텝. 이 노인이 바로 하라간의 외할아버지라고 했지? 그리고 저쪽 인물이 왕궁 대사제인 아비일 게야. 가만, 저 인물은 슐레이르인가? 슐레이르는 하라간의 첫 번째 부인인 클레이아의 아버지라고 했겠다?'

사막 왕국으로 파견을 나오기 전, 사비지는 군나르 왕국의 주요 권력자들에 대한 정보를 머릿속에 담아 두었다. 덕분에 대신들 가운데 중요 인물들을 한눈에 알아보았다. 사비지는 크리스털 화면으로 보아 둔 얼굴과, 그들의 실제 모습을 곁눈질로 비교하며 발걸음을 옮겼다.

"그만. 그곳에 서시오."

사비지가 적당한 지점에 도달하자 카텝이 손바닥을 뻗었다.

"네."

사비지는 공손히 답하고는 두 발을 얌전히 모았다.

"발을 올려라."

계단 위에서 팍팍한 음성이 울렸다.

"네이."

환관들이 얇은 음성으로 대답했다. 갈대로 엮은 발이 돌돌돌 말려 올라갔다. 사비지의 눈에 계단 위의 모습이 순차적으로 드러났다.

계단 중간쯤까지 발이 올라가자 커다란 원형 침대 2개가 드러났다. 가느다란 끈으로 가슴과 하체를 가린 육감적인 미녀 4명이 그 침대에 비스듬히 누워 줄을 움켜쥔 모습이었다. 줄의 끝에는 얼룩무늬 표범 네 마리가 묶인 상태였는데, 그 표범들은 침대 밑에 엎드린 채 혀로 자신의 앞발을 핥거나 하품을 했다.

갈대로 엮은 발이 조금 더 위로 올라갔다.

이제 황금으로 장식된 의자가 사비지의 눈에 들어왔다. 그 의자에 앉은 노인이 형형한 눈으로 사비지를 굽어보았다.

"으헉."

노인과 눈이 마주친 순간, 사비지의 머릿속이 새하얗게 물들었다. 노인의 눈동자에서 뿜어진 벼락이 사비지의 눈알을 그대로 태워 버리는 듯했다. 사비지는 강한 어지럼증을 느끼며 제자리에 주저앉았다.

"헉헉헉."

대전 바닥에 엎드린 사비지가 숨을 헐떡였다. 사비지는 감히 고개를 들지 못했다. 높은 계단 위의 노인과 다시 한 번 시선을 마주했다가는 그대로 영혼이 박살 날 것 같은 충

격을 받았다. 사비지의 가슴속 마정석 안에 웅크린 마물은 반쯤 패닉 상태가 되었다.

'으으으, 무섭다. 오르곤 님과는 비교도 되지 않아. 으으으읏.'

사비지가 고개를 푹 숙이고 진저리를 쳤다.

군나르가 그런 사비지를 오만하게 굽어보았다.

기겁을 한 사람은 비단 사비지만이 아니었다. 군나르 왕국의 주요 대신들도 큰 충격을 받았다.

'으읏. 위대하시고 또 위대하신 분께서 이 정도셨다니?'

'설마 그동안 더 강해지셨단 말인가?'

대신들은 후들후들 떨리는 허벅지를 손으로 꽉 붙잡으며 바닥에 주저앉지 않으려고 안간힘을 써야만 했다. 카팁이나 아바도 군나르의 기세를 견디기 어려웠다. 다들 이마에 구슬땀을 흘렸다.

Chapter 7

군나르가 입을 열었다.

"헤닝 왕국의 사비지 백작이라고 했던가?"

"예, 예이. 그, 그러하옵니다."

사비지가 말을 더듬었다. 오르곤에게 직언을 마구 날리던 배짱 좋은 모습은 어느새 사라지고, 겁에 질린 나약한 솔샤르만 남았다.

군나르가 피식 웃었다.

"그래. 이 먼 사막까지 무슨 일인가? 양국 간에 우의를 다지기 위해 모처럼 혼사를 추진했다가 면박만 받은 이 늙은이를 조롱하기 위해서 온 겐가?"

군나르의 말속에 뼈가 담겼다.

군나르 왕국의 여러 대신들이 이마에 핏대를 세웠다.

"감히!"

"헤닝 왕국이 그런 짓을 했단 말인가?"

사비지는 사태를 수습하느라 폭포수처럼 진땀을 흘렸다.

"아니옵니다. 절대 아니옵니다. 아국은 군나르 왕국과 진행 중인 혼사를 깨뜨릴 생각이 눈곱만큼도 없사옵니다."

"뭐?"

군나르가 어이없다는 듯이 되물었다.

사비지는 필사적으로 상황을 설명했다.

"아국의 오르곤 님께서도 이번 혼사에 적극적이셨사옵니다. 다만 이 불충한 신하의 미흡한 처사로 인해 혼사 추진 일정이 조금 미뤄졌을 뿐이옵니다. 하여 오르곤 님께서는 소신을 크게 꾸짖으신 다음, 이곳에 파견을 보내셨사옵니다. 양국 간의 불필요한 오해를 풀고 지연된 혼사를 다시 추진하기 위함이옵니다."

군나르가 미심쩍은 표정을 지었다.

"그러니까, 뭐냐? 헤닝 왕국은 이번 혼사를 뒤집을 의도가 없었다?"

"그러하옵니다. 소신의 목숨을 걸고 드리는 말씀이옵니다."

사비지가 목을 내바치는 시늉을 했다.

"흐음."

군나르가 몸을 비스듬히 틀어 오른팔에 턱을 괴었다. 가늘게 좁혀진 군나르의 눈매가 사비지를 위아래로 훑었다.

꿀꺽.

사비지는 잔뜩 긴장하여 군나르의 다음 말이 떨어지기만을 기다렸다.

약간의 시간 차를 두고 군나르가 다시 물었다.

"마리네 왕녀라고 했던가? 헤닝 왕국에서 추천한 배필감 말이야."

"맞사옵니다. 오르곤 님의 친동생인 마리네 왕녀님이옵니다."

"그 아이가 좀 흠이 있는 것 같던데……."

군나르는 이런 말로 상대를 떠봤다.

사실 군나르는 이번 혼사가 뒤틀어진 이유를 제대로 알지 못했다. 그저 하라간으로부터 파혼해야 할 것 같다는 언질만 받았을 뿐이었다.

그 후 하라간이 아르네 왕국과 전쟁을 벌였다.

군나르는 매일같이 전쟁 소식에 귀를 기울이느라 파혼에는 신경을 쓰지 못했다. 그러다 오늘 헤닝 왕국의 사신을 만나면서 파혼 이유가 궁금해진 군나르였다.

'헤닝 왕국이 무례하게 굴었나? 아니면 배필감에게 무슨 문제가 있는 것 아냐?'

군나르는 뇌를 꿰뚫어 볼 듯한 눈빛으로 사비지를 응시했다.

사비지는 가슴이 철렁했다. 그는 마리네 왕녀와 굴본 남작 사이가 심상치 않다는 사실을 들어서 알고 있었다.

'그 사실이 밝혀져선 안 된다.'

배에 힘을 꽉 준 사비지가 얼굴에 철판을 깔고 대답했다.

"흠이라니요? 절대 그렇지 않사옵니다. 마리네 왕녀님은 오르곤 님의 친동생으로 아국의 왕녀님들 가운데 가장 존귀한 신분이옵니다. 또한 어려서부터 마법에 대한 재능을 드러내신 재녀 중의 재녀이십니다."

말을 마친 사비지가 살짝 눈을 들어 군나르의 반응을 살폈다.

군나르는 표정에 변화가 없었다.

마리네의 마법적 재능에 대해서는 군나르도 보고를 받은 바였다.

'결혼 상대에게 흠이 있을 것 같지는 않은데. 그렇다고 우리 하라간이 아무런 이유도 없이 파혼을 입에 담지는 않았을 거잖아. 그럼 이유가 뭐지?'

군나르는 일단 사신을 물리기로 했다.

"어쨌거나 헤닝 왕국의 뜻은 알겠다. 먼 길 오느라 피곤할 터이니 오늘은 이만 쉬고, 내일 한 번 더 보도록 하지."

"감사하옵니다."

사비지가 머리를 깊게 수그렸다.

군나르의 시선이 카텁에게 향했다.

"사신 접대는 재정 대신에게 맡기지. 연회라도 베풀어 줘."

"말씀대로 이루어질 것이옵니다."

카텁이 허리를 직각으로 숙여 명을 받들었다.

그러는 동안 환관들이 갈대로 만든 발을 돌돌 풀어 내렸다. 높은 계단 위에서 군나르가 일어나 자리를 뜨는 모습이 사비지의 눈에 잡혔다.

'내 말이 먹혔나? 군나르 왕국과 혼사가 다시 추진될 수 있을까? 휴우, 일단 군주를 직접 알현한 것만 해도 다행이지.'

사비지는 최대한 긍정적으로 생각하려고 노력했다.

카텁이 사비지에게 다가왔다.

"사비지 백작이라고 했소? 나와 같이 가서 차나 한잔합시다."

"아, 네. 주시면 마시겠습니다."

사비지는 고개를 끄덕이면서 카텁을 살폈다.

'만약 마리네 님이 군나르 왕국에 시집을 오시게 되면 결국 내궁에서 꽃들의 전쟁이 벌어질 게야. 그때를 대비해서라도 내가 카텁 님과 친해 둬야 해. 어쨌거나 하라간 님의 외할아버지니까 영향력이 있겠지.'

사비지는 자국을 위해서 끊임없이 머리를 굴렸다.

헤닝 왕국의 입장에서는 사비지만 한 충신도 없었다.

Chapter 8

웃전으로 돌아온 군나르가 하라간을 찾았다.

[하라간. 하라간. 할아비의 말이 들리느냐?]

군나르의 뇌파가 막키르샤를 통해 하라간에게 전달되었다.

[할아버님, 찾으셨습니까?]

먼 아르네 왕궁에서 하라간이 반응했다.

군나르가 너털웃음을 흘렸다.

[허허허. 목소리를 들으니 반갑구나. 그래, 그곳은 이제 좀 안정이 되었느냐?]

[네, 할아버님. 전쟁이 끝나고 닷새가 지나면서 대부분의 아르네 백성들이 일상으로 돌아갔습니다. 제가 머무는 수도는 진즉에 안정이 되었고, 지방 대도시들도 이제 자리를 잡아 갑니다. 산골 마을까지는 모르겠습니다만 중규모 도시까지는 제 명령이 먹히는 것 같습니다.]

군나르의 입이 귀에 걸렸다.

[어허허허, 장하다. 장해. 북부 최강이라 불리던 아르네 왕국을 불과 보름 만에 점령하고 닷새 만에 안정시키다니. 역시 너는 내 보물이야. 허허허허.]

[에이. 뭐 이 정도를 가지고 그러세요? 하하하.]

하라간이 멋쩍게 뒤통수를 긁었다.

[어허허허허.]

군나르도 함께 웃다가 정색을 했다.

[그나저나 말이다, 내가 묻고 싶은 것이 있구나.]

[말씀하십시오, 할아버님.]

하라간이 군나르의 질문을 경청했다.

군나르가 본론을 툭 던졌다.

[헤닝 왕국이 오늘 우리 쪽에 사신을 보냈더구나.]

[헤닝 왕국에서요?]

하라간의 음색이 갑자기 차가워졌다. 군나르는 '하라간이 헤닝 왕국을 탐탁지 않게 여기나 본데?' 라고 짐작하며 설명을 이었다.

[원래는 이 할아비가 사신을 만나 주지도 않고 돌려보내려고 했지. 그런데 녀석들의 선물이 기특해서 그만 얼굴은 비춰 주었지 뭐냐.]

[기특한 선물이라고요? 거기서 뭘 보냈는데요?]

하라간이 고개를 갸웃했다.

군나르는 물욕이 없는 편이라 어지간한 선물에 마음이 흔들릴 리 없었다. 하라간은 그래서 더욱 궁금했다.

'헤닝 왕국이 대체 무엇을 보냈기에 할아버님의 마음이 움직이셨지?'

군나르가 답을 툭 내뱉었다.

[카스트렌이다.]

[네? 누구요?]

하라간이 되물었다.

군나르가 좀 더 자세히 설명했다.

[네 손에 멸망한 토브욘 왕국의 이왕비 카스트렌 말이다. 알고 보니 그 여자가 헤닝 왕국으로 도망을 쳤더구나.]

[아하, 그렇군요.]

하라간은 이제야 돌아가는 상황이 이해가 되었다. 군나르의 마음을 돌려놓은 선물이 무엇인지 궁금했는데, 카스트렌 정도면 사신을 한 번 접견해 줄 만했다.

군나르가 말을 덧붙였다.

[카스트렌뿐 아니라 집정관 악셀리도 선물 명단에 포함되어 있더구나. 그 밖에도 토브욘 녀석의 혈육들을 여럿 데려왔어.]

[하하하. 온바가 눈이 벌게져서 찾던 자들이 모두 헤닝 왕국으로 도망쳐 있었군요. 이제라도 잔당들을 잡아서 다행입니다. 저들의 구심점이 잡혔으니 이제 토브욘 식민지도 한층 안정되겠네요. 하하하하하.]

하라간이 즐겁게 웃었다.

군나르도 그 말에 동의했다.

[그렇지. 토브욘의 귀환을 기다리며 저항하던 소수 반란군들도 이제 힘을 잃겠지.]

[그 정도 선물이면 사신을 한 번 만나 줄 만하네요. 할아버님, 잘하셨습니다.]

[허허허. 그렇지? 이 할아비가 잘했지? 어허허.]

하라간의 칭찬을 받은 군나르가 어린아이처럼 좋아했다. 그러다 다시 하라간에게 물었다.

[근데 사신 녀석이 그러더구나. 헤닝 왕국은 혼사를 깰

의향이 전혀 없다던데?]

[에엥? 헤닝 왕국의 사신이 그런 말을 했어요? 흐흥. 아르네 왕국이 무너지는 모습을 보고는 오르곤의 가슴이 철렁했나 보죠.]

헤닝 왕국에 대한 하라간의 태도는 여전히 시큰둥했다.

[네 태도가 신통치 않구나. 왜? 마리네라는 아이가 영 내키지 않아?]

군나르가 하라간의 의중을 은근히 탐색했다.

[할아버님도 참. 제가 마음에 들고 말고 할 것이 뭐가 있나요? 저의 세 번째 배필은 어차피 할아버님의 뜻에 따를 건데요.]

하라간의 입에서 기특한 소리가 나왔다.

군나르가 반색했다.

[어이구, 착해라. 그래. 그게 우리 사막 왕국의 전통이지. 하지만 말이다, 할아비는 네가 싫다는 여자를 내궁에 들일 생각은 없구나. 그러니 너의 의견을 솔직하게 말해 다오. 마리네라는 아이가 마음에 들지 않느냐?]

[글쎄요?]

하라간은 말꼬리를 흐렸다. 하라간의 머릿속에 헤닝 왕국에서 만났던 왕녀의 모습이 떠올랐다.

키가 크고, 몸매가 늘씬하며, 자유분방한 성격.

솔직히 말해서 마리네 정도면 괜찮은 신붓감이었다. 여자로서 매력도 넘치고, 집안 배경도 좋았다. 마법 능력까지 뛰어나 일국의 왕세자빈이 되기에 적합했다.

물론 잉그리드에 비하면 마리네가 한참 처졌다. 그러나 객관적으로 봤을 때 클레이아와 견주어 뒤떨어질 부분은 없었다.

다만 한 가지.

하라간은 다른 사내를 마음에 품은 여자를 배필로 맞을 생각이 없었다. 여자에게 뒤통수를 맞는 것은 한 번이면 족했다.

'여기까지만 생각하면 헤닝 왕국과 혼담을 접는 것이 옳아. 그런데 좀 아깝단 말이지.'

하라간은 마리네라는 여자 개인보다는 북부 전체의 정세를 염두에 두었다. 큰 그림에서 보았을 때 결혼은 그다지 중요한 일이 아니었다.

지금 북부의 아홉 왕국 가운데 토브욘 왕국과 아르네 왕국은 점령이 끝난 상태였다. 이제는 식민지 체제를 좀 더 단단하게 구축하는 일만 남았다.

룬드 왕국과 토레 왕국은 이미 하라간의 영향력 아래 들어온 곳들이었다. 스벤센 왕국과 아쿤 왕국은 군주를 잃은 터라 흡수하기 쉬웠다.

그렇다면 남은 곳은 헤닝 왕국과 에룬 왕국뿐.

'바다 건너 에룬 왕국은 맨 마지막에 먹어 치워야지. 남부 연합까지 모두 정복한 뒤에 군대를 몰아 바다를 건널 거야. 그럼 헤닝 왕국만 처리하면 되나?'

하라간은 헤닝 왕국에 대해서 다시 한 번 생각을 정리했다.

물론 레이나를 이용하여 헤닝 왕국을 집어삼키는 것도 한 방법이었다. 레이나의 몸속에 들어 있는 영혼은 헤닝의 것. 이 점을 이용하면 헤닝 왕국은 그대로 하라간의 손아귀에 떨어질 것이다.

'안 돼. 그건 곤란해.'

하라간은 잠시 떠올렸던 생각을 다시 접었다.

아직은 다즈키르샤를 세상에 드러낼 때가 아니었다. 조심성 많은 대적자를 좀 더 가까이 끌어들이려면 인내하고 기다려야 했다.

꿀꺽.

하라간의 목울대가 위아래로 움직였다. 저 높은 곳의 대적자를 잠깐 연상하는 것만으로도 하라간은 허기가 졌다. 배에서 꼬르륵 소리가 났다.

분홍빛 혀로 입술을 한 번 축인 뒤, 하라간은 원점부터 다시 고민했다.

'가만있자. 마리네 왕녀가 그 굴본 남작이라는 자와 깊은 관계는 아닌 듯했지? 그렇다면 그녀를 다시 만나 볼까? 아니면…….'

하라간은 마리네 왕녀와의 결혼을 통해 헤닝 왕국을 아군으로 묶어 둘지, 아니면 산산이 깨부숴서 식민지로 흡수해 버릴지를 고민했다.

답은 쉬웠다.

헤닝 왕국을 부수는 것은 어렵지 않았다. 대신 그 경우 잃는 것이 생겼다.

'무식하게 힘으로 해결을 했다가는 레이나가 폭주할지도 몰라. 그래 봐야 아메바가 꿈틀하는 정도겠지만, 그 일로 인해 대적자가 경각심을 느낄 수도 있지.'

하라간의 최종 목표는 어디까지나 대적자였다. 그 커다란 먹이를 위해서라면 눈 딱 감고 마리네와 결혼할 의향이 있었다.

게다가 레이나를 그냥 잡아먹는 것도 아까웠다.

'피라미는커녕 아메바 수준에도 미치지 못하지만 그래도 레이나가 나를 제외하면 북부 최강자지? 어쨌거나 걔는 다즈키르샤잖아.'

부려 먹기에 따라서는 레이나만큼 유용한 존재도 드물었다.

'그래. 일단 결혼을 통해 북부를 빨리 정리하자. 마리네가 나를 실망시킨다면 그 죄는 나중에 헤닝 왕국 전체에게 묻도록 하지. 물론 대적자 녀석을 배불리 잡아먹은 이후에 말이야. 흐으.'

마침내 하라간이 결심을 굳혔다.

[할아버님.]

[말하여라. 이제 네 생각이 정리되었느냐?]

[되었습니다. 할아버님께서 혼담을 다시 추진하시면 제가 한 번 더 마리네를 만나 보겠습니다. 그리고 그때도 마음에 내키지 않으면 다시 할아버님께 말씀드리겠습니다.]

[허허허. 네 뜻이 그렇다면 알겠다. 할아비가 헤닝 왕국과 한 번 더 이야기를 나눠 보마. 허허허허.]

군나르는 너털웃음으로 증손자와의 대화를 마쳤다.

제3화

북부 장악 I

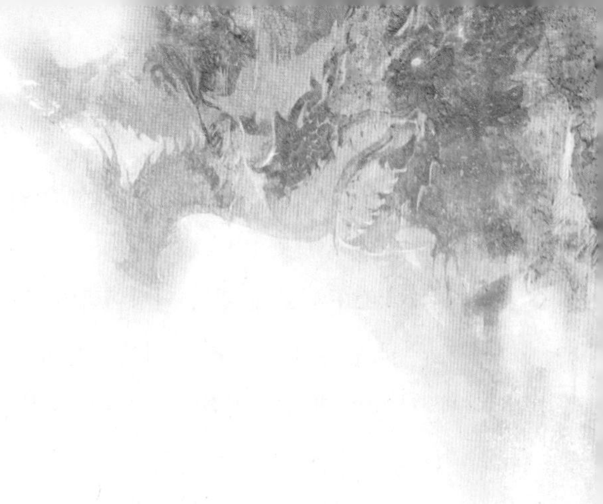

Chapter 1

사안(死眼: 죽음의 눈)의 주인 아라크를 섬기는 4명의 자매 가운데 막내인 뱀부(Bamboo: 대나무)가 맏이인 에이프러킷(Apricot: 매화, 살구)을 방문했다.

4명의 자매들은 아라크가 지정한 '관심 지역' 에 각자 파견을 나온 상태였다. 큰언니인 에이프러킷, 줄여서 '에이프' 는 오래전부터 아르네 왕국에 자리를 잡고 각종 정보를 수집 중이었다.

원로원 지정 상단의 주인.

왕족 전담 재정 상담사.

집정관 디포에우스의 수양딸.

이것이 지금 아르네 왕국 안에서 에이프의 공식 신분이었다.

에이프가 아르네 왕국 담당이라면, 막내인 뱀부는 군나르 왕국 담당이었다. 서로 이웃한 왕국이기는 하지만 두 자매 사이엔 별다른 접점이 없었다. 자연히 서로 얼굴을 볼 기회도 가지지 못했다.

그러다 최근 아르네 왕국과 군나르 왕국 사이에 전쟁이 터졌다.

하라간을 추적 중이던 뱀부는 큰언니의 영역인 아르네 왕국에 들어서게 되었다. 그리고 오늘 드디어 아르네 왕국 수도에 위치한 에이프의 저택을 방문했다.

쪼르륵—

꼬불꼬불한 금발 머리를 허리까지 늘어뜨린 에이프가 짙게 우려낸 차를 찻잔에 따랐다.

"마셔."

에이프가 막내 앞에 차를 내었다.

"고맙습니다."

뱀부가 무표정하게 찻잔을 들었다.

에이프가 귀엽게 생긴 10대 소녀의 모습이라면, 뱀부는 키 185 센티미터에 깡마른 중년 여인이었다. 비록 에이프가 뱀부보다 훨씬 더 연상이었지만, 어쨌거나 겉모습은 정

반대여서 중년 여인이 어린 소녀에게 존댓말을 쓰는 모양새가 보기에 영 어색했다.

에이프가 찻잔에 입술을 살짝 접촉했다가 다시 떼었다.

“우리 막내, 참 오랜만이네. 내가 아라크 님의 명을 받아 이곳 아르네 왕국에 들어온 것이 얼추 400년 전이잖아? 그동안 막내의 얼굴을 한 번도 보지 못했는데, 호호호, 세월이 꽤 지났는데도 막내의 귀여운 얼굴은 그대로야. 호호호.”

환한 웃음과 함께 에이프는 뱀부의 얼굴을 자세히 뜯어보았다.

“고맙습니다.”

움찔움찔.

대답을 하는 뱀부의 입가가 미세하게 씰룩거렸다.

표정이 없고, 눈썹도 없고, 동공이 작아 흰자위만 희번덕거리는, 보는 것만으로도 여성 살인마를 연상시키는 뱀부에게 귀엽다는 단어는 절대 어울리지 않았다. 그럼에도 뱀부는 언니들에게 귀엽다는 말을 듣는 것을 무척 좋아라 했다.

“호호, 귀여워라. 여전히 앙 깨물어 주고 싶구나, 우리 막내는.”

에이프가 오동통한 손으로 뱀부의 머리를 쓰다듬었다.

뱀부는 무표정 속에 쑥스러움을 감추며 언니의 손에 머리를 맡겼다.

에이프가 문득 화제를 돌렸다.

"그나저나 두 달쯤 전에 군나르 왕국으로 파견을 나갔다며? 건조한 사막 기후에 힘든 점은 없고?"

"없습니다. 아라크 님의 명을 받들 수 있어서 기쁠 뿐입니다."

아라크의 이름이 나오자 에이프의 얼굴에 수심이 어렸다.

"휴우우, 아라크 님이 걱정이야. 나와 둘째가 오래전부터 아라크 님의 곁을 떠난 데 이어서 두 달 전에는 막내가 군나르 왕국으로 나갔고, 최근엔 셋째마저 룬드 왕국에 침투했다며? 그럼 지금 아라크 님의 시중을 제대로 들어 줄 사람이 아무도 없잖아."

에이프는 고개를 절레절레 저었다.

네 자매 가운데 둘째는 오키드(Orchid: 난초), 셋째는 크리센써멈(Chrysanthemum: 국화), 줄여서 멈(Mum)이라고 불리는 여인이었다.

첫째인 에이프는 약 400년 전에 아라크의 곁을 떠나 이곳 아르네 왕국에 자리를 잡았다. 둘째 오키드는 150년쯤 전에 헤닝 왕국으로 파견을 나갔다. 그리고 한동안 외부 파견이 없었다.

그러다 두 달 전에 넷째인 뱀부가 아라크의 명을 받아 군나르 왕국에 침투했다. 마지막으로 지난달에는 셋째인 멈마저 에룬 왕국을 떠나 룬드 왕국에 들어갔다. 에이프는 아라크의 곁에 아무도 남지 않은 점이 못내 죄송스러웠다.

뱀부도 비슷한 심정이었다.

"죄송합니다. 제가 부족한 탓입니다."

뱀부가 고개를 푹 숙였다.

에이프가 도리질을 했다.

"아니야. 그건 우리 막내의 잘못이 아니라 내 탓이지. 난 400년간 무엇 하나 제대로 해 놓은 게 없는 것 같아. 그나마 아르네 왕실에 뿌리를 내릴 수 있어서 다행이다 싶었는데, 이제 아르네 왕국이 멸망했으니 내가 만든 기반도 한순간에 날아가 버린 셈이잖아? 에효오. 꼬인다, 꼬여."

에이프가 조그만 입술을 삐쭉거렸다.

뱀부가 큰언니를 위로했다.

"걱정 마십시오. 제가 왔지 않습니까? 앞으로 열심히 돕겠습니다."

"아유, 착해라. 우리 막내를 만나니까 내 마음이 한결 든든하네. 호호호."

에이프는 다시 한 번 뱀부의 머리를 쓰다듬었다. 여자 토막 살인마처럼 생긴 뱀부의 입꼬리가 움찔움찔 올라갔다.

잠시 동안 큰언니로부터 예쁨을 받던 뱀부가 다시 무표정하게 물었다.

“그나저나 아르네 왕실의 기반이 얼마나 붕괴되었습니까?”

에이프가 왼쪽 눈을 찌푸렸다.

“망했지, 뭐. 다 날아갔어. 내가 포섭해 놓은 원로들도 연락이 끊겼고, 왕족들은 대부분 감금 상태거나 종교 재판 중이야. 그나마 부녀자들은 무사하다더군. 하라간, 그 염병할 놈이 새벽여신의 신전으로 피신한 부녀자들은 건드리지 않았다던데?”

“그 가짜 놈이 말입니까?”

뱀부가 하라간에게 적의를 드러냈다. 뱀부는 하라간을 대놓고 ‘가짜’ 라고 불렀다.

에이프도 거리낌 없이 뱀부의 말에 동의했다.

“그래. 어이없게도 신인의 흉내를 내는 그 염병할 놈 말이야. 아라크 님께서 얼마나 기가 막히실꼬? 그 어린놈의 새끼가 감히 신인을 자청하다니 말이야.”

두 자매는 하라간이 가짜 신인이라는 점을 확신하는 듯이 말했다. 뱀부가 입술을 지그시 깨물었다가 다시 입을 열었다.

“그런데 말입니다. 그 가짜가 키르샤를 넘어선 것 같습니다.”

"진짜? 놈이 벌써 막키르샤가 되었단 말이야?"

에이프가 양 눈썹 사이를 찌푸렸다.

뱀부가 설명을 이었다.

"제가 군나르군 병사들의 목격담을 수집한 바에 따르면, 녀석의 마물이 일반 키르샤의 크기를 훌쩍 뛰어넘었습니다. 게다가 형태도 좀 변한 것 같습니다."

"형태가 변했다고? 그게 무슨 말이야?"

에이프의 질문에 뱀부가 고개를 갸웃했다.

"저도 쉽게 납득이 되지 않는 부분입니다. 보통 튠더 키르샤면 진화를 해도 튠더 막키르샤가 되지 않습니까?"

"그렇지."

"그런데 녀석이 처음 신인인 척 연극을 할 당시의 목격담을 분석해 보면, 녀석은 분명 독 계열, 다시 말해서 탁소 키르샤였습니다. 크기가 대략 150 미터에서 250 미터 사이였고, 토브욘 왕국 현장에서 제가 계측한 녀석의 발바닥 사이즈도 키르샤 수준을 벗어나지 않았으며, 독액이 뚝뚝 떨어진 흔적도 현장에 뚜렷하게 남아 있었습니다."

"그럼 탁소 키르샤가 맞네."

에이프가 손가락으로 자신의 머리카락을 배배 꼬며 말을 받았다.

뱀부가 고개를 가로저었다.

"저도 그런 줄 알았습니다. 한데 이곳 아르네 왕국으로 진격한 이후 녀석의 모습이 확 달라졌습니다. 목격자들의 증언에 따르면 녀석의 크기가 1 킬로미터는 족히 넘는 것 같습니다. 게다가 머리가 2개로 증식되었고, 날개는 넉 장으로 늘어났으며, 다리의 개수도 8개에서 수십 개로 증가했다고 합니다."

"에이, 설마. 그 짧은 몇 달 사이에 키르샤에서 막키르샤로 진화했다는 것이 말이 돼?"

에이프는 뱀부의 말을 믿지 않았다.

뱀부가 말을 보탰다.

"단순히 진화만 한 것이 아닙니다. 토브욘 왕국을 침공할 당시 녀석은 탁소 키르샤였습니다만, 아르네 수도를 공략할 당시는 메탈룸 일족의 권능을 선보였다고 합니다."

"메탈룸?"

에이프가 자리를 박차고 일어섰다.

Chapter 2

에이프는 심각하게 방 안을 서성거렸다.

뱀부가 그런 큰언니를 말없이 지켜보았다.

에이프가 혼잣말을 했다.

"메탈룸이라니? 메탈룸. 메탈룸. 오드 아르네 솔샤르가 메탈룸 막키르샤였어. 그가 사람들에게 본체를 드러낸 적은 거의 없지만, 70년쯤 전에 내가 오드의 변신 모습을 똑똑히 지켜보았다고. 당시 오드는 분명 메탈룸 막키르샤였어. 그런데 하라간 그 염병할 놈도 메탈룸 막키르샤라고? 오드와 똑같이? 아아, 이럴 줄 알았으면 내가 수도를 지키고 있는 것인데. 아르네 왕궁이 항복할 당시에 내가 수도에만 머물고 있었어도 내 눈으로 하라간의 본체를 볼 수 있었잖아? 이 바보. 이 바보. 하필 그때 베르니케라는 여자를 만나느라고 중요한 장면을 놓쳤어."

에이프는 주먹으로 자신의 머리를 때렸다.

큰언니의 자책이 길어지기 전에 뱀부가 화제를 돌렸다.

"참, 그 이야기는 들으셨습니까?"

"무슨 이야기?"

에이프가 뱀부에게 시선을 돌렸다.

"룬드 왕국에 화염 계열의 막키르샤가 등장했다는 이야기 말입니다. 저희가 고생 끝에 육성한 튠더 키르샤가 정체불명의 이그니스 막키르샤에게 공격을 받아 만신창이가 되었답니다."

뱀부가 언급한 이그니스 막키르샤란 다름 아닌 잉그리드

였다.

에이프가 고개를 주억거렸다.

“에효오— 그 소식이야 당연히 들었지. 튠더 키르샤인 아쿤이 상대를 잘못 만나 반병신이 되었다며? 그나마 셋째 덕분에 목숨만 겨우 건졌다더라고.”

“그렇다면 인간계에 올라온 막키르샤가 모두 4명 아닙니까? 메탈룸 막키르샤인 오드, 로기아 막키르샤인 헤닝, 룬드 왕국에 등장한 정체불명의 이그니스 막키르샤, 마지막으로 가짜 신인 하라간.”

“맞아. 지금까지 밝혀진 것만 4명이지.”

에이프가 팔짱을 꼈다.

뱀부는 검지로 이마를 긁었다.

“자매들 가운데 셋째 언니와 저는 막키르샤를 1대 1로 상대하기에 아직 역부족입니다. 반면 큰언니와 둘째 언니는 막키르샤를 거뜬히 억누를 수 있습니다. 다시 말해서 막키르샤 네 마리와 저희 전력이 서로 엇비슷한 셈입니다.”

에이프가 검지를 좌우로 까딱거렸다.

“틀렸어.”

“틀렸다고요?”

“굳이 숫자로만 따지자면 막내의 셈법이 맞겠지. 하지만 마물들끼리는 서로 연합하지 않아. 당장 오드 아르네 솔샤르만 해도 하라간을 대면하는 즉시 죽이려고 들걸? 그리고 헤닝도 오드와 사이가 나쁘기로 유명하다고. 그러니까 우리가 더 유리해."

에이프가 이렇게 주장했다.

뱀부도 그 말에 동의했지만, 좀 더 조심스러운 상황을 가정했다.

"어쨌거나 최악의 경우에 놈들이 연합한다고 가정하겠습니다. 그럼 놈들과 우리 자매들의 전력이 서로 엇비슷합니다. 하면 천계의 전력은 어떻습니까?"

뱀부가 천계를 입에 담았다.

에이프가 곤란한 표정을 지었다.

"미안한데, 그건 나도 잘 몰라. 나는 천계의 뻐다귀들과 맞서 싸워 본 적이 없다고. 싸우기는커녕 그 녀석들을 만나 본 적도 없어."

"제가 조사한 문헌에 따르면, 천계와 마해는 오랜 앙숙이라고 합니다. 다시 말해서 양쪽 세계의 전력이 대등할 가능성이 큽니다. 만약 어느 한쪽이 일방적으로 강했다면 한쪽 세계는 이미 멸망을 했겠지요."

에이프도 그 말에 동의했다.

"우리 막내, 똑똑하네. 맞아. 천계와 마해는 전력이 서로 대등할 거야."

"그 마해에서 막키르샤 네 마리가 인간계에 올라왔습니다. 남부 연합에는 천계의 전사들이 슬금슬금 강림 중이라고 합니다. 이제 양 세계가 격돌할 날이 코앞으로 다가왔습니다. 그래서 궁금합니다. 우리 자매들이 앞으로 해야 할 임무가 정확하게 무엇입니까? 천계를 도와서 마해의 마물들을 정리하는 것입니까? 아니면 마해의 편에 서서 천계를 막아 내는 것입니까? 그것도 아니라면 양측을 적당히 자극해서 서로 싸움을 붙이고 어부지리를 노리는 것입니까?"

아라크가 뱀부에게 내린 명령은 모호했다.

"군나르 왕국으로 가라. 그곳에서 신인을 자청하는 자를 관찰하고 정보를 수집하여라."

이것이 아라크의 명이었다.

뱀부는 그 명에 충실히 따랐다.

그렇다면 그다음은?

하라간에 대한 정보를 수집한 이후에 그녀가 해야 할 임무는?

뱀부는 큰언니에게 이 점을 물었다.

에이프가 눈을 동그랗게 떴다.

"엇? 우리 막내, 아직도 우리의 진짜 임무를 모르는 거야?"

"모릅니다. 저는 아무에게도 들은 바가 없습니다."

"햐. 이거 문제네, 문제. 진짜로 몰라?"

"네. 모릅니다."

뱀부는 단호하게 고개를 가로저었다.

에이프가 허리에 손을 척 얹었다.

"막내야."

"말씀하십시오."

"지금부터 큰언니가 하는 말을 잘 들어."

"네, 귀를 열고 경청하겠습니다."

"아라크 님이 우리에게 바라시는 것은 단 한 가지야. 마해와 천계를 살살 약 올려서 싸움을 붙인 다음, 키르샤나 막키르샤 같은 피라미들 말고, 진짜배기들을 인간계로 끌어내는 것. 이것이 바로 우리 임무라고."

에이프는 키르샤와 막키르샤를 싸잡아서 피라미라고 불렀다. 뱀부의 무표정한 얼굴이 한층 더 딱딱하게 굳었다.

"피라미라고요? 막키르샤가 피라미입니까? 솔직히 말씀드려서 저는 그 피라미도 버겁습니다."

에이프가 검지를 좌우로 까딱거렸다.

"물론 버겁지. 나도 버거워. 막키르샤까지는 그래도 거꾸러뜨릴 만한데, 심해저 3층의 다즈키르샤가 등장하기 시작한다면 나도 역부족이라고. 그래서 우리 자매들의 임무가 막중한 거야. 우리는 천계와 마해를 적당히 자극해서 서로 싸움을 붙여야 해. 그것도 팽팽하게 싸워선 곤란해. 우리가 어느 한쪽의 편을 들어서 다른 하나를 완전히 위태롭게 만들어야 한다고. 그래야 진짜배기들이 인간계에 나타날 것 아냐?"

"진짜배기들이요?"

뱀부의 동공이 살짝 커졌다.

"그래. 예를 들어서 마해의 다즈키르샤들. 그리고 천계의 신장이나 원사들. 우선 이자들을 인간계로 유인해 내야 한다고."

에이프가 진짜배기에 해당하는 몇 가지 예를 들었다.

Chapter 3

큰언니로부터 조직의 목표를 살짝 엿들은 뒤에도 뱀부의 궁금증은 여전히 풀리지 않았다. 뱀부가 다시 물었다.

"다즈키르샤와 신장들을 불러내면 저희가 맡은 임무는 성공입니까?"

에이프가 도리질로 답했다.

"아니지. 그건 임무의 첫 번째 단추일 뿐이지. 다즈키르샤와 신장들이 전쟁을 시작하면 인간계가 발칵 뒤집힐 거야. 신화 속의 존재들이 강림하여 싸우는데 이 비좁고 약해빠진 인간계가 버티겠어? 그렇게 전쟁이 확대되었을 때 비로소 아라크 님께서 나서실 거야. 아직 정해지진 않았지만, 아라크 님은 마해와 천계 가운데 어느 한편에 붙어서 반대편을 공격하실 거라고. 그럼 전쟁이 어느 한쪽으로 확 기울겠지?"

"아라크 님의 능력이시라면 능히 전쟁의 저울을 한쪽으로 기울도록 만드실 수 있으십니다. 그렇게 한쪽을 공격하고 나면, 그다음 우리의 목표는 무엇입니까?"

뱀부의 질문은 집요했다.

에이프가 어깨를 으쓱했다.

"그다음 목표? 그런 건 없어."

"네?"

"그게 작전의 끝이라고. 심해저 3층의 다즈키르샤들, 천계의 신장들. 이 둘의 전쟁이 한쪽으로 기울면 결국 양쪽 세계의 끝, 다시 말해서 마신과 천신이 등장할 수밖에 없잖아. 그것이 바로 우리의 최종 목표라고."

"마신과 천신을 인간 세상에 끌어내는 것이 최종 목표란 말씀이십니까?"

뱀부의 얼굴에 처음으로 감정이라는 것이 떠올랐다. 솔직히 뱀부는 어이가 없었다.

에이프가 손끝으로 뱀부의 코를 톡 쳤다.

"그래. 마신과 천신. 이 두 존재를 세상에 끌어내는 것이 아라크 님의 숙원이셔."

"그다음은요? 두 세계의 신이 인간계에 강림하면 그다음은 어떻게 됩니까? 그날이 도래했을 때 아라크 님께선 과연 무엇을 도모하시려는 겁니까?"

"뭐?"

에이프가 눈가를 살짝 찌푸렸다. 그러곤 뱀부의 코에 접촉한 손가락을 앞으로 툭 밀었다.

"호호호. 우리 막내가 정말 호기심이 많구나? 하지만 궁금한 것이 너무 많으면 못 써. 그리고 나도 그 답은 몰라. 마신과 천신을 불러내서 아라크 님께서 무슨 일을 도모하시는지 나도 모른다고."

"아!"

뱀부가 실망스러운 탄식을 토했다.

에이프가 즉각 반문했다.

"막내야, 그거 알아? 나는 지금 막내가 궁금해하는 것들이 전혀 궁금하지 않아. 우리 자매들은 그저 아라크 님께서 명하시는 바를 따르면 그만이잖아. 아라크 님의 마음속에 어떤 의도가 도사리고 있는지 굳이 우리가 알 필요가 있을까?"

뱀부를 바라보는 에이프의 눈빛이 차갑게 가라앉았다. 서늘한 기운이 뱀부를 휘감았다. 눈치 빠른 뱀부는 즉각 자리에서 일어나 허리를 숙였다.

"죄송합니다. 제가 그만 주제넘는 호기심을 품었습니다. 용서하십시오."

"오호호. 용서는 무슨 용서. 하지만 명심해. 내게 질문하는 것은 괜찮지만, 혹시라도 아라크 님께 그런 질문을 하지는 마. 나는 우리 귀염둥이 막내를 잃고 싶지 않아."

에이프가 찡긋 윙크를 하면서 뱀부의 머리카락을 헝클어뜨렸다. 에이프는 장난하듯이 내뱉은 말이지만, 뱀부는 가슴이 섬뜩했다.

'막내를 잃고 싶지 않아.' 라는 에이프의 말이 뱀부의 귀에는 '스톱. 거기서 한 발만 더 나가면 아라크 님께서 노여워하실 거야. 그럼 그분께서 너의 죽음을 원하실 수도 있어. 만약 아라크 님께서 나에게 너를 죽이라고 명하시면, 나는 망설임 없이 그 명을 따를 거야. 그러니 막내야, 부디 쓸데없는 호기심을 억누르렴.' 이라는 경고로 들렸다.

"명심하겠습니다. 큰언니의 충고를 가슴에 꼭 새기겠습니다."

뱀부가 심장 부근에 손을 얹고 이렇게 다짐했다.

"그래. 그래야 착한 내 동생이지."

눈은 웃고 있지만 에이프의 목소리에 담긴 한기는 아직까지 사라지지 않았다. 뱀부는 부르르 몸서리를 쳐야만 했다.

1월 말까지 아르네 왕궁에서 빈둥거리던 하라간이 다시 몸을 일으켰다. 하라간의 다음 목표는 아쿤 왕국과 스벤센 왕국이었다.

"병력을 모아라."

하라간의 명이 떨어졌다.

사막에서 온 군나르군, 동부 산악 지대의 룬드군, 수인족들로 구성된 토레군이 곧바로 집결했다. 아르네 왕국도 발 벗고 나섰다.

"신인께서 가시는 길이시다. 우리 아르네 왕국도 마땅히 따라야겠지. 그래야 그동안 우리가 저지른 죄를 용서받을 수 있어."

이것이 집정관 디포에우스의 주장이었다. 실제로 디포에우스는 가문의 사병을 총동원해 하라간에게 바치다시피 했다.

눈치 빠른 원로들이 뒤처져 있을 리 없었다.

"제 사병도 바치겠습니다."

"저희 가문도 함께하겠습니다."

"저희 모두가 신인의 자식들 아닙니까? 마땅히 높으신 뜻을 따라야겠지요."

아르네의 원로들은 서로 경쟁이라도 하듯이 사병을 내놓았다. 불과 하루 만에 모인 병력이 90,000명이 넘었다.

얼마 전 하라간에 의해 아르네 왕국 수도가 공격을 받았을 때 원로들이 내놓았던 사병이 70,000명 수준이었다. 그때보다 20,000명이나 더 많은 숫자가 자발적으로 소집되었다.

'그래도 부족해.'

이것만으로 부족하다고 생각한 디포에우스는 지방의 정규군도 총동원하려고 마음먹었다.

하라간이 저지했다.

"그만. 더는 필요 없다."

하라간이 딱 잘라 말하자 디포에우스는 더더욱 애가 탔다.

'젠장. 이번 기회에 신인께 눈도장을 콱 찍어야 하는데.'

'그러게 말이야. 진작 병력을 모았으면 좋잖아?'

원로들도 발을 동동 굴렀다.

하지만 하라간은 더 이상 병력을 모을 필요를 느끼지 못했다. 지금 이 시점에서 군대의 규모는 중요하지 않았다.

실제로 하라간은 병사들을 투입해서 아쿤 왕국을 정복할 마음도 없었다. 하라간이 군나르 왕국, 룬드 왕국, 토레 왕국, 아르네 왕국의 병사들을 소집한 이유는 단 하나. 신인의 위세를 온 북부에 널리 알리기 위함이었다.

다시 말해서 이 병력은 위협용일뿐, 하라간은 실제로 병력을 움직일 생각은 없었다.

내가 몸을 일으키자 북부 여러 왕국의 병사들이 구름처럼 모였도다. 스벤센 왕국의 류리크와 아쿤 왕국의 에실레드는 내 앞에 와서 엎드려라. 그러면 내가 두 왕국의 미래를 알려 줄 것이다.

이것이 하라간의 선포였다.

듣기에 따라서는 이보다 더 오만한 선포도 없었다. 하지만 상대가 신인이라면 능히 이런 오만한 말을 내뱉을 만했다.

감쪽같이 실종된 스벤센을 대신하여 스벤센 왕국을 다스리는 류리크 왕자.

그리고 아쿤의 배다른 동생이자 왕위 계승 서열 1순위인 에실레드 공주.

하라간은 이 2명을 아르네 왕국 수도로 불렀다.

홀리 생츄어리의 법주들이 집행자를 파견해 아쿤 왕국과 스벤센 왕국을 방문했다.

Chapter 4

스벤센 왕궁 대전.

"그분께서 나를 찾으신다고?"

류리크가 뱀처럼 차가운 눈으로 집행자를 노려보았다. 류리크는 지금 실종된 군주를 대신하여 거인족 왕국을 다스리는 권력자였다.

이마에 눈알 문신을 새겨 넣은 집행자들이 고개를 꼿꼿이 들고 류리크를 직시했다. 그들의 완강한 태도에서 많은 것이 느껴졌다.

'이자들은 확고하게 믿고 있구나. 하라간이 신인의 재림이라고 확신하고 있어. 그렇지 않고서는 집행자들의 이 뻣뻣한 태도를 설명할 길이 없다고. 빌어먹을.'

류리크가 속으로 욕지거리를 내뱉었다.

류리크가 느낀 것을 대신들도 똑같이 느꼈다.

[어허, 신인께서 진짜로 이 땅에 재림하셨나 봐?]

[홀리 생츄어리가 저토록 확신하는 것을 보니 소문이 사

실인 게야. 틀림없다고.]

[그럼 우리들도 그분을 찾아가서 영접해야 하는 것 아냐?]

[마땅히 그래야지. 신인께서 다시 이 땅에 오셨다면 우리 일족도 그분 곁에 서야지.]

[암, 그렇고말고. 만약 그분을 거역하는 놈이 있다면 그 배교자의 대갈통에 내 도끼를 박아 주겠어. 크우우.]

스벤센 왕국의 대신들이 이런 뇌파를 주고받았다.

"끄으응."

류리크의 얼굴이 절망적으로 구겨졌다.

"당장 가시지요. 저희가 이미 공간 이동 포탈을 열어 놓았습니다."

집행자 무리의 대표가 류리크를 독촉했다.

대신들도 고개를 끄덕이며 류리크를 바라보았다.

'당연히 가셔야지요. 신인께서 부르신다지 않습니까?'

이런 표정이 대신들의 얼굴에 드러났다.

류리크에게는 선택의 여지가 없었다.

"끄응. 알겠소."

깊은 탄식과 함께 류리크가 의자에서 몸을 일으켰다.

처처척.

류리크를 호위하는 거인족 전사들이 일제히 방패를 들었다.

집행자 무리의 대표가 고개를 가로저었다.

"류리크 님, 신인을 알현하기 위한 성스러운 길입니다. 호위는 최소한으로 제한해 주십시오."

이 또한 당연한 조언이었다. 류리크가 체념한 듯 되물었다.

"호위로 몇 명이 적당하겠소? 800년 전의 사례에 대해서 듣고 싶소."

"오래전 신인께서 대륙 북부 지방을 순방하셨을 때 그분의 제자들은 단 3명의 종자들만 데리고 그분을 영접했다는 기록이 있습니다. 류리크 님께서는 그분의 제자로부터 말미암은 핏줄이 아니겠습니까? 3명의 호위를 데려가심이 예법에 맞는 것 같습니다."

"3명? 휴우, 알겠소."

'생각보다 더 초라한 행렬이 되겠구나.' 라고 생각하며 류리크는 한숨을 삼켰다.

같은 시각.

아쿤 왕국에서도 스벤센 왕국과 비슷한 일이 벌어졌다. 공간 이동 포탈을 통해 넘어온 홀리 생츄어리의 집행자들이 아쿤 왕궁 대전 안으로 들어와 신인의 뜻을 전했다.

"신인께서 나를 부르신다고요?"

푸른 사파이어로 이마를 장식한 에실레드 공주가 곤혹스러운 표정을 지었다. 30대 중반의 에실레드는 성숙미가 넘치는 미녀였다.

"네, 부르십니다."

집행자 무리의 대표가 당당하게 대꾸했다.

에실레드는 불안한 눈빛으로 오른쪽을 돌아보았다.

집행자들의 시선이 자연히 그쪽으로 향했다.

"험험험."

콧수염을 길게 기른 노인이 헛기침을 했다.

알폰소라는 이름의 이 노인은 아쿤 왕국의 법령 정비를 담당하는 대신이었다. 또한 알폰소는 에실레드의 외할아버지이기도 했다.

왕국의 전대 군주인 요르겐이 아들인 아쿤의 손에 죽고, 그 아쿤마저 실종된 지금, 왕족들 가운데 1순위 계승자는 다름 아닌 에실레드였다.

그러나 대신들 가운데 그 누구도 에실레드를 어려워하지 않았다. 군주의 재목으로 여기지도 않았다.

'아쿤 님께서 곧 돌아오시겠지.'

'룬드 왕국을 향해 출전했던 병력은 비록 소식이 끊겼지만, 아쿤 님께서는 무사하실 게야.'

왕국의 대신들은 모두 아쿤의 복귀를 기다렸다. 그러니

까 에실레드는 아쿤이 복귀할 때까지 상징적인 구심점 역할만 할 뿐이었다.

대신들 가운데 오직 한 명, 에실레드의 외할아버지인 알폰소 백작만이 외손녀에게 힘이 되어 주는 유일한 사람이었다.

'공주마마를 위해서라도 내가 나설 수밖에 없구나. 하아아.'

알폰소는 낮은 한숨과 함께 입을 열었다.

"아쿤 왕국의 알폰소 백작이라고 하외다. 공주마마를 보내드리기 전에 몇 가지만 묻겠소."

"말씀하십시오."

집행자 무리의 대표가 고개를 끄덕였다.

알폰소는 머릿속으로 생각을 정리한 다음 질문을 시작했다.

"신인께서 공주마마를 부르신 이유를 혹시 아시오?"

"미천한 종이 감히 신인의 뜻을 헤아릴 수는 없습니다. 다만 그분께서 명하시니 집행할 뿐입니다."

"하면 돌려서 물으리다. 신인께서 부르신 대상이 에실레드 공주마마시오? 아니면 아쿤 왕국의 대표를 부르신 것이오? 만약 후자라면 조금만 시간을 주시는 것이 어떠시오? 아국의 위대하시고 또 위대하신 분께서 지금은 자리를 비우셨으나, 곧 복귀하실지도 모르오. 그러니…….”

알폰소의 말이 끝나기도 전에 집행자들이 손바닥을 내밀었다.

“잠깐. 알폰소 백작께서는 지금 큰 실수를 하셨습니다.”

“이 늙은이가 실수를 했다고 했소?”

알폰소가 고개를 갸웃했다.

집행자 무리의 대표가 잘못된 점을 지적했다.

“북부 아홉 왕국의 백성들이 군주들을 지극히 높여서 부르는 것은 예법에 어긋나는 일이 아닙니다. 마땅히 위대하시고 또 위대하다는 표현을 쓸 수도 있겠지요. 하지만 신인과 관련된 대화를 나눌 때는 군주님들을 높여서 부르면 안 됩니다. 신인의 눈높이에서는 군주란 낮고도 낮은 존재일 뿐이니까요. 알폰소 백작께서는 아무래도 교리 공부를 다시 하셔야 할 것 같습니다.”

알폰소가 얼굴을 붉혔다.

“험험. 내가 실수를 했구려. 말씀대로 교리 공부를 다시 하리다.”

“본론으로 돌아가서, 지금 아쿤 왕국의 대표는 에실레드 공주님입니다. 신인께서는 이 사실을 이미 알고 계시기에 에실레드 님을 부르신 것입니다. 또한 아쿤 님이 짧은 시일 내에 복귀할 가능성은 없습니다.”

집행자의 입에서 아쿤에 대한 정보가 언급되었다. 알폰소의 눈이 휘둥그레졌다.

"허억! 위대하시고 또 위대…… 아니, 아니. 아국의 군주께서 지금 어디에 계신지 신인께서 알고 계시다는 말씀이오?"

집행자들이 또다시 도끼눈을 떴다.

"알폰소 백작님, 두 번째 경고입니다. 만약 한 번 더 신인께 무례를 범했다가는 홀리 생츄어리의 종교 재판에 회부될 것입니다. 알폰소 백작님께서 조금 전 무슨 생각으로 그런 끔찍한 발언을 하셨는지 모르겠습니다만, 신인께서는 이 세상 구석구석 보시지 못하시는 것이 없고 들으시지 못하시는 바가 없으십니다. 그분께서는 지금 아쿤 님이 어디서 어떤 지경에 빠져 있는지 모두 아십니다. 하여 신인께서 명하시기를, 에실레드가 그 왕국의 대표이니 그녀를 데려오라고 하셨습니다."

종교 재판이 언급되자 알폰소의 등에 소름이 쫙 돋았다. 알폰소가 황급히 고개를 주억거렸다.

"죄송하오. 이 늙은이가 노망이 들어 헛소리가 나왔나 보오. 오늘 당장 교리 공부에 매진하여 다시는 이런 죄를 짓지 않을 것이니 부디 너그럽게 봐주오."

"봐주고 말고 할 것도 없습니다. 이미 두 번의 경고를 드렸습니다. 한 번 더 교리에 위배되는 끔찍한 행동을 한다면 그 즉시 백작님을 추포하여 종교 재판에 넘길 것입니다."

집행자들은 피도 눈물도 없는 자들이었다. 알폰소 백작이 부르르 몸서리를 쳤다. 아쿤 왕국의 대신들도 아쿤의 실종이 혹시 신인과 관련이 있을까 봐 벌벌 떨었다. 에실레드 공주는 더더욱 불안하여 안절부절못했다.

Chapter 5

알폰소가 조심스레 운을 떼었다.

"내가 무례를 무릅쓰고 한두 가지만 더 물어도 되겠소?"

"시간이 별로 없습니다. 짧게 질문하시지요."

집행자 무리의 대표가 제한적으로 질문을 허용했다.

알폰소가 빠르게 체크할 사항들을 확인했다.

"공주마마께서 홀로 가시기는 어렵지 않겠소? 왕국을 대표하여 이 늙은이가 마마를 모시고자 하는데, 괜찮겠소?"

"동행은 가능합니다. 하지만 신인 앞에 나갈 때는 아마도 공주님 한 분만 가능할 것입니다."

"물론이오. 다만 그분 앞에 나가기 직전까지만이라도 이 늙은이가 공주마마를 모실 수 있도록 허용해 주셨으면 하오."

"그건 가능합니다."

집행자들의 대표는 알폰소의 요청을 선뜻 수락했다.

"아!"

당장 에실레드의 표정이 밝아졌다.

"고맙소. 정말 고맙소."

알폰소도 겨우 한 시름 덜었다.

이어서 알폰소의 두 번째 질문이 나왔다.

"저기…… 지금 아르네 왕국 수도 분위기가 어떻소? 혹시라도 공주마마께 위험이 발생할 여지가 있나 걱정된다오. 이 늙은이가 굳이 이 점을 확인하는 이유는, 다름 아닌 룬드 왕국 때문이라오. 솔직히 말해서 우리 아쿤 왕국은 최근 룬드 왕국과 국지전을 벌였다오. 그래서 혹시 아르네 왕궁에 룬드 왕국의 인물들이 있으면 불미스러운 일이 벌어질까 봐 좀 꺼림칙하다오."

"크흥!"

집행자들이 한 번 더 눈을 찌푸렸다. 그들은 알폰소의 질문이 약간은 불온하다고 판단했다. 집행자들이 서로 쑥덕거리다가 대표가 나서서 상황을 정리했다.

"알폰소 백작님의 질문 의도가 좀 불온합니다. 이것은 신인께서 명하신 일입니다. 룬드 왕국이 감히 신인의 명에 끼어들어 불미스러운 짓을 벌일 수 있다고 보십니까?"

집행자 무리 대표의 목소리에 날이 시퍼렇게 섰다.

알폰소가 당황하여 손사래를 쳤다.

"아니오. 이 늙은이가 또 실언을 하였소. 조금 전 질문은 없었던 것으로 해 주시고, 한 가지만 더……."

알폰소가 질문을 이어가려고 하자 집행자들이 말을 끊었다.

"그만. 더 이상 지체할 시간이 없습니다. 질문도 그만 받겠습니다. 여기서 시간을 더 끈다면 저희들로서는 에실레드 공주님이 신인의 부르심을 거부한다고 의심할 수밖에 없습니다."

"흡."

그 경고가 알폰소의 입에 자물쇠를 채우게 만들었다. 알폰소는 더 이상 한마디도 할 수 없었다. 그리고 에실레드 공주는 불안에 떨면서도 집행자들을 따라나서야 했다.

호위는 딱 2명.

여기에 알폰소 백작을 더하면 3명.

류리크의 경우와 마찬가지로 에실레드 공주에게도 동행은 딱 3명까지만 허용되었다.

류리크와 에실레드를 불러들인 그 시각, 하라간은 몇 가지 중요한 인사 명령을 내렸다. 우선 그는 군나르 왕국의 동부 군단장인 뮬러러를 아르네 식민지의 임시 총독으로 임명했다. 덕분에 동부 군단 전원은 뮬러러의 곁에 남아서 아르네 식민지의 치안을 담당하게 되었다.

하라간은 디포에우스도 중용했다.

"디포에우스는 따로 언질이 있을 때까지 집정관의 지위를 그대로 유지한다. 그 상태에서 뮬러러 총독을 보좌하도록 하라."

이것이 하라간의 지상 명령이었다.

아르네의 원로들도 권력을 그대로 유지했다. 원로들은 디포에우스를 도와 식민지 내부의 크고 작은 행정 처리를 전담하게 되었다.

"역시."

"신인께서 우리를 중용하시는 게야. 헐헐헐."

원로들은 기뻐서 어쩔 줄 몰랐다.

물론 모두가 기쁜 것은 아니었다. 아르네의 왕족들 가운데 성인 남자들은 밧줄에 묶여 홀리 생츄어리로 끌려갔다. 그들은 종교 재판을 거쳐 대부분 사형에 처해질 것이다. 하라간은 오드의 혈족들에게 자비를 베풀지 않았다.

홀리 생츄어리는 원래부터 이단에게 무자비하기로 유명한 곳이었다. 피도 눈물도 없는 살벌한 곳에 넘겨졌으니 오드의 혈족들이 무사할 리 없었다. 집행자들에게 질질 끌려

갈 때 오드의 혈족들은 짐승처럼 우는 소리를 내었다.

대신 혈족들 가운데 여자들은 무사했다. 특히 새벽여신의 신전으로 피신했던 왕족들과 귀족들은 하라간의 보호 덕분에 서슬 퍼런 종교 재판의 칼날을 피해 갈 수 있었다.

아들의 예언에 따라 신전으로 몸을 피한 대장군 바루니우스의 식솔들도 무사했다. 바루니우스 본인도 목숨을 건졌다. 감히 하라간을 시험하려 들었던 바루니우스는 큰 상처를 입고 빈사 상태에 빠지기는 했으되, 생명에는 지장이 없었다. 게다가 바루니우스는 회복속도도 빨랐다. 이미 키르샤로 진화한 상태였기 때문이다.

바루니우스에 대한 보고를 받은 하라간이 히죽 웃었다.

'빨리 회복해라. 그래야 앞으로 잘 부려 먹지. 하하하.'

이것이 바루니우스에 대한 하라간의 생각이었다.

온바에게도 하라간의 명이 떨어졌다.

"토브욘 식민지로 복귀하여 총독으로서 임무를 다하라."

군나르 왕국의 북부군단도 온바와 함께 식민지로 복귀하게 되었다. 전쟁광인 온바는 복귀 명령을 무척 아쉬워했다. 하지만 하라간의 뜻을 거역할 수는 없었다.

"신 온바, 충심으로 신인의 명을 받들겠나이다."

온바가 하라간에게 넙죽 엎드려 작별 인사를 올릴 즈음, 왕궁 안에 형성된 2개의 포탈 가운데 하나로부터 푸른빛이 쏟아졌다.

후오오옹!

스벤센 왕국으로 떠났던 집행자 무리가 류리크를 데리고 돌아왔다.

잠시 후, 나머지 하나의 포탈에서도 푸른 광채가 작렬했다. 에실레드와 알폰소가 포탈을 통해 아르네 왕궁에 도착했다.

집행자들은 두 사람을 하라간 앞으로 안내했다.

하라간이 푹신한 의자에 비스듬히 기대어 두 사람의 문안 인사를 받았다.

"스벤센의 아들 류리크가 신인을 뵙사옵니다."

키 235 센티미터의 류리크가 하라간 앞에 천천히 무릎을 꿇었다. 고개를 숙이기 전, 류리크는 하라간을 빠르게 훔쳐보았다.

'정말 신인이실까?'

류리크는 끝까지 의심을 풀지 못했다.

그 마음을 헤아린 하라간이 피식 웃었다.

한편 에실레드 공주도 하라간 앞에 공손히 머리를 조아렸다.

"요르겐의 딸이자 아쿤의 여동생 에실레드가 신인을 뵙사옵니다."

에실레드의 가슴은 불안과 걱정으로 가득했다.

하라간은 그 점도 꿰뚫어 보았다. 하라간이 슬쩍 손을 당겼다.

콰득!

빈 허공에서 불쑥 튀어나온 투명한 덩어리가 류리크와 에실레드를 휘감아 하라간 앞으로 대령했다. 두 사람은 하라간 바로 앞 허공 20 센티미터 높이에 떠올라 바동거렸다.

"컥."

"아악."

류리크와 에실레드가 동시에 비명을 질렀다. 몸을 꽉 조이는 압박감도 압박감이지만, 혈관 속 피가 굳는 듯한 냉기 때문에 둘 다 소스라치게 놀랐다.

더더욱 무서운 점은, 나포되는 것과 동시에 두 사람의 마물이 패닉 상태에 빠졌다는 점이었다. 류리크의 마물이 공포에 질려 마정석 속 깊은 곳으로 숨어 버렸다. 에실레드의 마물은 그대로 실신해 버렸다.

"아으으으."

"사, 사, 살려 주세……."

스벤센 왕국과 아쿤 왕국을 대표하는 류리크와 에실레드가 하라간 앞에서 눈물을 보였다. 겁이 많은 에실레드는 이미 이럴 것으로 예견되었지만, 뱀처럼 냉정한 류리크가 울음을 터뜨릴 것이라고는 집행자들도 예상하지 못했다.

하라간이 먹잇감을 바라보는 포식자의 눈으로 두 사람을 훑었다. 그 눈길이 닿을 때마다 류리크와 에실레드가 끅끅 소리를 냈다.

이제 스벤센과 아쿤 왕국은 하라간의 손아귀에 떨어진 셈이나 다름없었다.

1월 29일에 벌어진 일이었다.

Chapter 6

신년 초.

그러니까 하라간이 아르네 왕궁을 막 점령할 무렵, 에이프는 베레니케라는 젊은 여성 상인을 만나 투자 상담을 진행 중이었다. 그 바람에 에이프는 하라간의 본체—사실은 군나르의 본체—를 관찰할 소중한 기회를 놓쳤다. 대신 그녀는 베레니케라는 좋은 투자처를 얻었다.

처음에 에이프는 베레니케를 무시했었다.

'작은 시골 마을의 젊은 여자가 상단을 제대로 운영할 수나 있겠어? 그런데도 나를 물주로 삼아 상단을 꾸려 보겠단 말이지? 하! 배짱 하나는 두둑하구나.'

어찌어찌 인연이 닿아 베레니케를 만나 주기는 했지만, 에이프는 큰 기대가 없었다.

하지만 실제로 만나 본 베레니케는 천재였다.

"에이프 님도 신인의 재림 소식을 들으셨죠?"

"난 소문 따위는 믿지 않아요."

에이프가 차갑게 말을 잘랐다.

베레니케는 쉽게 물러서지 않았다.

"물론 그러시겠죠. 하지만 제 분석대로라면 아르네 왕국은 손 한 번 제대로 써 보지 못하고 항복할 겁니다. 아마도 왕궁의 빗장을 스스로 풀겠죠."

"말도 안 돼."

에이프가 코웃음을 쳤다.

베레니케가 미소로 그 말을 받았다.

"말이 되는지 안 되는지는 곧 알 수 있겠죠. 만약 제 예측이 맞아서 아르네 왕국이 백기 투항한다면 그다음 벌어질 일은 뻔합니다. 하라간 님이 실제로 신인이시건 아니건, 중요한 것은 그게 아니란 말씀입니다. 신인께서 이 땅에 재림하셨다는 소문이 퍼지는 순간부터 북부 각지에서 수많은 순례자들이 이곳으로 모여들 겁니다. 하라간 님이 머무실 곳은 군나르 왕궁이 아닌 바로 이곳. 아르네 왕궁이 되실 테니까요."

에이프가 고개를 갸웃했다.

"왜죠? 만약 당신 말대로 하라간 님이 아르네 왕궁을 점령했다고 칩시다. 그래도 본국인 군나르 왕국으로 돌아가지 않겠어요?"

베레니케가 곧바로 반박했다.

"아니죠. 하라간 님이 신인을 자청하는 순간부터 군나르 왕궁을 떠나실 수밖에 없죠. 생각해 보세요. 신인 앞에서는 그 어떤 군주도 머리를 숙여야 합니다. 하라간 님의 증조부인 군나르 님도 예외일 수 없어요. 그런 상황이 오면 서로 얼마나 불편하겠어요? 결국 하라간 님은 북부를 통일하신 뒤 이곳 아르네 왕궁에 자리를 잡으실 수밖에 없다고요."

"아!"

베레니케의 분석은 그럴듯했다. 에이프가 고개를 끄덕였다.

베레니케가 빠르게 말을 이었다.

"그런데 신인이라 자청하신 하라간 님이 아르네 왕궁에 머무시는 것이 말이 될까요? 오드 님이 사용하던 헌 집에 신인께서 들어가신다? 이것도 참 웃기는 이야기지요. 결국 하라간 님의 곁에서 알랑방귀를 뀌는 자들이 아르네 수도 인근에 하라간 님을 위한 거대한 신전을 건축하자고 주장할 겁니다. 순례자들이 방문하기에 충분할 정도로 넓으면서 아르네 왕궁과 가까운 곳. 저는 그런 장소로 여기를 봅니다."

베레니케가 지도 한 장을 펄럭 펼쳐 놓았다.

에이프는 지도에 붉게 표시된 위치를 눈여겨보았다.

과연 그럴듯했다. 아르네의 수도 안에서 왕궁과 가깝고, 홀리 생츄어리와도 거리가 멀지 않으면서, 광활하게 펼쳐진 녹지는 이곳밖에 없었다.

베레니케가 손가락으로 그 위치를 꾹 짚었다.

"이제는 땅입니다. 땅."

"땅?"

"이 땅 주변을 선점한 뒤, 숙박업소와 레스토랑, 술집을 지어 놓는 것입니다. 하라간 님을 보러 온 순례자들이 어디서 머물겠습니까? 어떻게 배를 채우겠습니까? 신인을 알현했다는 기쁨을 무엇으로 달래겠습니까? 이게 다 돈입니다. 땅을 잡아야 돈을 땡길 수 있습니다."

베레니케는 다소 저속하면서도 귀에 콕콕 박히는 단어로 에이프를 설득했다.

"그게 끝이 아닙니다. 멀리서 찾아온 순례자들은 근처에서 말을 사고 여물을 구입할 테지요? 저는 이 공터 주변에 그런 시설들도 미리 지어 놓을 예정입니다."

베레니케의 사업 계획은 꽉 짜여서 빈틈이 보이지 않았

다. 에이프의 상체가 점점 더 베레니케에게 기울었다.

특히 마지막 한마디가 에이프의 마음을 뒤흔들었다.

"또 한 가지. 만약 하라간 님이 진짜 신인이시라면 어떻게 하시겠습니까? 그때는 이 땅을 선점한 상단이 하라간 님의 곁에 가장 가까이 머무는 상단이 될 것입니다. 이 얼마나 영광스러운 일입니까?"

이건 베레니케가 별 뜻 없이 던진 말이었다.

'이 에이프라는 여자, 보아하니 신앙심이 별로 깊지 않네. 하라간 님 가까이에 머물 수 있다는 점에 혹하지는 않을 것 같아.'

대화를 나누면서 에이프의 반응을 지켜본 베레니케는 이렇게 판단했다. 베레니케는 에이프의 정체를 알지 못하기에 이런 생각을 할 수밖에 없었다.

에이프의 속은 달랐다.

'그래. 어차피 내 임무는 가짜 신인 놈을 가까이서 관찰하는 거잖아? 베레니케의 말을 들어서 손해 볼 것은 없어. 정보 수집에 도움이 된다면 금화는 얼마든지 들어도 상관없다고. 게다가 아르네 왕국이 항복한다면 베레니케의 말대로 흘러갈 가능성도 커. 여차하면 정말 괜찮은 투자처가 될 게야.'

마침내 에이프가 투자를 결심했다.

"축하해요. 우리 가문은 당신이 설립하고자 하는 상단에 투자하겠어요."

"감사합니다. 제가 책임을 지고 물주님의 돈을 열 배, 백 배로 불려 드리겠습니다."

베레니케는 에이프가 내민 손을 공손히 잡았다.

에이프가 검지를 곧두세웠다.

"단, 지금 투자하지는 않겠어요. 당신 예측대로 아르네 왕국이 백기 투항하여 하라간 님을 신인으로 인정하는 순간, 우리 가문의 투자금이 당신에게 들어갈 거예요."

"물론이죠. 물주님의 투자금은 그때 받겠습니다."

"반대의 경우도 있어요. 만약 당신의 예측이 어긋난다면 어떻게 하죠? 그땐 내 귀중한 시간을 낭비하도록 만든 죄를 물어야 하지 않겠어요?"

에이프가 협박성 멘트를 날렸다.

베레니케는 눈 하나 깜짝하지 않았다.

"그 죄 또한 달게 받겠습니다."

이것이 배짱 두둑한 베레니케의 대답이었다.

에이프는 베레니케가 마음에 들었다. 자신도 모르게 생긋 웃은 것은 그 때문이었다.

Chapter 7

시간이 흘러 베레니케의 예언이 현실이 되었다.

1월 15일. 아르네 왕국은 성문을 활짝 열고 하라간을 맞아들였다. 아르네 왕국의 온 백성들이 하라간을 신인의 재림이라 추앙하고 환호했다.

에이프는 즉각 약속을 지켰다. 에이프가 운용하던 막대한 금화가 베레니케의 손에 흘러들어 갔다.

"옳거니."

베레니케는 기다렸다는 듯이 행동에 나섰다. 그녀는 우선 투자받은 금화로 토지를 사들이고 인부들을 고용했다. 숙박업소와 레스토랑, 술집을 얼마나 많이 어떤 식으로 건축할 것인지에 대한 구체적인 사업 계획서도 작성했다.

이런저런 사업 이야기를 나누다 보니 자연스럽게 에이프가 베레니케를 만나는 횟수가 늘었다. 결국 베레니케는 산골 마을을 떠나 수도로 자리를 옮겨 왔다.

물론 베레니케는 최대한 조심스럽게 움직였다.

"하라간 님은 분명 내 매력에 빠지셨겠지만, 그래도 조심해야 해. 하라간 님 주변에 군나르 님이 풀어 놓은 사냥개들이 있을지 모른다고. 씨팔."

매사에 조심성이 많은 베레니케는 아르네 왕궁 가까이

접근하지 않았다.

그래도 그 움직임이 하라간에게 포착되는 것을 피할 수는 없었다.

마침 하라간은 화려한 침대에 비스듬히 누워서 빈둥거리던 참이었다. 그러다 뭔가를 감지하고는 게슴츠레 눈을 떴다.

'어라? 이건 베레니케의 기운인데?'

베레니케가 군나르 왕국을 탈출하기 전, 하라간은 그녀에게 눈에 보이지 않는 투명한 거미줄을 붙여 놓았다. 이 거미줄이 있는 한 하라간은 언제 어디서든 민치를 이용하여 베레니케를 붙잡아 오는 것이 가능했다. 또한 베레니케가 일정 범위 안으로 접근하면 곧바로 알아차릴 수 있었다.

'거리는 80 킬로미터 정도인가? 그 악녀가 내 주변에 있어.'

마나의 벽 6단계에 올라선 이후 하라간의 감각은 한층 더 광대하게 확장되었다. 그 확장된 감각이 80 킬로미터의 거리를 뛰어넘어 베레니케의 주변을 탐색했다.

츠츠츠—

가장 먼저 감각에 잡힌 대상은 역시 베레니케였다.

츠츠츠츠츠—

이어서 베레니케의 주변 인물들이 차례로 하라간의 감각에 포착되었다.

"으응?"

하라간이 몸을 슬쩍 일으켰다.

"이것 봐라?"

하라간은 자세를 고쳐 잡고 감각을 예리하게 가다듬었다. 하라간의 머릿속에 에이프의 모습이 들어왔다. 베레니케와 에이프가 나누는 대화도 모두 들렸다.

하라간은 좀 더 넓게 감각의 범위를 확장했다.

이번엔 또 다른 여자, 뱀부가 그 감각에 걸려들었다.

"이 두 여자, 제법인데? 키가 큰 쪽은 막키르샤 수준, 키가 작은 여자는 다즈키르샤 레벨인가? 레이나와 한번 붙여보면 재미있겠군."

하라간이 히죽 웃었다.

하라간을 제외한다면, 레이나는 북부 최강자였다. 그런데 지금 하라간의 주변에 얼쩡거리는 여자들 가운데 한 명은 최소한 레이나와 동급이었다. 나머지 한 명도 잉그리드와 엇비슷하게 맞서 싸울 정도였다.

"흐흐흐. 어디서 이런 여자들이 튀어나왔을까? 이거 점점 더 흥미진진해지는군."

하라간의 눈이 반짝반짝 빛났다.

같은 시각.

대규모로 토지를 개발 중이던 베레니케의 눈에 마뜩잖은 장면이 들어왔다.

"야!"

베레니케가 버럭 소리를 질렀다.

비쩍 마른 체형에 키가 큰 중년 여인이 베레니케를 돌아보았다. 여인은 '왜 그러는데요?' 라는 눈빛으로 베레니케를 응시했다.

베레니케가 이마를 찌푸렸다.

"이년이 미쳤구나, 미쳤어."

중년 여인에게 다가가면서 베레니케는 쇠꼬챙이 하나를 뽑아 들었다.

"다들 바쁜 거 보이지 않아? 모두들 발바닥에 땀이 나도록 뛰어다니면서 순례자들을 위한 숙박업소 건축에 전념하고 있건만, 너는 뭔데 이 공사장에서 빈둥거려? 그렇게 한가해? 내가 영원히 한가하게 만들어 줄까?"

중년 여인에게 거침없이 다가선 베레니케가 한 손으로 상대의 머리카락을 움켜잡았다. 그다음 쇠꼬챙이로 상대의 배때기를 쑤시려고 했다.

그러다 베레니케의 손이 멈칫했다.

'뭐가 이렇게 커?'

베레니케도 그리 작은 키는 아니었다. 하지만 상대는 베레니케가 턱을 들고 올려다볼 정도로 장신이었다.

게다가 그 무채색의 눈.

무감각한 표정.

눈썹 한 올 없고, 동공이 작아 흰자위가 희번덕거리는 것처럼 보이는 그 괴악한 생김새.

보는 것만으로도 여자 토막살인마구나 싶은 분위기가 베레니케를 멈칫하게 만들었다.

중년 여인이 무표정하게 베레니케를 내려다보았다.

베레니케가 침을 꿀꺽 삼켰다.

"너, 너 뭐냐?"

베레니케가 말을 더듬었다.

중년 여인, 뱀부는 잠시 고민했다.

'뭐라고 대답하지? 여기서 사고를 치면 곤란한데. 그 가짜 신인의 뒤를 밟는 와중에 불필요한 소란을 피울 수는 없잖아?'

뱀부는 일단 베레니케에게 한 수 숙이고 들어가기로 결심했다.

"죄송합니다. 제가 무엇을 잘못했는지 말씀해 주시면 시정하겠습니다."

뱀부의 딱딱한 답변에 베레니케가 고개를 갸웃했다.

"가만. 처음 보는 얼굴이잖아? 누가 너를 여기에 데려왔지?"

"에이프 님이십니다."

"에이프? 아아, 물주님."

베레니케는 에이프를 물주라고 불렀다. 이 주변 건축물들은 사실 에이프 가문의 재화로 건축 중이기 때문이다.

에이프가 베레니케에게 투자를 한 진짜 이유는 하라간에게 접근할 구실을 만들기 위함이었지만, 베레니케는 그 사실을 알지 못했다.

뱀부도 에이프의 작전 계획에 동참했다. 오늘 뱀부가 공사장 주변을 알짱거리다가 베레니케를 만난 것은 바로 에이프의 작전 때문이었다.

뱀부가 잠시 그 생각을 하고 있을 때였다. 베레니케가 뱀부에게 물었다.

"그래서, 그쪽은 물주님과 어떤 관계인데?"

베레니케는 탐색하는 눈빛으로 뱀부를 관찰했다.

뱀부의 머릿속이 빠르게 회전했다.

'에이프 언니와 나의 관계를 사실대로 밝힐 수는 없어. 늙어 보이는 내 외모로 에이프 언니를 언니라고 불렀다가는 분명 의심을 받을 게야.'

그렇다고 뱀부가 에이프보다 연상인 척 거짓말을 하기도 어려웠다. 예를 들어서 뱀부가 에이프의 숙모나 이모 노릇을 하기란 불가능했다.

'이 여자 앞에서 내가 이미 에이프 님이라고 존칭을 썼잖아. 분명히 내가 한 말을 기억할 텐데, 이제 와서 에이프 언니를 낮춰 부르면 그 또한 의심을 받을 게야.'

결국 방법은 하나였다. 뱀부는 자신을 낮췄다.

"저는 그분의 시녀입니다."

"시녀? 물주님의 시녀라고? 호위 무사가 아니고?"

베레니케가 뱀부를 위아래로 훑어보았다.

Chapter 8

"시녀를 하기에 어울리는 외모는 아닌데?"

베레니케의 눈빛이 예리하게 변했다.

섬뜩한 인상의 뱀부는 한눈에 보기에도 시녀와는 어울리지 않았다. 그보다는 호위 무사가 적합해 보였다.

'젠장. 에이프 님의 비밀 호위 무사라고 대답할걸, 내가 왜 시녀라고 했지?'

뱀부가 속으로 자책했다.

한편 베레니케는 다른 생각에 골몰했다. 최근 들어서 베레니케는 흑인 노예 소녀 아이린에게 싫증을 내는 중이었다. 아이린에게 채찍으로 얻어맞는 일도 이제는 시시해졌다. 노예에게 굴욕을 당해도 더 이상 흥분되지 않았다.

그런데 뱀부를 마주친 순간 베레니케는 사타구니가 시큰해졌다. 토막 살인마를 연상시키는 이 여자가 가시가 숭숭 박힌 채찍을 들고 다가오는 모습이 베레니케의 머릿속에 연상되었다. 상상 속의 뱀부는 우악스러운 손길로 베레니케의 드레스를 찢어 버렸다. 그러곤 베레니케의 맨가슴을 쥐어뜯듯 움켜잡았다.

'캬아아, 어쩜 좋아.'

몇 가지 파격적인 장면들을 상상하는 것만으로도 베레니케는 흥분을 느꼈다.

꿀꺽.

베레니케가 거칠게 침을 삼켰다. 그녀의 혀가 입술을 싹 핥고 입안으로 들어갔다. 악녀 베레니케는 뱀부에게서 시선을 떼지 못했다.

'뭐야? 이 끈적끈적한 눈빛은?'

뱀부의 이마에 핏줄이 빠직 섰다.

'거참 이상한 여자네. 눈빛이 아주 기분 나빠.'

정확한 이유는 모르겠지만, 뱀부는 왠지 베레니케가 꺼림칙했다.

베레니케의 예측은 날이 갈수록 더 정확하게 맞아떨어졌다. 하라간이 신인이고 뮬러러가 아르네 식민지의 총독인데, 신인과 총독이 같은 왕궁에서 머무는 것은 격이 맞지 않았다. 당장은 마땅한 대안이 없지만 결국엔 신인이 머물기에 적합한 신전을 건축할 필요가 있었다.

집정관 디포에우스와 홀리 생츄어리의 법주들이 하라간에게 신전 건축을 건의했다.

하라간도 딱히 반대하지 않았다.

총독부와 집정관, 원로들, 그리고 법주들이 머리를 맞대고 신전 건축에 대해 의논했다.

"신전은 무조건 웅장하고 으리으리해야 합니다. 신인께서 마음에 들지 않아 아르네를 떠나신다면 이보다 더 큰 재앙이 어디 있겠습니까? 백성들이 우리를 뭐라고 손가락질하겠냔 말씀입니다."

이것이 디포에우스의 주장이었다.

원로들이 일제히 그 의견에 동의했다.

법주들도 팔을 걷어붙였다.

첫째, 수도 인근의 평지에 신전을 대규모로 공사하고, 아르네의 수도를 아예 그 신전 근처로 옮기는 방안.

둘째, 수도 내부 적당한 토지를 수배하여 신전을 짓는 방안.

셋째, 하라간의 의견을 듣고 처리하는 방안.

넷째, 지금의 왕궁을 신전으로 개조하는 방안.

이상 4개 안이 본격적으로 검토되었다. 원로들이 네 가지 방안을 놓고 갑론을박하는 사이에 뮬러러와 디포에우스가 하라간을 찾아와 의견을 여쭸다.

"여기가 괜찮네."

하라간은 지도 위에서 한 곳을 콕 찍었다.

베레니케가 물밑에서 작업 중인 바로 그 지역이었다.

하라간이 이 지역을 선택한 이유는 단순했다. 확장된 감각으로 베레니케의 대화를 엿들으면서 하라간은 '베레니케의 계획에 적당히 장단을 맞춰 줘야지. 그래야 저 수상한 여자들의 배후를 끌어낼 수 있겠지?' 라고 생각했다.

하라간이 결정했으니 그것으로 끝.

원로들은 더 이상 논의할 것이 없었다. 하라간이 지목한 지역을 답사한 다음, 최대한 웅대하고 장엄한 신전을 지어 올리면 그만이었다.

몇몇 상재에 밝은 원로들이 발 빠르게 움직였다.

"신전 개발지 주변의 땅. 그 땅을 사들이라고. 돈은 얼마든지 들어도 좋아."

"서둘러라. 눈치 빠른 영감탱이들이 움직이기 전에 우리 가문이 신전 주변 토지를 확보해야 해."

그런데 웬걸?

원로들이 현장에 도착했을 때는 이미 공사가 한창이었다. 어쩜 그렇게 잘 찍었는지, 신전 부지를 둘러싼 거의 모든 지역에서 숙박업소와 레스토랑, 술집 건물들이 비 온 뒤 대나무 순처럼 쭉쭉 올라가고 있었다.

"어허라, 누가 선수를 쳤네?"

"선수네, 선수야. 고급 정보를 듣자마자 달려왔건만 누가 이렇게 빨라?"

한발 늦은 원로들이 눈에 불을 켜고 토지 개발자를 수소문했다. 그런데 귀에 들리는 소식이 영 이상했다.

"신규 상단? 시골 구석에서 올라온 신규 상단이 무슨 정보를 들었기에 이렇게 빨리 움직였어?"

"이게 말이 되는 소리야? 시골 상단이 무슨 돈이 있어서 이렇게 대규모 개발을 진행하느냐고?"

"분명 배후가 있을 게야. 시골 상단의 뒤에 누군가 도사리고 있다고."

"정보 길드를 총동원해서라도 그 작자가 누군지 찾아내. 우리를 물 먹인 작자가 대체 누구야?"

원로들은 베레니케 상단의 배후를 캐기 시작했다.

얼마 지나지 않아 에이프라는 이름이 튀어나왔다.

"에이프? 집정관님의 수양딸이라는 그 에이프?"

“어허. 집정관님 행동 빠른 것 좀 보소.”

“평소에 집정관님의 배가 불룩하여 그 뱃속에 대체 뭐가 들어 있나 궁금했는데, 이제야 알겠구나. 체엣. 우리가 한 발 늦었어. 집정관님이 신전 건축 운운했을 때부터 다 계획되어 있던 일이라고.”

“쳇. 아무리 그래도 그렇지. 이렇게 큰 사업을 혼자서 말아드시나? 우리랑 함께 지낸 세월이 얼마인데, 이분이 동업자 의식이 없구먼. 케헴.”

원로들은 디포에우스가 뒤에서 설계한 일이라고 오해했다. 그래서 다들 불평을 늘어놓았지만 별수 없었다.

“에라잇, 할 수 없지. 주변에 남은 짜투리 땅이라도 사자.”

“에효. 우리 하마 님께서 거하게 드시고 나면 우린 부스러기라도 핥아먹어야지.”

원로들이 이렇게 투덜거리는 것도 모르고 디포에우스는 신전 설계에 전념했다.

“아르네 왕국의 뛰어난 건축 기술자들을 총동원해서라도 세상 최고의 신전을 지어야 해. 신인께서 군나르 왕국으로 복귀하시지 않고 아르네에 정착하실 수 있도록 내 모든 것을 바칠 게야.”

디포에우스는 주변 사람들과 연락도 끊고 신전 건축에

몰두했다.

그럴수록 뒷말이 무성해졌다.

"요새 집정관님께서 미친 듯이 일하신다며?"

"코피 터질 만큼 일에 매달리실 만도 하지. 자네 신전 주변 가 봤어? 이건 완전 독점 사업이더구만. 집정관님의 땅을 밟지 않고서는 신전에 접근조차 할 수 없다고."

"캬아! 대단해. 대단해. 나는 앞으로 우리 집정관님만 존경하기로 마음먹었어."

원로들이 혀를 내둘렀다.

그렇게 겨울이 끝나고 봄이 찾아왔다.

군나르는 헤닝 왕국의 마리네 왕녀를 하라간의 세 번째 배필로 확정했다. 혼인식은 올봄이 가기 전에 군나르 왕궁에서 치르기로 예정되었다.

사비지 백작이 헤닝 왕국과 군나르 왕국을 오가며 혼인식 준비를 맡았다.

클레이아는 하라간의 후궁을 선별하는 문제로 나름 바빴다. 마리네 왕녀와 혼인식을 치른 이후, 클레이아는 하라간에게 후궁 후보들을 추천할 생각이었다.

남부의 미녀 이쉬타르.

머리가 좋기로 유명한 오이난테.

하라간의 꾀주머니 라티파.

건강미 넘치는 레다.

마법 소녀 실보플레.

이상 5명이 후보 명단으로 수렴되었다.

클레이아는 여기에 한 명을 더해서 총 6명을 추천하기로 마음먹었다.

제4화

북부 장악 II

Chapter 1

처음에는 레이나도 하라간의 후궁 후보 명단에 들어 있었다.

한데 하라간의 반대에 부딪쳤다.

"그건 곤란하지. 물론 나머지 후보들은 세자빈 뜻대로 해도 되오. 하지만 레이나는 안 돼. 내가 전에도 말했다시피, 그 여자를 왕궁에 데려온 데는 다른 이유가 있소."

공간 이동 포탈을 통해 군나르 왕궁에 들린 하라간은 클레이아의 추천 명단에서 레이나를 제외시켰다.

클레이아는 다시 고민에 빠졌다.

"왕세자빈이 3명이니 1차 후궁은 6명이 적당한데. 다섯은 왠지 비어 보여. 아무래도 6명을 꽉 채워야겠어. 레이나 대신 누굴 넣지?"

북부인들은 9를 완전수로 보았다.

800년 전 신인께서 북부를 분할하실 때 사용한 수가 9.

신인의 핏줄과 제자들의 수도 9명.

북부의 왕국도 9개.

이런 이유로 인해 북부 사람들은 9를 세상에서 가장 완벽한 수, 즉 완전수로 여겼다. 클레이아는 세자빈 3명에 후궁 6명을 더해서 완전수 9를 만들고 싶었다. 그러자면 어떻게든 후궁 한 명을 더 채워야 했다.

"지역 안배를 고려하자면 아르네 식민지나 아쿤 왕국에서 후보를 추가하면 좋을 듯한데. 토브욘 식민지를 대표하여 실보플레가 들어왔으니까 되었고, 거인족인 스벤센 왕국과 수인족인 토레 왕국은 후궁 후보에서 빼야지. 그렇다면 아르네 식민지와 아쿤 왕국만 남아."

일반 백성들은 결혼을 할 때 사랑만 생각하면 그만이었다. 하지만 왕실의 혼인은 이와 달랐다. 군주는 정치는 혼인을 통해서도 이루어졌다.

"북부인들 전체가 다 하라간 님의 사랑과 관심을 받고 싶어 하잖아? 그러니까 북부인들을 골고루 안심시키려면 별수 없어. 각 지역마다 그곳을 대표하는 세력의 여인들을 하라간 님과 연결시켜 드릴 수밖에."

클레이아는 이렇게 중얼거렸다.

이런 관점에서 보면 지역 안배가 아주 중요했다. 그런데 지금 아르네 식민지에서는 딱히 클레이아의 눈에 띄는 후보자가 없었다. 클레이아가 고개를 좌우로 가로저었다.

"미안하지만 아르네 식민지는 다음으로 미루자. 시간이 좀 더 흐른 뒤에 2차 후궁 후보들을 간택할 때 아르네 왕국 출신들을 고려하면 돼."

아르네 식민지에서는 눈에 띄는 후보가 없지만 아쿤 왕국에는 한 명의 대상자가 떠올랐다.

다름 아닌 에실레드 공주였다.

"그녀가 아쿤 왕국의 군주 계승 1순위라고 했지? 한번 그쪽을 검토해 볼까?"

클레이아가 다시 명단을 펼쳐 들었다. 양피지로 만든 책자 속에는 에실레드 공주의 초상화와 다양한 정보들이 담겨 있었다.

클레이아는 그 내용을 한 줄 한 줄 꼼꼼히 읽었다.

"하아아—"

오르곤이 한숨으로 답답한 마음을 표현했다.

그 앞에서 사비지와 마리네가 고개를 푹 숙였다.

두 사람 중에 사비지가 먼저 입술을 떼었다.

"송구합니다. 제가 능력이 부족하여 왕녀님께서 제대로 자리를 잡지 못하였습니다."

"아니에요. 모든 것이 다 제 탓이에요."

마리네가 눈물을 글썽거렸다.

군나르 왕국과 헤닝 왕국 사이에 국혼이 결정되고 마리네가 하라간의 세 번째 왕세자빈으로 책정되었건만, 아직까지 마리네 왕녀는 제대로 된 대접을 받지 못했다. 비록 아직 마리네가 하라간과 결혼식을 치른 것은 아니지만, 그래도 일국의 왕녀인데 찬밥도 이런 찬밥이 없었다.

"지금이 벌써 3월 하순이야. 이제 두 달 뒤면 결혼인데 군나르 님께서 단 한 번도 우리 마리네를 찾으신 적이 없어. 얼굴 한 번 보시지 않으셨다고. 공간 이동 포탈만 열면 바로 부르실 수도 있잖아? 그런데 소식이 없어. 푸우우—"

오르곤이 볼을 부풀려 긴 한숨을 내뱉었다. 그의 말대로 군나르는 단 한 번도 마리네 왕녀를 찾지 않았다.

어디 그뿐인가? 하라간도 코빼기 한 번 내비치지 않았다.

생각 같아서는 버럭 화를 내고 싶은데, 상대가 신인이다 보니 오르곤 입장에서는 "정말 이따위로 할 거요? 내 동생을 이렇게 홀대할 거면 이번 결혼 없던 걸로 합시다."라고

큰소리를 칠 수도 없었다. 게다가 한 번 파혼 이야기가 오간 혼담을 겨우 되살린 터라 오르곤은 아직도 마음이 조마조마했다.

"젠장. 지은 죄가 있으니 불평을 할 수도 없고. 그 와중에 군나르 왕국의 제1 왕세자빈이 후궁 명단을 발표했다지?"

오르곤의 질문에 사비지가 종이 한 뭉치를 내밀었다.

"여기 후궁들에 대한 자세한 정보가 있습니다. 제가 수집한 첩보를 요약해서 말씀드리자면, 이쉬타르와 오이난테는 그리 경계할 만한 대상은 아닙니다. 하지만 라티파와 레다 자매는 하라간 님을 밀착 호위하던 친위대 출신이라 제1 왕세자빈도 함부로 대하지 못하는 눈치입니다. 아무래도 후궁들 가운데는 그녀들이 실세인 것 같습니다."

"실보플레는?"

"그녀는 아직 나이가 어립니다. 순진한 성격이라 다루기도 쉽다고 알려졌고요. 하지만 토브욘 식민지의 마법사들이 전력을 다해 실보플레를 떠받치고 있고, 식민지 백성들의 지지도도 높아서 마리네 왕녀님께서 함부로 이용하려 들다가는 위험할 수도 있습니다."

라티파와 레다 자매는 경계해야 할 대상.

이쉬타르와 오이난테는 크게 우려할 바 없음.

실보플레는 이용할 만하나 조심할 필요 있음.

이상이 하라간의 후궁 후보들에 대한 사비지의 분석이었다.

오르곤이 마리네를 돌아보았다.

"어떠냐? 너는 바람의 마법사이고 실보플레는 공간의 마법사라고 한다. 서로 통하는 것이 있으니 우선 이 소녀를 적극적으로 공략해서 네 편으로 만드는 것이 좋지 않겠냐?"

"실보플레라는 이름은 저도 들어 본 적이 있어요. 토브욘 왕국이 무너지기 전부터 제법 유명세를 떨쳤던 천재 소녀잖아요? 오라버니 말씀처럼 실보플레와 저는 통하는 것이 있을 듯해요. 한번 노력해 볼게요."

파혼 사태를 한 번 겪으면서 마리네는 철없던 과거를 후회했다.

'내 삶. 내 자유를 찾는 것은 사치야. 난 우리 헤닝 왕국을 지탱할 축이 되어야 해. 군나르 왕국 내궁에서 자리를 잘 잡은 다음, 어떻게든 헤닝 왕국을 도와야 한다고.'

토브욘 왕국에 이어서 북부 최강이라는 아르네 왕국마저 무너진 상황이었다. 토레 왕국과 룬드 왕국은 그전부터 하라간의 손과 발이 된 듯했다. 최근에는 스벤센 왕국과 아쿤 왕국마저 하라간의 발밑에 납죽 엎드렸다. 만약 하라간이

마음만 먹으면 헤닝 왕국을 지도에서 지워 버리는 것은 일도 아니었다. 지난 800년간 아홉 왕국 체제로 굳어졌던 북부의 질서가 지금은 하라간 독주 체제로 전환되는 시점이었다. 이 폭풍과도 같은 시대의 한복판에서 헤닝 왕국은 아무런 힘이 없었다.

마리네는 '어떻게든 하라간 님의 마음 한구석을 비집고 들어가야 해. 그리하여 내가 헤닝 왕국의 버팀목이 되어야 한다고.' 라고 결심했다.

한번 마음을 굳히자 마리네는 적극적이 되었다. 은근히 마음을 주었던 굴본 남작과도 완전히 단절했고, 모든 신경을 하라간과 군나르 왕국에 집중했다.

사비지가 후궁 명단 끄트머리를 손가락으로 짚었다.

"소신의 생각으로는 명단 마지막에 추가된 에실레드에게도 한번 손을 내밀어 볼 만합니다. 나머지 후궁 후보들은 군나르 왕국 출신들이라 자기들끼리만 똘똘 뭉칠 수 있습니다. 또한 그녀들을 후궁으로 추천해 준 클레이아 제1 왕세자빈께 충성을 맹세할 수도 있지요."

"음."

오르곤이 손가락으로 턱을 긁으며 사비지의 말을 경청했다.

사비지가 의견을 계속 피력했다.

"그에 비해서 마리네 왕녀님과 실보플레, 그리고 에실레드는 모두 타국 출신 아닙니까? 자연히 처음에는 세력이 약할 수밖에 없습니다. 그렇게 외로운 처지에 있는 분들을 마리네 왕녀님께서 잘 규합하신다면 내궁 안에서 어느 정도 기반을 잡으실 수도 있습니다. 물론 우리 헤닝 왕국도 아쿤 왕국이나 토브욘 식민지와 협력하여 지지를 해 드릴 것이고요."

오르곤이 맞장구를 쳤다.

"그렇지. 우선 사비지 백작의 말대로 가르마를 타 보자꾸나. 군나르 왕국 출신 대 타국 출신. 이런 대결구도를 만들어 보는 거야. 마리네, 네 생각은 어떠냐?"

"사비지 백작의 의견이 옳아 보이네요. 저도 열심히 움직일 테니 오라버니께서 많이 도와주세요."

마리네가 적극적으로 나섰다.

오르곤은 동생의 이런 태도가 한편으론 기특하고, 다른 한편으론 애처로웠다.

'녀석. 좋아하는 마법을 연마하면서 일평생을 자유롭게 살면 좋으련만, 시대가 허락하지 않는구나. 쯧쯧쯧.'

오르곤은 속으로 혀를 찼다.

Chapter 2

머리를 굴리는 것은 헤닝 왕국만이 아니었다. 아쿤 왕궁의 깊숙한 곳에서도 대책 회의가 한창이었다. 왕국을 지탱하는 거물급 대신 3명이 원탁에 빙 둘러앉았고, 그 상석에 알폰소 백작이 자리했다. 알폰소의 뒤에는 에실레드 공주가 배석하여 회의를 지켜보았다.

근육질에 애꾸눈인 에그버드 공작.

학자 타입의 얌전해 보이는 에드가 공작.

키는 작지만 체형이 탄탄한 앨프레드 후작.

이상 3명은 아쿤 왕국을 이끌어 가는 실세 중의 실세였다. 에그버드 공작은 전대 군주인 요르겐 시절부터 솔샤르 군대를 이끌고 남부 연합을 지속적으로 공격해 온 군부의 핵심 인물이었다. 앨프레드 후작도 에그버드와 함께 부쿤 대산맥을 넘나들던 장수 출신으로, 요르겐은 에그버드와 앨프레드를 자신의 오른팔과 왼팔이라 불렀다.

요르겐의 뒤를 이어 군주가 된 아쿤도 에그버드 공작과 앨프레드 후작을 중용했다. 덕분에 에그버드와 앨프레드는 2대에 걸쳐서 아쿤 왕국의 군권을 장악해 왔다.

그러다 아쿤이 실종되었다. 아쿤이 모집한 대규모 병력도 모두 증발했다.

왕국이 위기에 처하자 에그버드 공작과 앨프레드 후작이 남부 국경선에서 북상하여 수도로 입성했다.

자고로 위기 상황에서는 군권을 움켜쥔 자가 실세가 되기 마련. 아쿤이 돌아올 때까지는 에그버드와 앨프레드가 왕국의 중심일 수밖에 없었다. 거기에 더해서 왕국의 재상 자리를 꿰차고 있던 에드가 공작도 여전히 영향력이 컸다.

에그버드—에드가—앨프레드로 이어지는 삼두 정치는 그렇게 시작되었다.

세 거물들 사이에서 알폰소 백작은 아무런 힘도 쓰지 못했다. 거물급 대신들은 에실레드 공주를 얼굴마담으로 내세운 다음, 막후에서 왕국의 중요한 결정들을 내렸다. 그 자리에 알폰소 백작은 초대받지 못했다.

그러던 상황이 한순간에 바뀌었다.

"군주 아쿤은 쉽게 돌아오지 못할 것이오."

홀리 생츄어리의 집행자가 전한 이 한마디가 모든 상황을 바꾸었다. 아쿤 왕국은 더 이상 군주의 복귀를 기다릴 수 없었다. 아쿤이 영영 복귀하지 못할 수도 있다는 가정 아래 국정을 운영해야 했다.

또 한 가지.

알폰소 백작이 갑자기 왕국의 핵심 인물로 급부상했다. 에실레드 공주가 신인의 후궁 후보로 간택되면서 벌어진 일이었다.

만약 에실레드가 신인의 후궁이 되어 총애를 받는다면?

만약 에실레드가 신인의 후손이라도 잉태한다면?

지금의 에실레드는 과거의 에실레드가 아니었다. 과거의 그녀는 군주의 눈 밖에 나서 목숨을 위협받던 배다른 동생에 불과했다. 지금의 그녀는 아쿤 왕국의 명줄을 움켜쥔 찬란한 배후가 될 수도 있었다. 장차 에실레드의 말 한마디에 의해서 아쿤 왕국이 지상에서 사라질지도 모르는 일이었다.

'에실레드 공주님이 신인의 후궁으로 간택되신 뒤에도 알폰소 백작은 이곳 아쿤 왕국에 남아 있겠지? 그렇다면 이제 왕국의 실세는 알폰소 백작이 될 게야.'

에드가 공작은 이렇게 생각했다.

'설령 아쿤 님께서 왕국에 돌아오신다고 해도 이번 세력 구도를 바꿀 수 없어. 에실레드 공주님께서 신인의 마음을 움직이신다면, 아쿤 님은 단숨에 한 줌의 재로 사라져 버릴 수도 있다고.'

에그버드 공작은 미래의 권력 구도를 정확하게 보았다.

'지난 1년간 북부에서 무슨 일이 일어났는지 보라고. 토브욘 왕국이 식민지가 되었는데도 군주인 토브욘 님은 나타나지 않으셨어. 아르네 왕국이 식민지가 되어 버려도 군주인 오드 님은 무소식이야. 어디 그뿐인가? 스벤센 님도 사라지고, 아쿤 님도 실종되고, 그보다 더 이전에는 헤닝 님이나 룬드 님마저 자취를 감추셨지. 이제 백성들도 다 알아. 신인께서 이 땅에 재림하신 시기에 기존의 군주님들이 실종된 것이 어디 우연일까? 혹시 신인께서 기존 군주님들이 마음에 들지 않아 거둬들이신 것은 아닐까?'

앨프레드 후작은 신인의 재림과 기존 군주들의 실종 관계를 상상하다가 부르르 몸서리를 쳤다.

아쿤 왕국을 주무르던 삼두 정치의 장본인들이 일제히 알폰소 백작을 바라보았다. 권력자들의 시선이 쏠리자 알폰소가 헛기침을 했다.

"험험. 왜들 그렇게 보시는 게요?"

에드가가 사근사근한 음성으로 물었다.

"왜 보겠습니까? 이제 대공께서 회의를 주재하셔야지요?"

"대공이라니요? 그게 무슨 말씀입니까?"

알폰소가 화들짝 놀랐다.

에드가는 '그 마음 다 알지요.' 라는 표정으로 말을 이었다.

"마땅히 대공이 되셔야지요. 에실레드 마마께서 신인의 후궁으로 간택되신 판이 아닙니까? 비록 신인께는 인간의 가족 관계를 적용할 수가 없다고 하나, 그래도 대공께서는 에실레드 마마의 외조부가 아니십니까? 그러니 어찌 백작의 작위에 머무르겠습니까?"

"에드가 공작의 말이 백번 지당하외다. 이제 우리 아쿤 왕국의 미래가 대공의 두 어깨에 달렸어요. 어허허."

우락부락한 인상의 에그버드 공작이 한 팔 거들었다.

앨프레드 후작도 옆에서 고개를 힘차게 주억거렸다.

"휴우."

가슴이 벌렁벌렁해진 알폰소는 숨을 크게 들이쉬었다.

에드가가 사근사근하게 본론을 꺼냈다.

"자, 그러니 이제 우리 세 사람과 대공이 함께 머리를 맞대야 하지 않겠습니까? 에실레드 마마를 아무런 대책도 없이 신인께 보내 드릴 수는 없는 노릇 아닙니까? 신인의 곁에는 이미 3명의 정부인이 내정되어 있답니다. 그리고 이번에 6명의 후궁 후보가 발표되었지요. 다행히 에실레드 마마께서 그 후보군 안에 들어 있으십니다만, 후궁이 된 이후가 더 중한 것 아니겠습니까?"

"이후가 더 중하다고요?"

알폰소의 반문에 에드가가 고개를 끄덕였다.

"당연히 그 후가 중하지요. 만약 마마께서 신인의 성심을 얻어 낸다고 상상해 보십시오. 신인께서 마마를 어여삐 여기신다면 우리 아쿤 왕국, 혹은 에실레드 왕국이 얼마나 번창하겠습니까? 하지만 만약 마마께서 다른 후궁들의 텃세를 견디지 못하고 신인의 외면을 받는다면, 우리 에실레드 왕국의 미래는 나락으로 떨어질 겁니다. 그러니 지금부터라도 대공과 우리가 그 대책을 세워야 하지 않겠습니까?"

놀랍게도 에드가는 아쿤 왕국의 국명을 에실레드 왕국이라고 바꿔 불렀다. 아쿤이 돌아온다면 당장에라도 에드가의 목이 떨어지고 가문 전체가 역적으로 몰릴 일이었지만, 에드가는 눈썹 하나 까딱하지 않았다. 에드가의 머릿속에선 이미 어느 줄에 설 것인지 확고하게 결심이 선 모양이었다.

Chapter 3

'어허, 이거 웃어야 할지 울어야 할지 모르겠네.'

에드가의 결심을 파악한 알폰소는 가슴이 벌렁벌렁했다.

뒤에 배석한 에실레드도 잔뜩 긴장했다.

반면 에그버드 공작과 앨프레드 후작은 담담한 표정이었다. 보아하니 이들 3명은 아쿤을 버리고 에실레드 편으로 말을 갈아타기로 작정한 듯했다.

'셋 다 이미 마음을 정했구나.'

알폰소가 꿀꺽 침을 삼켰다.

에드가가 반달 모양으로 눈을 휘었다.

"후후훗. 대공께서 놀라신 모양입니다. 하지만 놀랄 새가 없습니다. 다른 생각을 할 틈도 없습니다. 세 번째 왕세자빈 자리를 꿰찬 헤닝 왕국도 지금쯤 미친 듯이 잔머리를 굴리고 있을 겝니다. 장차 신인의 내궁에서 벌어질 꽃들의 싸움을 대비하여 온갖 작전을 쥐어짜겠지요."

"으으음."

"알폰소 대공. 우리도 뒤처져선 안 됩니다. 작전을 짜고, 힘을 합쳐서 에실레드 마마를 지탱해야 한단 말입니다. 그래야 공주마마께서 불행해지지 않습니다. 또한 우리 에실레드 왕국의 백성들도 피해를 보지 않습니다. 이제 에실레드 마마는 마마 한 사람만 생각하시면 안 됩니다. 마마께서 신인의 눈 밖에 나시는 순간, 우리 백성들이 신인의 외면을 받는 꼴이 됩니다. 마마께서 신인의 눈에 드시면, 그것이 곧 우리 백성들이 신인의 어여쁨을 받는 길이고요."

"공작님, 말씀이 무척 어렵습니다. 이 늙은이의 머리로는 잘 이해가 되지 않는군요."

부담을 느낀 알폰소가 짐짓 어리석은 척했다.

늘 헤프게 웃던 에드가 공작의 표정이 한순간 진지하게 돌변했다.

"대공."

"네?"

"지금 대공께서는 저희가 알량한 권력을 유지하기 위해서 공주마마를 찾아왔다고 생각하십니까? 그렇다면 직설적으로 묻겠습니다."

"무엇을 말입니까?"

알폰소가 긴장하여 되물었다.

"전대 군주님에 이어서 지금의 군주님을 모시기까지 저희 세 사람이 사리사욕을 챙기는 모습을 대공께서는 본 적 있으십니까?"

"그건!"

"전대 군주님은 물론이고, 실종되신 아쿤 님도 권력을 신하들에게 나눠 주는 분이 아니셨습니다. 저희가 권력을 좇았다면 이미 요르겐 님이나 아쿤 님의 손에 죽었을 겝니다. 아쿤 님의 거친 성격을 견뎌 낼 수도 없었을 겝니다. 솔직히 말씀드려서 저희는 아쿤 님을 섬긴 것이 아닙니다. 그 분을 섬기면서 우리 왕국, 더 나아가서는 우리 백성들을 섬긴 것입니다."

백성을 입에 담는 에드가의 눈빛에 강한 힘이 응집되었다. 알폰소는 재상의 언변에 빨려 들어가는 듯한 느낌을 받았다.

에드가가 진지하게 선언했다.

"대공께서는 요새 갑자기 권력이 생기셨지요? 그 기분이 어떠하십니까? 마냥 좋으십니까? 아니면 겁이 나십니까?"

"음."

"저는 당연히 후자일 것이라고 생각합니다. 저희 세 사람도 마찬가지입니다. 신인께서 이 땅에 재림하신 것이 마냥 좋기만 하겠습니까? 만약 우리 왕국이 신인의 외면을 받는다면? 그럼 이 나라 백성들은 어떻게 살아가야 합니까? 저는 이런 걱정에 밤잠이 오지 않습니다. 하여 에실레드 마마의 행보가 중요한 것입니다. 이 나라 백성들의 미래가 이제 에실레드 마마의 손에 달렸습니다."

지금까지 잠자코 있던 에그버드가 대화에 끼어들었다.

"대공. 에드가 공작의 말이 백번 옳소이다. 그러니 부디 우리의 충언을 진지하게 고려해 주시오. 그리고 대공 혼자서 끙끙 앓지 말고, 우리와 함께 머리를 맞대어 에실레드 마마를 띄워 드릴 전략을 한번 짜 봅시다. 앞으로 우리 세 사람은 목숨을 바쳐 마마를 떠받들 것이오. 그 결과 공주마마께서 내궁 다툼에서 밀려나지 않으실 수만 있다면 더는 바랄 것도 없소. 장차 공주마마께서 신인의 은총을 받는다면, 그 열매는 대공께서 다 누리셔도 좋소. 다만 우리 에실레드 왕국의 백성들이 그 은총의 혜택을 입을 수 있도록 배려해 주시구려."

에그버드의 눈빛이 사뭇 진지했다.

앨프레드 후작도 마찬가지였다.

'내가 지금까지 이분들의 충정을 오해했구나.'

세 거물급 대신들의 진심을 깨달은 순간 알폰소는 큰 짐을 하나 덜어 낸 기분이었다. 알폰소가 벌떡 일어나 손을 내밀었다.

"세 분의 충정을 이제야 깨닫다니, 이 늙은이가 정말 어리석었습니다. 에그버드 공작님의 말씀처럼 앞으로 혼자 고민하지 않겠습니다. 세 분과 함께 고민하고 상의하여 우리 마마가 다른 후궁들의 텃세에 밀려나지 않도록 서포트를 하겠습니다. 만약에 일이 어그러져 마마께서 신인의 외면을 받으신다면, 이 늙은이도 그 죄를 함께 감당할 것이고, 일이 잘 풀려 마마께서 신인의 은총을 받으시면 그 결실도 세 분과 함께 나눌 것입니다. 아니, 우리 왕국의 온 백성과 함께할 것입니다."

"오오오, 대공!"

"그리 말씀해 주시니 고맙구려."

"정말 고맙습니다."

3명의 대신들이 벌떡 일어나 알폰소의 손을 맞잡았다.

서로를 얼싸안는 네 사람을 보면서 에실레드는 입술을

꼭 깨물었다. 대신들의 이야기를 듣다 보니 에실레드도 느끼는 바가 컸다.

'내 육신과 혼백은 이미 나의 것이 아니로구나. 내가 밀려나면 외할아버지뿐 아니라 우리 백성들도 끝장이야. 어떻게든 버텨서 신인의 은총을 받아야 해. 이것이 나의 운명이다.'

에실레드는 두 주먹을 꼭 쥐었다.

대신들끼리 한번 손을 맞잡자 그다음은 일이 술술 풀렸다. 에드가 공작은 그동안 수집한 고급 정보들을 모두 공유했다.

"그러니까 토브욘 식민지 출신의 실보플레, 그리고 헤닝 왕국의 왕녀 마리네와 연합하자는 말씀입니까? 과연 그들을 믿을 수 있겠습니까?"

알폰소가 물었다.

에드가는 고개를 가로저었다.

"섣부른 연합은 위험합니다. 실보플레는 순진한 것 같지만, 그 뒤에는 토브욘 왕국의 현자들이 버티고 있어요. 마리네는 말할 것도 없습니다. 그녀의 오라비인 오르곤은 속을 알 수 없는 능구렁이라고 들었지요."

"그럼 어떻게 합니까?"

"일단은 간을 봐야지요. 에실레드 마마께서 신인의 배필이 되신 이후, 내궁의 여인들을 잘 살피셔야 합니다. 일단은 실보플레, 마리네와 전략적 제휴를 하시고 군나르 왕국 출신들의 텃세를 버텨 내셔야 합니다만, 그와 동시에 실보플레와 마리네를 믿을 수 있는지, 아니면 군나르 왕국의 제1 왕세자빈께 붙어야 유리할 것인지 판단을 하셔야죠."

에드가의 말에 에실레드가 울상을 지었다.

"그 판단을 어떻게 하지요? 사람의 속을 알 수가 없잖아요."

에드가가 손으로 자신의 가슴을 두드렸다.

"그래서 저희가 있는 것 아닙니까. 알폰소 대공을 비롯한 저희들이 어떻게든 내궁 안에 우리 사람을 만들어 마마께 정보를 전달하겠습니다. 구체적으로 말씀을 드리기는 아직 이르지만, 이미 제가 풀어 놓은 사람들이 군나르 왕궁 내궁과 접촉 중입니다. 그곳의 시녀들 가운데 아군을 심기 위해서 말입니다."

"아! 그거 다행이네요."

에실레드가 한숨을 돌렸다.

알폰소도 한결 표정이 풀렸다.

반면 에드가는 심각하게 고개를 가로저었다.

"사람을 풀어 인맥도 만들고 애를 쓰고는 있는데, 아직 풀리지 않는 숙제가 있습니다."

"그게 뭡니까?"

알폰소의 물음에 에드가 공작은 손가락으로 명단 상단부를 더듬었다.

"여기, 이곳의 정보가 비었지 않습니까. 제1 왕세자빈 클레이아. 제3 왕세자빈 후보자로 마리네 왕녀. 그런데 제2 왕세자빈이 누구인지 모르겠습니다. 그 부분에 대한 정보가 전혀 없어요."

Chapter 4

앨프레드가 고개를 갸웃했다.

"공작님, 군나르 왕국 내궁에 어느 정도 비선이 구축된 것 아닙니까? 그런데 그 비선들도 제2 왕세자빈에 대한 정보가 없단 말입니까?"

"제2 왕세자빈의 얼굴을 본 시녀들은 몇 명 있다고 합니다. 그런데 제2 왕세자빈의 정체. 나이. 출신 왕국. 이런 정보가 하나도 없습니다."

"허어!"

"그럴 수가."

에그버드와 앨프레드 등이 어이없다는 표정을 지었다.

에드가가 말을 덧붙였다.

"이 부분은 어떻게든 제가 해결하겠습니다. 에실레드 마마께서 후궁이 되시기 전까지 제가 책임을 지고 제2 왕세자빈에 대한 정보를 수집해 보고 올리겠습니다. 그러니 우선 여기 계신 분들은 다른 왕세자빈이나 후궁들에게 집중하시지요."

"그럽시다. 우리 일을 나눕시다."

"그게 좋겠어요."

대신들이 에드가 공작의 말에 동의했다.

가만히 듣고 있던 에실레드가 수줍게 손을 들었다.

알폰소가 에실레드를 대화에 끌어들였다.

"마마, 하실 말씀이 있으십니까?"

에실레드가 자신의 의견을 피력했다.

"후궁들에 대한 정보 말고, 신인에 대한 정보도 필요할 것 같아요. 그분의 취향이 무엇인지, 어떤 여인을 좋아하시는지, 이런 것도 수집해 주세요. 사소한 것이라도 좋아요."

"마마, 옳습니다. 다른 왕세자빈이나 후궁들의 관계도 중요합니다만, 가장 중한 것은 결국 신인의 성심이지요. 제가 어리석어서 나무만 보고 숲을 보지 못하였나이다. 마마께서 말씀하신 것부터 우선 보고서를 작성하여 올리겠습니다."

에드가가 맞장구를 쳤다.

에그버드도 힘차게 고개를 주억거렸다.

“역시 남자들끼리 머리를 맞대는 것만으로는 한계가 있습니다, 그려. 마마께서 나서시니까 한결 일이 수월하게 풀리는 것 같아요. 어허허허.”

“맞는 말씀입니다. 하하.”

“허허허허.”

아쿤 왕국의 대신들이 모처럼 밝게 웃었다.

칭찬을 받은 에실레드는 두 뺨을 살짝 붉혔다.

얼마 전 아르네 왕국을 침공할 당시, 하라간은 헤닝 왕국과 혼담을 추진하여 사람들의 이목을 속였다. 그렇게 사람들의 눈과 귀를 혼사에 집중시켜 놓은 뒤, 하라간은 기습적으로 대군을 일으켜 아르네 왕국의 국경선을 넘었다.

이번에도 마찬가지였다.

온 북부가 하라간의 혼인에 정신이 쏠린 판국이었다. 세 번째 왕세자빈으로 간택된 마리네 왕녀는 물론이고, 뒤이어 후궁으로 선발될 여섯 여인들이 모두 사람들의 집중 조명을 받았다. 이 7명의 여인들뿐 아니라 그녀들의 배경까지 전부 관심사였다.

하라간의 여인들을 배출하게 된 왕국이나 가문은 어깨가

으쓱했다. 반대로 명단에서 제외된 곳들온 풀이 죽었다.

특히 아르네 식민지의 백성들이 속이 많이 상했다.

“아니, 원로들은 뭘 한 거야? 우리 아르네 왕국은 왜 신인의 후궁을 배출하지 못하냐고?”

“우리도 왕녀님들이 계시잖아. 명문가의 규수들도 많잖아? 그런데 원로들은 후궁 하나 들여보내지 못하고 뭘 했지?”

“다들 정신 바짝 차려야 해. 신전만 화려하게 지으면 뭐해? 막상 신인의 성심을 얻지 못하면 말짱 헛일이라고.”

백성들의 성토가 하루를 멀다 하고 원로들의 귀를 간지럽혔다. 집정관을 포함한 원로들은 안절부절못했다.

아르네 왕국이 실망에 빠진 반면, 왕세자빈을 배출해낸 헤닝 왕국이나 후궁을 만들어 낸 아쿤 왕국은 분위기가 좋았다.

그렇게 사람들의 희비가 엇갈리는 동안, 하라간은 은밀하게 다름 전쟁을 준비했다.

“북부는 이 정도면 되었어. 이제 병력을 모아서 남쪽으로 내려가야지. 운명의 여신께 맹세한 바를 지킬 때가 되었잖아?”

벽에 걸린 지도를 응시하면서 하라간은 조용히 독백했다.

하라간이 실비아에 대한 복수를 데스 로즈에게 떠넘긴 것은 사실이지만, 그렇다고 아주 손을 놓아 버린 것은 아니었다. 하라간은 단지 복수의 칼을 대신 휘둘러줄 칼잡이를 찾았을 뿐이다.

하라간이 남부 연합 정복의 큰 뜻을 세우자 라티파가 상세 설계에 들어갔다.

라티파는 크게 구역을 둘로 나눴다.

대륙 서쪽은 토레 왕국의 수인족들과 스벤센 왕국의 거인족들을 동원하여 밀고 내려갈 계획이었다. 반면 대륙 동쪽은 아쿤 왕국보다는 룬드 왕국의 힘을 동원할 생각을 했다. 라티파의 생각에 아쿤 왕국은 아직 믿음직스럽지 못했다.

"게다가 그곳은 최근 120,000명의 대군을 잃었잖아? 제대로 힘을 쓰지 못할 거야."

라티파의 판단에 따르면, 아쿤 왕국을 제외해도 남부 정벌엔 아무런 문제가 없었다. 대륙 서쪽 해안 지대부터 시작하여 동쪽 해안까지, 전 지역에서 동시다발적으로 총공세를 퍼붓겠다는 하라간의 구상은 충분히 실현 가능했다.

"토레 왕국, 스벤센 왕국, 룬드 왕국이 선봉에 서면, 그 뒤를 이어서 군나르 왕국 남부군단과 아르네 식민지, 그리고 아쿤 왕국까지 추가 병력을 모집하여 남부 연합을 그대로 쭈욱 밀어 버릴 수 있지. 암, 그렇고말고."

라티파는 지도를 내려다보면서 이렇게 독백했다.

여기에 한 가지 더.

라티파는 마력함도 작전 계획에 넣었다.

"이참에 마력함도 한번 써먹어 봐야지. 남부 연합을 상대로 몇 가지 전략 전술을 시험해 봐야겠어. 맨날 머릿속에서만 전략을 짜면 뭐해? 실전에서 활용해 보면서 작전을 가다듬어야지."

후궁 간택을 코앞에 둔 시점에서 라티파는 하라간의 후궁 역할보다는 작전 참모 역할에 몰두했다. 후궁 배출이 불가능한 두 왕국, 수인족과 거인족 왕국들도 축제 분위기에 휩쓸리지 않고 착실하게 전쟁 준비에 돌입했다.

특히 류리크의 각오가 대단했다.

"남부에 넘어갔다 온 소감이 어떤가?"

회색 벽돌로 둘러싸인 워룸(War Room: 전쟁 지휘소)에서 류리크는 푸른 늑대에게 물었다. 푸르스름한 늑대 가죽을 걸친 괴인이 류리크 앞에 한쪽 무릎을 꿇었다.

"그곳은 한심할 정도로 한가로웠습니다."

푸른 늑대가 무덤덤하게 보고했다.

류리크가 고개를 갸웃거렸다.

"한가로웠다고?"

"그렇습니다. 우리 북부는 신인의 재림 이후 한바탕 전쟁의 소용돌이에 휘말리지 않았습니까? 그런데 바야크 왕국은 별다른 변화가 없었습니다. 백성들도 맹숭맹숭했고, 귀족들은 한가롭게 파티나 즐기고 있었으며, 서해안의 방어도 예전보다 훨씬 느슨해졌습니다."

"뭐? 방어가 느슨하다고? 으흐흐흐. 남부의 약골들이 미쳤구나. 우리 북부가 신인의 깃발 아래 하나가 된 것도 모르고 그 약골들이 방심까지 해?"

류리크는 철로 만들어진 의자에서 일어나 뒷짐을 지었다. 그러곤 워룸 안을 서성였다.

류리크 앞에 무릎을 꿇은 푸른 늑대는, 류리크가 가장 신임하는 늑대 부족의 우두머리였다. 거인족과 수인족 사이에서 탄생한 이 은밀한 부족은 추적과 은신, 배후 침투, 그리고 적 후방의 파괴 공작이 주특기였다.

특히 푸른 늑대의 능력은 부족원들 가운데 발군이라 감각이 예민한 류리크도 그의 접근을 알아차리기 힘들었다.

Chapter 5

지금까지 푸른 늑대와 그의 부족원들은 류리크의 명령을

충실히 이행했다.

적진 한복판 침투 성공.

적의 도시 심장부 정밀 타격 성공.

적 왕궁 내부 정찰 성공.

심지어 푸른 늑대는 토레의 궁전 가장 깊숙한 곳까지 들어갔다 나왔다. 저 막강한 군주 토레도 푸른 늑대가 자신의 침실까지 훑고 간 사실을 알지 못했다. 푸른 늑대의 침투 능력은 그만큼 대단했다.

이렇게 뛰어난 푸른 늑대지만, 모든 임무에 다 성공한 것은 아니었다. 작년 봄, 딱 한 번의 실패가 푸른 늑대의 오점으로 남았다.

당시 스벤센 왕국은 군나르 왕국과 맞붙어 전쟁 직전까지 갔었다. 전장에 투입된 류리크는 푸른 늑대를 불러 "하라간에 대한 정보를 수집하라."는 명을 내렸다.

그 즉시 푸른 늑대가 국경선을 넘어 하라간에게 따라붙었다.

결과는 실패.

하라간의 광범위한 감각에 푸른 늑대가 걸려들었다.

그 은밀한 움직임을 포착한 하라간도 대단하지만, 푸른 늑대도 보통은 아니었다. 기가 막히게 육감이 발달한 푸른 늑대는 하라간의 포착 사실을 눈치챈 즉시 꼬리를 말았다.

당시 푸른 늑대는 가슴이 벌렁거려서 죽을 뻔했다. 하라간의 감각이 마치 그물처럼 조여 오는 것 같아서였다.

그 후 푸른 늑대는 한 차례 더 군나르 진영에 침투를 시도했다.

하지만 두 번째 접근도 실패였다. 완전히 겁에 질린 푸른 늑대는 결국 임무를 포기하고 스벤센 왕국으로 복귀했다.

류리크는 푸른 늑대에게 크게 실망했으나, 그의 능력이 아까워서 벌하지 않았다. 풀이 죽은 푸른 늑대도 한동안 자숙했다.

그렇게 1년이 지났다. 이제 하라간이 신인이라는 사실이 만천하에 알려졌다. 류리크는 오랜만에 푸른 늑대를 다시 찾았다.

"그분께서 신인이시라면 네가 침투에 실패했던 것이 당연하지. 예전에는 참 이상하다 싶었는데, 이제야 그 이유를 알겠구나."

비 온 뒤에 땅이 굳어지듯이, 푸른 늑대 부족에 대한 류리크의 신임은 이번 일로 인해 한층 더 굳어졌다. 최근 류리크가 푸른 늑대 부족에게 "바다를 건너가 바야크 왕국 상황을 탐색하고 오라."는 극비 명령을 내린 것도 이러한 신임이 바탕이 되었다.

푸른 늑대와 그의 부하들은 류리크의 명을 충실히 완수

했다.

지금 푸른 늑대가 류리크에게 올린 양피지 뭉치 안에는 바야크 왕국 서해안에 배치된 수비병들의 진영 상황을 비롯한 온갖 군사정보들이 적혀 있었다. 물론 바야크 왕국의 상세 지도도 포함되었다.

툭, 툭, 툭, 툭.

류리크는 둘둘 말린 양피지로 자신의 손바닥을 때렸다. 그러다 문밖으로 고개를 돌렸다.

"최고 대신과 가이루 숙부를 불러라."

류리크의 목소리가 워룸 밖까지 전달되었다.

"명을 받들겠습니다."

문밖에서 대기 중이던 병사가 후다닥 달려가 최고 대신과 가이루 6군단장을 불러왔다.

최고 대신은 아래턱에 돋아난 송곳니가 유독 두드러진 거인족이었다. 그 때문에 무척 강인해 보였다. 군주 스벤센의 막냇동생인 가이루도 철탑을 연상시킬 만큼 탄탄했다.

"부르셨습니까?"

최고 대신이 류리크에게 고개를 푹 숙였다.

얼마 전까지만 해도 최고 대신은 이렇게 저자세가 아니었다. 그때는 류리크가 여러 군단장 가운데 한 명에 불과했다.

하지만 북부에 신인이 재림하고 스벤센의 실종 기간이 길어지자 류리크가 자연스럽게 군주 대행의 자리에 올랐다. 그때부터 최고 대신은 류리크를 윗사람으로 대접했다.

가이루도 마찬가지였다. 사사로이는 가이루가 류리크의 작은아버지였으나, 왕족들 사이에서 촌수를 따지는 것은 무의미했다.

“6군단장 가이루, 명을 받고 달려왔습니다.”

가이루도 조카에게 고개를 깊이 숙였다.

“어서들 오세요. 거기 앉으시죠.”

류리크가 최고 대신과 가이루에게 자리를 권했다. 두 거인이 착석하는 동안 푸른 늑대는 신비하게 자취를 감췄다.

물론 방을 떠난 것은 아니었다. 그저 사람들의 시야에서 벗어나 은신했을 뿐이다.

터억.

류리크가 테이블 위에 양피지 뭉치를 올려놓았다.

“이것이 무엇입니까?”

최고 대신이 물었다.

류리크는 직접 펼쳐보라는 듯이 턱짓을 했다.

최고 대신이 둘둘 말린 양피지를 펼쳤다. 그 속에서 바야크 대장벽과 바야크 왕국에 대한 세밀한 군사 정보가 튀어나왔다.

"이건!"

최고 대신은 침을 꿀꺽 삼켰다.

"으음."

가이루는 눈을 번쩍 빛냈다.

"류리크 님, 혹시 남부 연합을 공략하실 생각이십니까?"

최고 대신이 떨리는 음성으로 물었다.

류리크가 뒷짐을 진 채 고개를 끄덕였다.

"신인의 뜻이십니다."

"오! 신인께서 남하를 명령하셨단 말씀입니까?"

최고 대신이 눈을 동그랗게 떴다.

"그렇습니다."

"오오옷."

최고 대신이 두 주먹을 불끈 쥐고 가늘게 전율했다. 최고 대신은 거인족 중에서도 전쟁을 좋아하기로 유명했다. 그래서 류리크의 말을 듣기 무섭게 아랫니가 근질근질했다. 뾰족하게 솟은 아랫니로 당장에라도 무언가를 갈아 버리고 싶었다.

류리크가 말을 보탰다.

"그런데 말입니다, 신인의 명령은 그냥 명령이 아닙니다. 이건 명령이라기보다 경쟁에 가깝습니다."

"경쟁이라고요?"

"그렇습니다. 신인께오선 우리 거인족과 수인족을 경쟁시키셨습니다. 둘 중 어느 종족이 더 우수한지, 어느 종족이 더 남부 연합을 잘 깨부수는지, 신인께서는 바로 그 점을 확인하고자 하십니다."

"크흥, 그거야 당연히 우리가 월등하지요. 개대가리 수인족과 우리를 비교할 수는 없습니다."

최고 대신이 흥분했다.

"맞습니다. 수인족과는 비교 자체가 안 됩니다. 푸흐응."

6군단장 가이루도 콧김을 뜨겁게 내뿜었다.

류리크가 그들의 마음에 불을 질렀다.

"물론 저도 그렇게 생각합니다. 하지만 말로만 떠들면 뭐합니까? 우리가 더 낫다는 사실을 신인께 증명해야 하지 않겠습니까? 최고 대신께서 작전을 수립하시죠. 그리고 숙부님께서 직접 전쟁터에 나서 주십시오."

"알겠습니다, 류리크 님."

"명을 받들겠습니다."

"물론 저도 군단을 이끌고 직접 남부 연합에 상륙할 예정입니다."

"류리크 님께서 직접이요?"

최고 대신과 가이루가 고개를 번쩍 들었다.

"해야지요. 제가 직접 나서서 철벽 뒤에 숨은 남부의 겁쟁이들을 박살 내고 신인께 우리의 능력을 입증해야지요. 그래야 합니다. 크워어!"

마음이 고양된 류리크가 느닷없이 함성을 질렀다. 류리크의 얼굴은 어느새 화끈 달아올라 있었다.

"우오오오오—"

그에 동조라도 하듯이 가이루가 짐승의 소리를 냈다.

"호톳톳톳톳!"

최고 대신은 흥분한 고릴라처럼 두 주먹으로 가슴을 두드렸다.

피가 끓어오르는 와중에도 류리크는 빠르게 냉정을 되찾았다.

'정신 똑바로 차리자. 이번 기회를 절대 놓쳐서는 안 돼.'

류리크의 판단에 따르면, 지금 스벤센 왕국은 내리막길이었다. 그의 왕국은 얼마 전 정체 모를 괴한들에게 마정석 광산을 탈취당했다. 이로 인해 성인식에서도 별다른 성과를 거두지 못하고 타 왕국들보다 뒤처졌다. 게다가 군주인 스벤센마저 실종된 상태였다. 인간족이 아니다 보니 북부의 여타 왕국처럼 신인의 후궁을 배출할 수도 없었다.

한마디로 말해서 스벤센 왕국은 총체적 난국이었다.

'이 난국을 벗어날 방법은 하나뿐이다. 최선을 다해서

신인의 명을 완수해야 해. 그리하여 우리가 충성심이 강하고 쓸모가 많다는 사실을 신인께 증명해야만 한다고. 그래야 우리 일족이 살아남을 수 있어.'

자칫하다가는 거인족 전체가 역사의 흐름에 뒤처질 수 있다고 류리크는 생각했다. 그는 절벽 끝에 매달린 절박한 심정으로 전의를 다졌다.

Chapter 6

스벤센 왕국의 거인족들이 대규모 상륙작전을 준비하는 동안, 이웃 왕국의 네우로이(Neuri: 수인족)들도 전쟁 준비에 한창이었다.

토레의 동생이자 레드 군단장인 멘카우레는 목숨을 걸고 왕비들을 지킨 공로를 인정받아 총사령관의 지위를 하사받았다.

붉은 갑옷으로 중무장한 레드 군단이 멘카우레를 보좌했다.

둘째 왕비인 호텝도 군주인 토레로부터 블루 군단을 하사받았다. 원래 블루 군단은 반역자 카프레의 것이었다. 토레는 그 군단을 빼앗아 공을 세운 호텝에게 주었다.

멘카우레와 호텝이 병사들을 조련하고 전쟁을 준비하는 동안 토레는 궁전 안팎을 정리했다. 토레가 가장 먼저 한 일은 반역자 카프레의 처단이었다.

토레의 동생 카프레는 한때 잘나가는 권력자였으나 천족들의 꼬임에 넘어가 날개 달린 스켈레톤이 되어 버렸다. 물론 그 날개는 하라간에 의해 잘려 나갔지만 말이다.

토레는 카프레의 두개골을 직접 으스러뜨려 역적에 대한 처리를 마무리 지었다. 역모에 참여한 수인족들도 모두 참수했다.

친동생 카프레를 죽인 괴로움 때문일까?

아니면 다른 군주들이 키르샤로 진화한 것에 대한 충격 때문일까?

그도 아니면 3개의 뿔이 뽑혀 나간 아픔 때문일까?

반역자 처단을 마친 토레는 홀로 깊은 숲에 들어가 스스로를 가뒀다. 토레의 자괴감과 열등감이 칼날이 되어 토레의 마음속을 난자했다. 하라간에 대한 공포가 토레를 무겁게 짓눌렀다. 토레는 음식을 일절 입에 대지 않았다. 물 한 모금도 허용하지 않았다. 그저 어둠 속에서 스스로를 채찍질하며 괴로워할 뿐이었다.

이 괴로움이 오히려 계기가 되었다. 토레가 그토록 찾아 헤매던 진화의 실마리를 발견한 것이다.

콰콰쾅!

깨달음은 벼락처럼 찾아왔다.

콰콰쾅!

그 짧은 순간 토레는 벽을 뛰어넘었다.

[어어어?]

토레가 놀라는 사이 그의 몸이 변형을 시작했다.

꾸드드득—

하라간에게 잡아 뽑힌 토레의 뿔들이 다시 머리에서 돋아났다. 이 3개의 뿔은 기존의 뿔보다 20배는 더 크고 웅장했다. 게다가 뿔의 끝이 여러 갈래로 갈라지면서 마치 수사슴의 그것처럼 멋지게 형태를 잡았다.

토레의 아가리는 눈 밑까지 길게 찢어졌다.

[크르르르르.]

시뻘건 아가리 틈새에서 허연 이빨이 사납게 드러났다. 출렁거리는 토레의 혓바닥이 잇새로 넘나들며 바닥에 타액을 뚝뚝 흘렸다.

토레의 풍성한 갈기는 그대로였다. 머리끝부터 시작하여 등의 절반까지 점령한 수사자의 갈기는 황금빛 물결처럼 찰랑거렸다.

토레의 등은 좌우로 쪼개져 크게 부풀었다. 앞에서 보면 토레의 좌우 어깨가 머리보다 더 높이 솟구친 것처럼 보였다.

그 좌우의 등짝에 시커먼 구멍들이 뻐끔뻐끔 생겼다.

왼쪽에 구멍 25개.

오른쪽에도 25개.

좌우 50개나 되는 구멍들로부터 시뻘건 빛이 솟구쳤다. 붉게 일렁거리는 이 광채들은 금방이라도 빛의 다발을 쏘아 낼 것처럼 으스스한 기세를 내뿜었다.

붉은 구멍들이 웅웅웅웅 진동 소리를 내었다. 뻐끔 뚫린 구멍 깊은 곳에서 톱니바퀴 같은 것들이 윙윙 돌아가는 것 같기도 했다.

뿌드득―

두껍게 내리뻗은 토레의 발은 대지를 강하게 움켜쥐었다. 발톱 하나하나의 크기가 범선의 닻과 같았다. 발톱 주변의 피부엔 딱딱한 비늘이 돋았다.

토레의 꼬리도 변화를 일으켰다. 총 세 가닥으로 분열된 토레의 꼬리에는 칼날 같은 것이 매달렸는데, 그 칼날의 중앙에 마물 아가리가 돋아나 이빨을 딱딱거렸다. 각각의 꼬리 길이는 20 미터 안팎이었다.

서걱, 서걱, 서걱.

활발하게 허공을 헤집는 꼬리 세 가닥이 주변의 아름드리 거목들을 치즈처럼 손쉽게 잘랐다. 나무가 비명을 지르며 쓰러졌다. 암석이 두 동강 났다.

[크허엉!]

토레가 웅크렸던 몸을 쭉 폈다.

땅바닥으로부터 토레의 좌우 어깨까지 높이는 얼추 64 미터나 되었다. 머리부터 엉덩이까지 길이는 58 미터 근처였다. 여기에 꼬리 길이까지 더하면 거의 80 미터였다.

토레의 눈은 2개였으되, 그 안에 박힌 눈동자는 6개나 되었다. 6개의 붉은 눈동자가 각기 다른 방향을 노려보았다.

푸드득, 푸드덕.

나뭇가지에 숨어 있던 새 떼가 사방으로 도망쳤다.

콰르르르.

토레의 머리 위에선 먹장구름이 나선형으로 휘감기며 뱅글뱅글 돌았다.

[쿠우어.]

토레의 마물이 발로 땅을 죽죽 긁으며 신음을 토했다. 토레의 잇새에서 으스스한 붉은빛이 새어 나왔다.

드디어 진화 완료!

세상에 새로운 마물이 등장했다.

심해저 1층에 서식하는 물소형 마물이 쥬빌덴스라면, 그와 비슷하게 생긴 이 사자형 마물의 정체는 레오덴스였다.

쥬빌덴스와 마찬가지로 레오덴스도 키르샤 가운데 하나였다. 다만 토레의 마물은 정식 키르샤라고 평가하기엔 아직까지 덩치도 작고 위엄도 떨어졌다. 향후 몇 년은 더 덩치를 불려야 키르샤라고 할 만했다.

어쨌거나 토레가 진화에 성공한 것은 사실이었다. 긴 시간 머물렀던 해구 3층 레벨을 벗어나 이제 토레는 심해저 1층에 첫발을 담았다.

쭉쭉 뻗은 나무 위로 커다란 덩치를 드러낸 토레의 마물이 하늘을 향해 고개를 들고는 긴 울음을 토했다.

[크우허허허허헝!]

진화의 성공을 자축하는 포효가 온 숲에 시원하게 울려 퍼졌다.

제5화

바야크 장벽을 넘어서 I

Chapter 1

키르샤가 된 토레가 궁전에 복귀했다.

때를 맞춰 손님이 한 명 찾아왔다. 라티파였다. 거대한 마력함으로 하늘을 뒤덮으며 날아온 라티파는 토레에게 선물을 주었다.

[이건 마력함이 아닙니까?]

놀랍게도 군주인 토레가 라티파에게 존댓말을 썼다. 장차 라티파가 하라간의 후궁이 될 사람이기 때문이다.

[맞습니다, 토레 님. 마력함 10기를 가져왔습니다. 물론 마력함을 운용할 마법사들도 배치된 상태입니다. 토레 왕국이 바야크 대장벽을 뚫을 때 이 마력함 부대를 사용하십시오.]

토레가 눈을 살짝 찌푸렸다.

'굳이 이런 것에 의존하지 않아도 충분하외다. 저까짓 장벽 하나 넘는데 무슨 마력함씩이나. 크흥!'

토레의 표정은 이렇게 항변하는 듯했다.

라티파가 조용히 한마디를 붙였다.

[신인의 뜻이십니다.]

[그렇다면 당연히 받들어야지요.]

토레가 즉시 고집을 꺾었다. 실제로 토레는 하라간이 머무는 방향을 향해 머리를 조아리기까지 했다.

라티파가 토레에게 손가락 2개를 펼쳤다.

[앞으로 이틀 남았습니다.]

[음. 이틀.]

토레가 무겁게 고개를 주억거렸다.

[신인께서 진군을 명하시면, 토레 님께선 그 즉시 남하하여 바야크 장벽을 짓뭉개 버리시면 됩니다. 그때 일부 병력을 마력함에 싣고 하늘로부터 공격을 병행하시면 한결 공략이 수월하실 겁니다.]

라티파가 이렇게까지 이야기해도 토레는 여전히 못마땅한 표정이었다.

라티파가 빙그레 웃었다.

[물론 마력함이 없어도 토레 님께선 장벽을 돌파하는 데

아무런 문제가 없을 줄로 압니다.]

[그야 당연하지요.]

[하지만 결국엔 돌파 속도가 문제 아니겠습니까? 자긍심 넘치는 네우로이 군단이 스벤센 왕국보다 점령 속도가 느려서야 체면이 서지 않으시겠지요?]

라티파가 토레를 살살 자극했다.

토레가 곧장 반응을 보였다.

[크흥! 그럴 일은 없습니다. 당연히 우리가 거인족 녀석들보다 빠를 겁니다. 신인께 그리 전해 주십시오.]

역시 수인족들은 단순했다. 군주도 예외는 아니었다.

라티파는 마음속으로 미소를 갈무리했다.

5월 10일 새벽 3시.

부쿤 대산맥이 바다를 향해 고꾸라지는 서쪽 지역에 타원형의 푸른 테두리가 돋아났다. 그 속에서 하라간과 실보플레가 불쑥 튀어나왔다.

"여기가 맞으신가요?"

챙이 넓은 모자를 쓴 실보플레가 하라간에게 물었다.

하라간은 남쪽으로 고개를 돌렸다. 어둠 속에 잠긴 바야크 대장벽이 하라간의 눈에 들어왔다.

"맞아. 포탈을 정확한 곳에 잘 열어 줬어."

하라간이 칭찬과 함께 실보플레의 머리를 쓰다듬었다.

"헤헤헤."

실보플레가 헤실헤실 웃었다. 그러다 하라간의 환상적인 얼굴을 훔쳐보고는 볼을 발갛게 붉혔다.

안타깝게도 하라간은 실보플레를 바라보고 있지 않았다.

'바야크 대장벽…….'

루잉 백작이던 시절 하라간은 저 장벽 위에서 남부 연합을 지키기 위해 고군분투했다. 당시 루잉은 북쪽에서 밀고 내려오는 마물들을 막아 내는 것이 자신의 천명이라고 생각했다.

그런데 운명이 180도 뒤바뀌었다.

'지금은 북쪽에 서서 저 장벽을 뚫어 버려야 한단 말이지? 크크크.'

이 아이러니한 상황에 절로 웃음이 나왔다. 하라간은 잇새로 웃음을 흘렸다.

"하온데 하라간 님. 이른 새벽에 이 먼 곳까지 어쩐 일이신지요?"

실보플레가 조심스레 물었다.

하라간은 대답이 없었다. 하라간으로부터 뻗어 나간 광대한 감각이 바야크 성벽을 빠르게 훑었다.

'림, 람. 어디 있지?'

하라간이 지금 찾는 이는 바야크 왕국의 수호신이라 불리는 림과 람 형제였다. 과거 루잉은 이들과 한 형제처럼 지냈다.

'다른 사람들은 몰라도 림과 람은 죽일 수 없어.'

하라간은 복수를 위해 바야크 대장벽을 부술 생각이었다. 남부 연합도 완전히 해체하고, 카롤 왕국은 산산이 으깨 버리기로 결심했다.

그 와중에 무고한 사람들이 많이 죽을 것이다.

'그래도 할 수 없어. 내게는 복수가 우선이야.'

하라간은 눈 하나 깜짝하지 않았다.

피가 얼음장처럼 차가운 하라간이지만, 그래도 세 사람만큼은 신경이 쓰였다.

바야크 왕국의 수호신인 림, 람 형제.

홀리랜드의 대주교 피올로.

루잉과 전우애로 뭉친 이 세 사람만큼은 죽이고 싶지 않았다. 하라간이 새벽 훈련까지 포기하며 이 먼 남쪽을 방문한 이유는 바로 이들 때문이었다.

10 킬로미터, 50 킬로미터, 100 킬로미터…….

감각을 무지막지하게 확장해 나갔건만 딱히 잡히는 것이 없었다.

'림, 람, 어디 있어?'

하라간은 감각의 영역을 더욱 크게 증폭시켰다.

150 킬로미터, 200 킬로미터, 300 킬로미터, 400 킬로미터…….

드디어 하라간이 찾는 대상이 포착되었다.

'동쪽으로 400 킬로미터 지점이다.'

하라간의 손가락이 동쪽을 가리켰다.

"실보플레, 저 능선을 따라 400 킬로미터 동쪽에 포탈을 열어 줘."

"네, 하라간 님."

실보플레가 오브를 꺼내 허공에 마법진을 그렸다. 마법 문자로부터 푸른빛이 솟구쳐 포탈을 형성했다. 하라간은 호수 표면처럼 찰랑거리는 포탈 속으로 거침없이 뛰어들었다. 실보플레도 냉큼 그 뒤를 따랐다.

"찾았다."

동쪽으로 공간을 이동해 온 하라간이 쾌재를 불렀다. 하라간의 감각에 불곰처럼 덩치가 큰 사내가 포착되었다. 온몸에 털이 북슬북슬하고 몸무게가 140 킬로그램이나 나가는 거구의 사내가 바로 하라간이 찾던 림이었다.

희한하게도 림의 곁에 람은 보이지 않았다.

'이상하다? 둘은 늘 함께였는데?'

하라간이 고개를 갸웃했다.

"어쨌거나 한 명이라도 찾았으니 되었지."

이렇게 중얼거린 하라간이 허공으로 몸을 띄웠다.

실보플레가 곧장 플라이 마법을 펼치려고 들었다.

하라간이 고개를 가로저었다.

"실보플레, 여기서 잠깐만 기다려. 금방 다녀올게."

"네에."

실보플레는 약간 서운한 듯이 대답했다. 그녀는 눈 깜짝할 사이에 멀어지는 하라간의 뒷모습을 물끄러미 올려다보았다.

Chapter 2

후왕—

하라간은 질풍이 되었다. 아니, 벼락이 되었다. 실보플레가 눈을 한 번 감았다 뜰 무렵 하라간은 어느새 바야크 성벽 위 30 미터 상공에 도달했다.

'햐아, 정말 빠르시구나. 눈으로 좇아가기도 힘들어.'

실보플레가 혀를 내둘렀다.

그곳에서 하라간은 우뚝 멈춰 지상을 굽어보았다.

철 벽돌을 하나하나 쌓아서 만든 바야크 대장벽, 그 뒤편 성채 안에서 림의 기척이 감지되었다. 림은 이 깊은 새벽까지 잠을 이루지 못하고 있었다. 외롭게 흔들리는 램프의 불빛을 안주 삼아 불곰을 닮은 사내가 독한 술을 들이켰다.

"캬아—, 외롭다."

림의 입에서 외롭다는 말이 나왔다.

"람, 개새끼."

이어서 욕도 튀어나왔다.

하라간은 30 미터 상공에서 림의 독백을 들었다.

림이 술을 한 잔 더 자작했다.

"캬아, 좋다. 람, 이 개새끼야. 좋냐? 이 형만 남겨 두고 떠나서 좋냐? 좋기는 내가 더 좋다. 네가 없으니까 이 귀한 술을 나 혼자 마실 수 있어서 아주 꿀맛이다, 이 개자식아. 크흑."

림이 울먹였다. 곰처럼 덩치가 큰 사내가 혼자서 술을 마시면서 울먹거리는 모습이 보기에 좋지는 않았다. 하지만 하라간은 림을 탓하지 못했다.

'람이 떠났다고? 어디로?'

하라간이 고개를 갸웃거리는 사이, 림이 술을 더 마셨다.

"에잇! 잔이 뭐가 이렇게 작아? 답답하게시리."

벽에 술잔을 던져서 깨 버린 림은 술병에 직접 입을 대고 벌컥벌컥 마셨다. 림의 두 눈이 벌겋게 충혈 되었다.

"씨발, 씨발, 씨발! 왜 다 죽는 거야? 루잉도 죽고, 람도 죽고, 피올로는 소식이 끊기고. 제기랄."

림이 두툼한 팔뚝으로 자신의 눈을 훔쳤다.

"엉? 뭐라고?"

림의 독백을 훔쳐 듣던 하라간이 깜짝 놀랐다.

'이게 무슨 소리야? 람이 죽었다고? 족제비처럼 날렵하고 빠른 람을 누가 죽일 수 있지? 게다가 뭐? 피올로 대주교도 소식이 끊겼어?'

답답해진 하라간이 벼락처럼 하강했다. 하라간의 등 뒤에서 돋아난 투명한 촉수가 먼저 뻗어 갔다. 촉수는 림이 머무는 성채 지붕을 동그랗게 뜯어 먹었다. 하라간이 뚫린 구멍을 통해 성안으로 쑥 들어갔다.

"뭐야?"

술에 취한 림이 하라간을 향해 눈을 부라렸다. 림의 온몸에서 술 냄새가 진동했다. 림의 주변엔 술병 수십 개가 어지럽게 나뒹굴었다.

'완전 폐인이 다 되었구먼.'

하라간이 눈을 찌푸렸다.

그래도 림의 실력은 줄어들지 않았다. 림과 람 형제는 바야크 왕국을 지키는 수호신들로, 둘 다 마나의 벽 1단계를 돌파한 초인들이었다.

"웬 놈이냣? 감히 여기가 어디라고 침입해?"

림이 하라간을 향해 손바닥을 뻗었다.

하라간이 한발 빨랐다.

"켁."

림의 등 뒤에서 돋아난 투명한 촉수가 림을 확 낚아채 돌돌 말았다.

"으으읍!"

림이 두 눈을 부릅떴다.

괴력의 림이 제아무리 발버둥 쳐도 소용없었다. 림은 촉수 속에 파묻혀 손가락 하나 까딱하지 못했다. 숨통까지 꽉 막혀 정신이 혼미했다.

'대체 누가 나를?'

그 와중에도 림은 눈알을 돌려 침입자의 정체를 확인하려고 들었다.

그 전에 투명한 촉수가 힘을 살짝 주었다.

살짝, 아주 살포시.

마신의 발가락 끝에 돋아난 미세한 촉수 한 가닥이 제대로 힘을 주면 부쿤 대산맥 전체를 으스러뜨릴 수 있다. 조금만 더 용을 쓰면 촉수 한 가닥으로 대륙을 두 동강 내는 것도 가능하다.

하라간은 최대한 미세하게 촉수를 컨트롤하여 힘을 주었다.

살포시, 극도로 살포시.

산맥을 으스러뜨릴 수준에서 산봉우리 하나를 부술 정도로 힘을 빼고, 거기서 다시 암석 하나를 가루로 만들어 버릴 정도로 힘을 또 빼고, 거기서 다시 바위 하나를 으깰 정도로 힘을 빼고, 거기서 다시 참나무를 토막 낼 정도로 힘을 빼고, 거기서 다시 오동나무를 뭉그러뜨릴 정도로 힘을 약화시켜서 림의 목젖을 쓰다듬었다.

이 정도면 정말 최선을 다한 섬세한 행동이었다.

"꾸왁!"

그 섬세한 목젖 터치에 림이 괴성을 질렀다. 그러곤 곧바로 혼절했다.

"아, 미안."

하라간이 뒤늦게 사과했다.

림은 그 사과를 듣지 못했다.

바야크 대장벽 상공 4 킬로미터 지점.

구름조차 쫓아올 수 없는 그 까마득한 허공에 하라간이 손으로 턱을 괴고 앉았다. 그 앞에 림이 드러누워 입술을 푸들거렸다.

하라간과 림을 떠받치는 존재는 다름 아닌 투명한 촉수였다.

하라간은 림을 물끄러미 내려다보았다.

푸우— 푸우우—

림이 두툼한 입술 사이로 숨을 내뱉었다. 림에 목 언저리는 온통 시퍼런 멍투성이였다. 심지어 쇄골과 갈비뼈 일부까지 부러졌다. 촉수가 아주 살짝 터치한 결과는 이토록 무서웠다.

“다행히 죽지는 않았네. 이럴 줄 알았으면 검자루로 때려서 기절을 시킬걸.”

하라간이 후회했다.

물론 하라간은 후회를 길게 하는 성격은 아니었다.

“뭐, 죽지 않았으니 되었지. 쇄골과 갈비뼈 으스러진 것은 금방 나을 거야. 림은 튼튼하니까.”

이렇게 독백한 다음, 하라간은 마음의 검, 즉 심검을 일으켰다.

마나의 벽 6단계를 돌파하면서 하라간은 새로운 권능, 즉 마음의 검을 손에 넣었다. 이제 그 검을 림에게 써먹을 차례였다.

하라간이 마음의 검을 꺼내 들기 전에 투명한 촉수가 우르르 일어났다. 촉수는 하라간의 주변 공간을 빙 둘러싸 외부로부터의 모든 접근을 차단했다.

이제 이 공간은 오롯이 하라간만의 것이 되었다. 소리, 감각, 빛, 공기, 그 어떤 것도 드나들 수 없었다.

그 공간 속에서 하라간이 림에게 손가락을 뻗었다.

기절한 림의 관자놀이에서 투명한 실 같은 것이 풀려 나왔다. 그 실은 하라간의 손가락 주변으로 돌돌 말려들면서 하라간에게 여러 가지 정보를 전달했다.

"이런. 5년 전에 루잉이 북부에 뛰어들면서 림이 큰 충격을 받았구나. 이 정도로 마음의 상처가 클 줄은 몰랐어."

가장 먼저 하라간이 파악한 것은 림의 마음 씀씀이였다.

이어서 또 다른 정보가 튀어나왔다.

"홀리랜드의 정보가 모두 차단되었다고? 그건 나도 예상했던 바야. 홀리랜드에 천족이 강림했을 테지. 그렇다면 혹시 그 와중에 피올로 대주교에게 무슨 나쁜 일이 생긴 걸까?"

하라간이 곤혹스럽게 입술을 깨물었다.

Chapter 3

피올로의 실종 소식이 하라간의 마음을 복잡하게 만들었다.

어쩌면 피올로는 천족과 맞서 싸우다가 죽었을 수도 있었다. 이건 하라간이 바라지 않는 바였다.

어쩌면 피올로는 천족과 맞서서 아직까지 저항하는 중일

수도 있었다. 이건 괜찮았다.

어쩌면 피올로는 천족에게 붙잡혀서 강제로 스켈레톤이 되어 버렸을 가능성도 다분했다. 이것도 괜찮았다.

"부디 살아만 있어 다오."

하라간은 피올로가 살아 있기만을 빌었다.

그 와중에도 림의 관자놀이에서는 점점 더 많은 양의 실타래가 풀려나왔다. 그 투명한 실이 하라간의 손가락 주변에 돌돌 감겼다.

"피올로 대주교는 그렇다고 치고, 람은 대체 어떻게 된 거야? 람이 왜 갑자기 죽어?"

하라간은 빠르게 림의 기억을 검색했다.

림의 동생 람이 죽은 것은 최근 일이었다.

올해 1월 초, 람의 우울증이 갑자기 심각해졌다. 림과 람 형제는 5년 전 루잉이 죽었을 때부터 약간의 우울증에 시달려 왔는데, 그걸 잘 극복하던 와중에 갑자기 람의 상태가 심각해졌다.

림은 말수가 부쩍 줄어든 동생을 걱정했다. 하지만 무뚝뚝한 림의 성격상 동생과 깊은 이야기를 나누지는 못했다.

그러던 어느 날이었다. 림이 달력에 1월 14일이라고 표시해 놓은 바로 그날, 람이 자살했다.

형, 미안해. 나 먼저 루잉의 곁으로 갈게.

정말 미안해. 나를 용서하지 마.

— 형의 영원한 동생, 람

짧은 두세 줄의 유언을 남겨 놓은 채 람이 죽었다.

물론 림은 람의 시체를 보지 못했다. 람은 평소 입던 옷을 곱게 접어 침대 위에 올려놓고, 그 위에 신발을 얹었다. 그다음 짧은 유서를 신발 사이에 꽂고 사라졌다.

림이 미친 듯이 동생을 찾았다.

람의 부하들이 증언을 했다.

"지난 밤 대장님께서 장벽 너머 북쪽으로 가셨습니다."

"저희들이 말렸지만 듣지 않으셨습니다."

"대장님께서 워낙 빠르셔서 저희들은 따라잡을 수도 없었습니다."

"희한하게도 대장님은 발가벗은 차림이셨습니다. 두 눈은 붉게 충혈되어 계셨고, 얼굴은 넋이 나간 표정이었습니다."

"무기는 들고 계셨습니다. 다이아몬드 가루를 바른 실 말입니다. 손목에 대장님의 애병을 감고 계셨는데, 충혈된 눈빛이 너무 섬뜩해서 놀랐습니다."

부하들의 증언은 일관성이 있었다.

"람! 람! 내 동생 람! 크허어엉."

림이 미친 듯이 울부짖었다. 림은 당장 무기를 들고 북쪽으로 넘어가 동생을 찾으려고 했다.

"안 됩니다."

"절대 못 가십니다."

부하 수십 명이 달려들어 림을 붙잡았다.

"이거 놔, 이 새끼들아."

림은 엄청난 괴력으로 부하들을 뿌리치고 북부로 넘어갔다.

안개가 잔뜩 낀 북부의 대지는 섬뜩했다.

림은 북부에서 동생의 발자국을 발견했다. 부하들의 증언이 맞았다. 람은 신발도 신지 않고 맨발로 걸었다.

아니다. 보폭을 보니 걷는 게 아니라 뛴 것 같았다.

림이 램프를 하나 들고 동생의 흔적을 추적했다.

동생의 흔적은 이내 사라졌다. 림은 마물이 출몰한다고 알려진 북부의 숲 속을 미친 사람처럼 헤맸다. 다행히 솔샤르들과 마주치지는 않았다.

그렇게 열흘이 지나고 스무 날이 흘렀다.

림이 터벅터벅 장벽으로 돌아왔다.

림은 마음 같아서는 더 북쪽까지 탐색해 보고 싶었다. 동생을 찾을 때까지 온 북부를 다 뒤지기를 원했다.

하지만 의무감 때문에 그렇게 할 수 없었다.

'람이 죽은 마당에 나까지 잘못되면? 북부, 지옥의 땅에서 나까지 마물들에게 뜯어 먹히고 나면, 누가 대장벽을 지키지?'

이런 생각이 림의 발길을 다시 남쪽으로 돌리게 만들었다. 하지만 다른 한편으로 림은 스스로를 자책했다. 동생을 끝까지 찾지 않고 되돌아온 것이 못내 죄스러웠다. 장벽으로 복귀한 림은 매일 같이 술을 퍼마시는 이유는 바로 이러한 죄책감 때문이었다.

하라간이 그 기억을 읽었다.

"에게. 림이 죽은 게 아니잖아? 그냥 사라진 것뿐이잖아?"

곧이어 다른 생각이 하라간의 뇌리에 떠올랐다.

"죽음을 위장하여 사라진 영웅이라! 이거 뭔가가 연결되는데? 골드 라이온, 전전대 드뷔시 백작 부인, 이런 영웅들이 모여서 비밀 결사를 만들었다지? 은둔 수호자, 혹은 벨커스의 추종자들이라는 이름의 비밀 결사 말이야."

데스 로즈를 만난 이후 하라간은 벨커스의 추종자들에 대한 정보를 넘겨받았다. 람의 자살 소식을 알게 된 지금, 하라간의 뇌리에서는 이 두 가지 정보가 하나로 연결되었다.

"람이 갑자기 자살할 이유가 없어. 내가 아는 람은 그렇게 감정에 휘둘리거나 무책임한 사람이 아니라고."

그렇다면 답은 하나였다.

"쳇! 골드 라이온 선왕이 람을 조직에 끌어들였구먼. 람은 그 사실을 림에게 숨기기 위해 죽음으로 위장한 것뿐이야."

이제 필요한 정보는 모두 캐냈다. 다음 작업을 할 차례였다. 하라간은 마음의 검으로 투명한 실을 군데군데 잘랐다.

림의 기억 속에서 루잉의 얼굴이 모두 잘려 나갔다. 대신 그 자리에 하라간의 얼굴이 박혔다.

림의 기억 속에서 루잉이라는 이름이 삭제되었다. 대신 그 자리에 하라간이라는 이름이 들어갔다.

림의 기억 속에서 '북부 = 지옥의 땅' 이라는 공식이 제거되었다. 대신 그 자리에 '남부 = 지옥의 땅' 이라는 공식이 자리 잡았다.

림의 기억 속에 '솔샤르 = 마물 = 죽여야 할 대상' 이라는 공식이 사라졌다. 대신 그 자리에 '날개 달린 스켈레톤 = 가증스러운 적' 이라는 정보가 틀어박혔다.

새롭게 구성된 림의 기억은 림을 새로운 존재로 만들어 주었다. 그 기억 속에서 림은 북부에서 태어나 하라간의 오랜 친구로 살아왔으며, 바야크 장벽 너머 남쪽의 괴물, 즉 날개 달린 스켈레톤과 싸워 온 전사였다.

그런데 동생인 람이 '골드 라이온' 이라는 요망한 술법사의 마법에 홀려 자취를 감춰 버렸다.

이 사실을 알게 된 림은 하라간을 찾아와서 간곡하게 도움을 요청했다.

림과 람 형제의 친구인 하라간은 그 즉시 북부의 대군을 일으켰다. 골드 라이온의 손에서 람을 되찾기 위함이었다.

림의 기억이 이상과 같이 조작되었다.

하라간은 그 기억을 다시 림의 뇌 속에 밀어 넣었다. 하라간의 손가락 주변에 둘둘 말려 있던 투명한 실이 거꾸로 역류하여 림의 관자놀이로 파고들었다.

"림에게 미안하지만 어쩔 수 없지. 림을 살리려면 이 수밖에 없어."

하라간은 이렇게 자기 위안을 삼았다.

Chapter 4

바야크 대장벽의 수비병들은 림의 납치 사실을 까맣게 몰랐다.

투명한 촉수가 성채 지붕을 동그랗게 베어 먹는 소리는 바야크 왕국 병사들의 귀에 전혀 들리지 않았다. 하라간이 림을 기절시켜 납치하는 소리도 무음으로 처리되었다. 림의 방문 앞을 지키던 경계병들은 오히려 안심했다.

"조용한 걸 보니 대장님께서 잠드셨나 본데?"

"오늘은 꽤 일찍 곯아떨어지신 것 같아."

"그러게. 보통 새벽 네다섯 시는 되어야 잠을 주무시는데 말이야."

경계병들이 이렇게 소곤거렸다. 그러다 그중 한 명이 혀를 찼다.

"쯧쯧쯧. 매일 밤 술에 취하지 않으면 잠을 주무시지 못하니 어쩌지? 이러다 대장님께서 폐인이 되시겠어."

"그러게 말이야. 왕국의 수호신이라 불리는 분께서 이게 무슨 꼴이신지. 아무리 동생분이 자살을 하셨다고 해도 그렇지, 바야크 대장벽을 책임지시는 분이 이렇게 술만 퍼마시면 어떻게 해?"

"쉿!"

경계병 가운데 한 명이 손가락을 세워 입술에 대었다.

처척.

나머지 병사들이 일제히 자세를 바로잡았다.

이윽고 발걸음 소리와 함께 상관이 등장했다. 경계병들의 복무 점검을 나온 것이다. 뚜벅뚜벅 다가온 상관이 경계병들에게 물었다.

"대장님께선 좀 어떠신가?"

"조금 전에 잠이 드셨습니다."

방문 왼쪽의 병사가 발목을 착 붙이고 대답했다.

"조금 전? 오늘은 좀 이르시네?"

"오늘은 괴로움이 좀 희석되신 듯합니다."

경계병의 추측은 그럴듯했다. 상관이 그 말에 동의했다.

"그래? 그렇다면 다행이군. 어쨌거나 수고해라. 혹시 대장님께서 이상한 행동을 하시면 내게 즉각 보고하고."

"네, 알겠습니다."

"명심하겠습니다."

경계병들이 동시에 대답했다.

상관은 부하들의 어깨를 툭툭 두드려준 다음 복도 저편으로 사라졌다. 다시 적막해진 복도에 횃불로 인한 그림자가 일렁거렸다.

하라간이 림을 납치한 시각이 새벽 3시 20분경이었다.

그로부터 시간이 조금 지난 4시 30분, 세상이 발칵 뒤집힐 일이 발생했다. 북부의 마력함 4기가 동시에 바야크 대장벽 상공에 진입한 것이다.

파지직, 파직, 파지지직!

마력함 선두 부분에서 푸른 스파크가 튀었다. 남부 연합의 마법사들은 바야크 대장벽 일대에 각종 마법 트랩을 깔아 놓았다. 그 가운데 하늘에 깔린 트랩이 발동했다. 즉시 스파크가 튀고 강한 전기가 흘렀다.

하지만 마력함에 큰 타격을 입히지는 못했다. 토브욘 왕국의 마법 기술이 집약된 결정체가 바로 마력함이었다. 공격을 받는 즉시 마력함 전체에 그물망 같은 쉴드가 형성되었다. 그 쉴드가 스파크를 튕겨 내었다.

굳이 쉴드가 아니더라도 이 정도 공격에 타격을 받을 마력함이 아니었다. 4기의 마력함 선단은 푸른 스파크를 무시한 채 그대로 진입해 바야크 대장벽의 정중앙 상공에 우뚝 멈췄다. 마력함 하단부의 마정석들이 푸른 광채를 내뿜었다.

이윽고 마력함 하단부가 덜컥 열렸다.

그 속에서 수인족 솔샤르들이 우르르 낙하했다.

[가자.]

선봉에서 뛰어내린 마물은 사람의 몸뚱어리에 표범의 얼굴을 지닌 수인족이었다. 그는 50 미터 상공에서 아무런 장비도 없이 점프하더니 그대로 대장벽 상단에 내리꽂혔다. 중력에 의해 빠르게 낙하하는 동안 표범형 수인족의 신체가 마물로 변형했다.

흑요석처럼 시커멓게 번들거리는 신체.

위성처럼 몸 주변을 빙글빙글 도는 19개의 방패.

온몸에서 솟구친 24개의 창.

4개의 머리통.

이 마물의 정체는 해구 1층 레벨의 귀족 마물, 막레르였다.

콰창!

막레르가 대장벽 위에 내리꽂히는 순간, 사방으로 빛이 터졌다. 동심원을 그리며 퍼져 나간 빛은 대장벽 상단부에 깔린 방어 마법진들을 그대로 깨부쉈다. 장벽을 지키던 병사들의 몸통도 그대로 터져 나갔다.

왜애애애앵—

대장벽 전체에 비상경고음이 울렸다.

"적이닷."

"북부의 마물들이 침공했다."

"막앗! 어서 막으라고."

바야크 대장벽을 지키는 경계병들이 일제히 깨어났다. 엄한 훈련을 받은 경계병들은 어느새 중무장을 마치고 대장벽 위로 달려왔다.

막레르가 그런 경계병들 사이로 뛰어들었다.

투확! 투확! 투화악!

24개의 투창이 폭발적으로 날아가 남부 연합 병사들의 몸통을 꿰뚫었다. 19개의 방패가 빙글빙글 회전하면서 병사들의 몸통을 후려치고 투구를 강타했다. 우선적으로 달려들었던 남부 연합의 병력이 눈 깜짝할 사이에 몰살을 당했다.

[크르.]

막레르는 대장벽 상단부로 올라오는 계단을 틀어막고 떡하니 버텼다. 키가 3 미터에 달하는 막레르가 계단 위에서 아래를 굽어보자 그 위압감이 무시무시했다. 계단 밑의 남부 연합 병사들이 침을 꼴깍 삼켰다.

"어서 올라가라. 대장벽 상단부를 마물들에게 빼앗기면 안 된다."

"궁수들은 뭘 하나? 어서 엄호 사격을 해."

뒤에서 지휘관들이 악을 썼다.

"넵."

남부 연합 병사들이 방패로 몸을 가리고 계단으로 돌진했다. 그사이 궁수들이 한쪽 무릎을 꿇고 앉아 화살을 쏘았다.

화살이 비 오듯이 쏘아졌다.

하지만 막레르의 몸 주변을 빙글빙글 도는 19개의 방패를 뚫지는 못했다.

발이 빠른 병사 몇 명이 궁수들의 엄호 속에 계단 위까지 도착했다. 막레르는 투창 2개를 내뻗어 상대의 몸통을 찔렀다.

푸욱, 푹.

병사 2명이 그대로 당했다. 막레르는 적의 시체를 창에 꿰어서 위로 번쩍 치켜들었다.

번쩍!

때마침 밤하늘에 마른벼락이 쳤다. 어두운 밤하늘을 뚫고 빛이 짧게 명멸했다. 그 짧은 시간 안에 볼 것은 다 보였다. 창에 꽂혀 몸부림치는 동료의 모습을 보자 병사들이 진저리를 쳤다.

"으으으."

남부 연합 병사들이 순간적으로 사기가 꺾였다.

지휘관이 다시 악을 썼다.

"마법사, 투입."

"넵."

이번엔 남부 연합의 마법사들이 나섰다. 궁수들이 시간을 벌 동안 마법을 캐스팅한 마법사들은 손바닥 위에 시뻘건 불덩이를 소환하여 막레르에게 날렸다.

Chapter 5

수십 개의 불덩이가 곡선을 그리며 날아가 막레르에게

작렬했다.

퍼엉! 펑! 펑! 펑!

빙글빙글 돌아가는 막레르의 방패가 그 공격을 막았다. 막레르는 끄떡도 하지 않았다. 오히려 화가 난 막레르가 계단 아래로 내려와 사방으로 투창을 뿌렸다. 강한 회전력이 담긴 막레르의 투창은 남부 연합 병사들의 방패를 뚫고 살 속으로 파고들었다. 투창에 매달린 마물의 아가리가 병사들의 내장을 뜯어먹고 피를 빨았다. 그 모습이 마치 팔뚝만 한 장어가 사람의 뱃속으로 파고들어 속을 파먹는 듯했다.

"크아악."

"아악, 떼어 줘. 제발 이 마물 좀 떼어 달라고."

남부 연합 병사들이 비명을 지르며 나뒹굴었다.

마법사들이 다시 한 번 캐스팅을 마쳤다.

휘류류류류—

퍼엉, 펑!

사방에서 쏘아진 불덩이가 막레르에게 집중되었다.

막레르는 19개의 방패를 끌어당겨 적의 공격을 막은 다음, 풀쩍 점프했다. 이번에 막레르가 노리는 대상은 남부 연합의 마법사들이었다.

[크르르.]

섬뜩한 포효가 마법사들의 귀 바로 옆에서 들렸다.

벼락처럼 다가온 막레르의 손이 마법사 한 명의 머리통을 붙잡았다. 그다음 토마토를 짓뭉개듯이 성벽에 마법사의 머리를 패대기쳤다.

두개골이 으깨진 마법사는 비명도 지르지 못하고 죽었다.

막레르가 몸을 살짝 웅크렸다가 쫙 폈다.

쭈주주중!

마물 아가리가 달린 투창 24개가 사방으로 쏘아졌다. 흑요석처럼 검게 번들거리는 방패 19개가 온 사방팔방을 후려쳤다.

“크악.”

“악.”

마법사들이 늑대를 만난 양 떼처럼 흩어졌다.

마물 투창이 도망치는 마법사들을 끝까지 쫓아가 등을 찌르고 피를 빨았다. 미처 도망치지 못한 마법사들의 머리통을 막레르의 방패가 날아와 으깼다.

남부 연합의 지휘관이 악을 썼다.

“뭣들 하느냐? 어서 마법사들을 구해라. 이렇게 마법사들을 잃으면 안 돼.”

“넵.”

경계병들이 막레르에게 달려들었다. 반사적으로 명을 따르기는 했지만 다들 겁을 집어먹어 자세가 엉거주춤했다.

그때였다. 양손으로 철검을 움켜쥔 기사가 병사들보다 더 빠르게 달려와 막레르의 허벅지를 베었다.

까앙!

그 전에 막레르의 방패가 기사의 공격을 막았다. 막레르의 손끝에서 돋아난 마물 투창이 기사의 가슴을 찔렀다.

기사는 상단 베기로 마물 투창을 막아 낸 뒤, 앞구르기로 막레르의 두 다리 사이로 파고들었다. 막레르가 발을 번쩍 들어 허공으로 점프했다.

후왕—

기사가 수평으로 휘두른 철검이 막레르의 발바닥 아래를 스치고 지나갔다. 기사의 검에는 노란빛이 어려 있었다.

허공에 점프했던 막레르가 뚝 떨어지며 기사를 덮쳤다.

쭈쭈주중—

막레르의 온몸에서 죽순처럼 돋아난 마물 투창들이 기사에게 쏟아졌다.

"이이잇."

기사는 다시 양손으로 철검을 쥐고 풍차처럼 휘둘렀다.

마물 투창들이 기사의 검이 만들어 낸 방어막에 막혀 튕겨 나갔다.

[크르르르.]

막레르가 분노 섞인 포효를 흘렸다.

기사는 입술을 질끈 깨문 다음, 막레르에게 다시 달려들었다. 그러면서 지휘관에게 소리쳤다.

"어서 장벽 위부터 장악하시오. 그곳을 빼앗기면 끝장이오."

"아, 알겠소."

지휘관이 퍼뜩 정신을 차렸다. 부하들을 독려하기에 앞서, 지휘관이 먼저 움직였다. 경계병들도 상관의 뒤를 우르르 쫓았다.

'누구지?'

계단 위로 올라가면서 지휘관은 뒤를 힐끗 돌아보았다.

계단 아래서는 막레르와 기사의 싸움이 한창이었다. 막레르는 연달아 투창을 뽑아내어 기사를 압박했다. 기사는 노란빛이 어린 검을 휘두르며 막레르의 공격을 버텼다.

확실히 기사가 막레르보다 열세였다.

그래도 잠시 시간을 버는 것은 가능할 듯했다.

'카롤 왕국에서 온 방랑 기사라고 했던가? 저렇게 강할 줄은 몰랐는데, 정말 대단하구나. 예전에 장벽의 수비를 지원해 주었던 루잉 백작님도 그렇고, 저 기사도 그렇고, 카롤 왕국에는 정말 인재가 많아.'

지휘관이 내심 감탄했다.

그러는 사이 기사가 철검을 X자로 휘둘러 막레르를 역공했다.

막레르는 민첩하게 뒤로 물러났다가 다시 달려들면서 19개의 방패를 우르르 휘둘렀다.

기사가 데굴데굴 굴러 적의 공격을 피했다. 기사의 얼굴은 어느새 땀투성이였다. 난생처음 보는 마물 때문에 기사의 등에 소름이 돋았다.

'이 마물이 나보다 강하구나. 잘해야 시간을 끄는 정도지, 마물을 물리치기는 불가능해. 내가 카롤 왕실에서 편하게 지낼 동안 루잉은 이런 마물들과 싸웠단 말인가? 허어, 부끄럽구나.'

기사가 입술을 질끈 물었다.

목숨을 던져 막레르와 맞상대를 하는 이 기사의 정체는 다름 아닌 기온 백작이었다. 카롤 왕국의 근위기사단장으로 골드 라이온과 메로베 선왕을 섬긴 그 기온 백작이 대륙 중부 바야크 대장벽에 모습을 드러냈다.

최근 기온은 못난 왕 줄리앙과 승냥이 같은 보투르에게 질려 버렸다. 그래서 스스로 근위기사단장의 자리를 내팽개쳤다.

심신이 지쳐 고향으로 돌아가는 척했던 기온 백작은 사실 고향으로 가지 않고 바야크 대장벽으로 왔다. 그러곤 방랑 기사의 신분으로 장벽 수비에 가담했다. 기온은 여기서 남부를 지키며 여생을 마감할 생각이었다.

그러던 차에 마물들의 기습 공격이 시작되었다. 기온은 철검 한 자루를 움켜쥐고 북부의 마물에 맞서 싸웠다.

처음에 기온이 생각했던 그림은, 수없이 많은 마물들을 베어 넘기며 혈투를 벌이는 자신의 모습이었다. 그러다 영웅적으로 죽어도 좋다고 기온은 생각했다.

그런데 실제로 싸워 보니 기온의 생각과는 딴판이었다. 그가 아무리 전력을 다해도 고작 마물 한 마리를 막아 내는 것도 힘겨웠다. 마물의 공격을 한 번 받아 낼 때마다 기온의 뼈마디가 비명을 지르고 손아귀에서 피가 흘렀다. 숨이 턱 끝까지 차올랐다.

'루잉 백작, 너는 이런 괴물들과 끝없이 싸웠단 말이냐?'

마물과 싸움이 계속될수록 기온은 루잉의 정신력이 얼마나 대단했는지 깨닫게 되었다. 더불어서 루잉과 반대되는 인물도 기온의 머릿속에 떠올랐다.

'그런 루잉을 죽음으로 내몰다니. 줄리앙 폐하, 당신은 정말 최악입니다.'

줄리앙을 떠올리자 기온의 어금니에 힘이 질끈 들어갔다. 철검을 꽉 움켜쥔 기온은 함성을 지르며 막레르에게 달려들었다.

"우와아아악."

막레르가 방패를 촤라락 모아 기온의 공격을 유연하게 받아넘겼다. 그다음 투창을 카운터로 내질러 역습했다.

기온은 피투성이가 된 채 적의 공세에서 빠져나왔다.

Chapter 6

"허억, 헉, 헉, 헉."

기온의 폐가 터질 듯이 펌프질했다. 머리가 핑글핑글 돌았다. 입에선 피 냄새가 났다. 손바닥이 피범벅이라 이제는 철검을 꽉 움켜쥐는 것도 힘들었다. 옆구리도 욱신욱신 쑤셨다.

그래도 기온은 포기하지 않았다.

'죽을 자리를 찾아서 다행이다. 루잉이 그랬던 것처럼 나도 여기서 죽어야겠어.'

기온이 막 죽음을 결심할 때였다.

우두두두두—

대지가 진동했다.

12 미터 높이의 바야크 대장벽이 뒤흔들렸다. 쇠 벽돌과 쇠 벽돌 사이의 틈새가 벌어지며 사방으로 흙먼지가 튀었다.

기온이 놀라서 옆으로 고개를 돌렸다.

이윽고 기온의 눈에 끔찍한 광경이 들어왔다.

어깨의 높이가 수십 미터나 되는 거대한 수사자의 등장!

양어깨가 머리보다 훨씬 더 높이 솟은 수사자가 파괴마처럼 돌진해 바야크 대장벽을 들이받았다. 기온의 시야 저 높은 곳에서 거대한 괴물 수사자의 얼굴이 흔들렸다. 수사자의 머리엔 사슴의 뿔을 닮은 것들이 엿보였다.

쿠와아아앙!

순간적으로 바야크 대장벽 전체가 허공으로 부웅 떠오르는 듯했다. 실제로 성벽 일부가 뿌리째 뽑혀 나가 허공으로 튀어 올랐다. 벽돌과 벽돌 사이가 벌어지면서 장벽 가운데 500 미터가량이 뫼비우스의 띠처럼 뒤틀렸다.

그렇게 틀어진 성벽이 한순간 하늘로 확 빨려 올라갔다.

"켁."

"크악."

강하게 날아가는 쇠 벽돌에 얻어맞아 남부 연합 병사들의 두개골이 터지고 몸이 찢겼다.

그게 끝이 아니었다.

우위이이잉—

기온의 귀에 무언가 회전하는 듯한 소리가 들렸다. 거대한 수사자의 어깨 어림, 혹은 등 어림에서 들리는 소리였다.

기괴한 소리와 함께 수사자의 등에서 구멍 수십 개가 열렸다. 붉은 광채가 어른거리는 그 구멍들이 바야크 대장벽을 향해 일제히 공격 방향을 맞췄다.

장전 완료.

발사!

쭈왕! 쭈왕! 쭈왕! 쭈왕! 쭈와왕! 쭈와아앙—!

수십 발의 붉은 광선이 사방으로 작렬했다. 빛의 속도로 방출된 붉은 광선은 스치는 모든 물질을 잘라 버렸다.

바야크 대장벽을 구성하는 쇠 벽돌이 반듯하게 잘렸다. 방어 마법진이 새겨진 철탑이 그대로 두 동강 났다. 남부 연합 경계병들의 허리가 매끈하게 갈라졌다. 방패와 투구도 치즈처럼 잘려 나갔다.

"말도 안 돼."

이 기막힌 공격에 기온이 입을 쩍 벌렸다.

기온이 기겁하는 와중에도 수십 개의 붉은 광선이 사방으로 움직였다. 그 광선이 스치고 지나간 곳은 모두 다 매끈하게 분리되었다. 바야크 대장벽이 무려 700 미터에 걸쳐서 무자비하게 난도질당했다.

[크우워어어어어—]

무시무시한 공격을 퍼부은 사자형 마물이 아가리를 쩍 벌려 포효했다. 사람의 뇌에 직접 전달된 그 포효가 뇌 주름을 뭉개고 두개골 속을 곤죽으로 만들어 놓았다.

뇌가 뭉개졌는데도 살 수 있는 사람은 없었다. 남부 연합의 경계병들이 그 자리에 털썩털썩 쓰러졌다. 궁사들이 우르르 무너졌다. 마법사들이 피를 토하며 주저앉았다. 지휘관마저 엉덩방아를 찧었다. 지휘관의 귀와 입, 코와 눈에서 검붉은 핏물이 주르륵 흘렀다.

"크왁."

기온도 피를 토했다.

기온은 허둥지둥 뒷걸음질 쳤다.

해구 1층 레벨의 막레르와는 그런대로 싸울 만했는데, 저 거대한 사자형 마물을 보자 전의가 싹 달아났다. 이 자리에서 싸우다 죽겠다는 기온의 신념도 씻은 듯이 사라졌다.

"허으으으."

기온은 뒤로 벌렁 드러누워 바르르 떨었다.

막레르가 그런 기온에게 다가와 투창을 겨눴다.

뾰족한 창끝이 기온의 목에 닿았다. 마물 투창이 딱딱딱 이빨 부딪치는 소리를 냈다. 기온은 몸서리를 쳤다.

토레가 본체를 드러낸 순간, 전쟁은 이미 끝난 것이나 마찬가지였다.

[위대하시고 또 위대하신 분을 뵙습니다.]

마력함에서 뛰어내려 성벽 위를 장악하던 수인족 솔샤르들이 토레를 향해 일제히 엎드렸다.

토레는 쿵, 쿵, 발을 내디뎌 허물어진 바야크 대장벽을 타 넘었다.

파지직, 파직.

아직 수명이 남은 마법 트랩들이 발동했다. 토레의 몸 주변에 간헐적으로 스파크가 튀었다.

토레는 트랩은 무시한 채 세 가닥의 꼬리를 휘둘렀다. 거대한 칼날처럼 생긴 꼬리가 공간을 수평으로 베었다.

그나마 생명을 부지하고 있던 남부 연합의 병사들이 단숨에 목이 잘렸다. 머리를 잃은 몸뚱어리가 픽픽 쓰러졌다. 하늘로 튀어 올랐던 머리통이 옥수수 알갱이처럼 바닥에 우수수 낙하했다.

토레가 성벽을 완전히 지나 남부의 땅에 발을 디딜 때까지, 솔샤르들은 머리를 들지 못했다.

[위대하시고 또 위대하신 분께서 저런 모습이셨던가?]

[정말 엄청나지 않아? 난 제대로 숨도 쉴 수가 없어.]

수인족 솔샤르들이 토레를 곁눈질하며 이런 대화를 주고받았다.

한편 대장벽 다른 지점에서도 이와 비슷한 일들이 벌어

졌다. 총사령관 맨카우레가 충성스러운 레드 군단을 이끌고 대장벽의 서쪽 끝단을 공략했다. 마력함으로부터 홀로 낙하한 맨카우레는 대장벽 상단부에 착지하는 것과 동시에 마물을 소환했다.

꿀렁꿀렁.

맨카우레의 양팔이 부풀어 오르면서 분열하기 시작했다.

팔 하나에 길쭉한 마물 6개.

총 12개의 마물 대가리가 온 성벽 위를 뒤덮으며 꾸물꾸물 움직였다. 전기뱀장어를 닮은 이 마물은 각각의 길이가 25 미터나 되었고, 고슴도치의 가시를 닮은 수염이 빳빳하게 서 있었다. 덕분에 맨카우레의 외형은 실로 끔찍해 보였다.

얼굴은 수사자.

몸은 사람.

두 팔은 12마리의 거대한 뱀장어로 변했고, 하체는 뼈만 남은 스켈레톤.

이것이 맨카우레의 모습이었다.

"적이다."

"막앗."

바야크 대장벽을 지키던 경계병들이 창을 꼬아 쥐고 맨카우레에게 달려들었다.

[크흥.]

맨카우레가 코웃음을 쳤다.

그 즉시 12마리의 전기뱀장어가 방전에 들어갔다.

빠캉! 빠카카카카캉!

마법 트랩의 공격과는 비교도 할 수 없는 어마어마한 양의 전류가 방전되었다. 그 강한 전류는 대장벽을 구성하는 쇠 벽돌을 타고 사방으로 퍼졌다.

"크아악."

맨카우레에게 달려들던 병사들이 그대로 숯덩이로 변했다. 계단을 타고 올라오던 동료 병사들도 전류에 감전되어 새까맣게 타 버렸다.

Chapter 7

빠직거리는 스파크 사이에서 거대한 뱀장어들이 꿈틀거렸다.

2차 방전 시작.

빠카카카카캉!

쇠 벽돌을 타고 뻗은 전류는 주변 10 킬로미터 이내의 남부 연합 경계병들을 모조리 태워 버렸다. 그것만으로도 부족하여 부도체인 돌까지 타고 넘나들며 대장벽 뒤쪽 군영까지 덮쳤다. 대장벽이 쇠로 만들어진 탓에 맨카우레의 전격계 공격이 평소보다 몇십 배의 효과를 낸 셈이었다.

맨카우레가 선봉에 서서 일차로 정리하고 나자, 뒤이어 레드 군단의 수인족들이 난입했다.

[크르르르르—]

마물로 변신한 수인족 군단은 마력함 3기로부터 낙하하여 바야크 대장벽 상단부를 빠르게 점령해 나갔다.

콰직.

수인족들의 손에서 마법 트랩이 박살 났다.

"으악."

수인족들의 무기에 찔려 남부 연합 마법사들이 도륙을 당했다. 궁수들이 죽었다. 병사들은 목이 잘렸다. 지휘관들의 팔다리가 찢겼다.

"후퇴. 후퇴하라."

그나마 살아남은 지휘관이 악을 썼다.

하지만 병사들이 도망칠 방도는 없었다. 대장벽 상공에 부유 중인 마력함이 도망자들을 향해 불빛을 비추었다. 그러면 수인족 솔샤르들이 즉각 달려들어 도주하는 인간들의 머리통을 짓뭉갰다.

마력함이 직접 공격을 퍼붓는 경우도 있었다. 마력함이

쏘아 내는 푸른 광선은 남부 연합 마법사들의 눈을 멀게 만들고 정신을 교란시켰다.

목표 지점을 점령한 맨카우레가 부하에게 손을 내밀었다.

[여기 있습니다.]

표범형 수인족이 두 손으로 붉은 깃발을 건넸다.

콰악!

맨카우레는 레드 군단을 상징하는 깃발을 바야크 대장벽 위에 내리꽂았다.

토레와 맨카우레가 활약을 펼칠 동안 호텝도 놀지 않았다. 블루 군단의 지휘를 맡은 호텝은 부하들과 함께 전투를 개시했다.

호텝은 토레처럼 초강자가 아니었다. 맨카우레에 비해서도 약했다. 하지만 그녀는 전략 전술에 능하고 몸이 민첩했다.

바야크 대장벽 상공에 마력함 3기를 진입시켜 마법폭격을 퍼부은 뒤, 호텝은 부하들과 함께 장벽 위로 낙하했다.

호텝의 부하들이 대장벽에 설치된 마법 트랩들을 빠르게 무력화시켰다. 일부는 대장벽 북쪽 성벽으로 밧줄을 던졌다.

북쪽에서 우르르 몰려온 수인족 병력들이 그 밧줄을 타고 장벽 위로 기어올라 왔다.

그 반대편에서는 남부 연합의 병사들이 방어를 위해 계단을 뛰어올라 왔다. 아직까지는 솔샤르보다 인간들의 수가 더 많았다. 쪽수에서 밀리는 호텝과 그녀의 부하들이 계단 입구를 틀어막고 전투를 벌였다.

껍질이 딱딱한 포르키스가 계단 위에 버티고 서서 몸으로 화살을 막았다. 쌍발 궁수형 마물인 덴스들이 가느다란 마물 화살을 쏘아 경계병들의 다리를 노렸다. 성벽 위에는 어느새 벌리스터가 조립되었다. 솔샤르 10명이 한 조가 되어 만들어 낸 벌리스터는 거대한 마물 화살을 날려 대장벽과 연결된 남부 연합의 군영을 파괴했다.

콰앙, 쾅, 쾅, 쾅.

폭음이 터질 때마다 남부 연합의 성채가 부서지고 막사가 허물어졌다.

남부 연합의 지휘관이 고함을 질렀다.

"궁수와 마법사들이 나서라."

"넵."

궁수들이 계단 아래서 위쪽으로 화살을 날렸다. 마법사들은 광역 마법을 캐스팅해 호텝과 그녀의 부하들을 공격했다.

그때마다 마력함 3기가 전투에 개입했다. 마력함은 쉴드 마법을 커튼처럼 길게 늘어뜨려 남부 연합 궁수들의 화살을 튕겨 내었다. 또한 에너지가 충전될 때마다 푸른빛을 쏘아 남부 연합 마법사들의 정신을 교란시켰다.

푸른빛에 노출될 때마다 남부 연합 마법사들은 어지럼증을 느꼈다. 그 바람에 애써 준비했던 캐스팅이 무산되기 일쑤였다.

호텝이 시간을 끄는 사이 수인족 본진이 대장벽 위로 속속 올라왔다.

[크왕.]

몸이 빠른 마물 레르가 동료 포르키스의 머리를 타 넘어 남부 연합 병사들에게 직접 달려들었다. 마물의 거친 손톱이 병사들의 투구 사이로 파고들어 눈알을 후벼 파고 두개골 속을 휘저었다.

남부 연합도 그냥 당하지만은 않았다. 병사들 사이에서 기사들이 달려나왔다. 그들은 레르와 맞상대하며 병사들을 보호했다.

이번엔 덴스 부대가 나섰다.

퓨퓨퓻! 퓨퓻!

눈에 잘 보이지도 않는 가느다란 마물 화살이 레르와 싸우고 있는 남부 연합 기사들의 목을 찔렀다. 발목 힘줄도 꿰뚫었다. 이따금 눈알에도 화살이 박혔다.

이 마물 화살들은 일반 화살에 비할 바가 아니었다. 한번

살에 박히면 그다음은 뱀장어처럼 알아서 살 속으로 파고 들어 피를 빨고 살점을 뜯어먹었다.

"끄아악, 이것 좀 빼 줘."

"아악."

비명을 지르며 쓰러지는 인간들이 점점 늘었다.

그 와중에도 대장벽 위에는 점점 더 많은 수의 수인족들이 올라왔다.

마침내 호텝의 입이 열렸다.

[전원, 공격!]

[우워어어어—]

우렁찬 호텝의 포효와 함께 수인족 솔샤르들이 남부 연합 병사들을 향해 우르르 진격했다.

남부 연합 지휘관이 직접 검을 들고 솔샤르들과 싸웠다. 그러면서 지휘관은 병사들을 독촉했다.

"대장님은 어디 계시느냐? 어서 대장님을 모셔 와라."

"전령이 소식을 전하러 간 지 오래입니다."

"그런데 여태 왜 소식이 없어? 상황이 급박하다. 어서 대장님을 모셔 와. 으아악."

고래고래 소리를 지르던 지휘관의 눈알에 마물 화살이 틀어박혔다. 지휘관은 무기를 버리고 양손으로 마물 화살을 잡아 뽑았다.

마물 화살이 살아 있는 장어처럼 퍼덕거리며 뽑혀 나오지 않으려고 버텼다.

지휘관이 허리를 굽혀 온 힘을 쥐어짰다.

"크아."

나름 용을 쓴 덕분에 지휘관은 눈에 박힌 마물 화살을 뽑아내는 데 성공했다. 피범벅인 마물 화살이 지휘관은 눈알을 아가리에 꽉 물고 버둥거렸다.

"이 더러운 마물이 감히. 죽어랏, 죽엇."

머리 꼭대기까지 화가 난 지휘관이 마물 화살을 바닥에 패대기치고 발로 짓밟았다.

그사이 바람처럼 접근한 호텝이 창날로 지휘관의 관자놀이를 꿰뚫었다.

"꾸륵."

옆에서 머리가 뚫린 지휘관은 피거품을 게우며 고꾸라졌다.

멀리서 남부 연합의 전령이 달려왔다.

"사라지셨습니다. 대장님께서 침실에 계시지 않습니다. 어디 계신지는…… 아!"

전령이 보고를 하다 말고 그 자리에 석상처럼 굳어 버렸다.

이미 전령의 말을 들어줄 사람은 없었다. 온 사방엔 북부의 마물들만 득실거렸다. 남부 연합 병력은 땅에 쓰러져 시체가 되었거나, 지금 시체가 되어 가는 중이었다. 대장벽이 허물어져 폐허처럼 변했다. 곳곳에서 화염이 솟구쳤다.

"이럴 수가."

전령이 멍하게 중얼거렸다.

덥석.

전령의 뒤로 접근한 포르키스가 커다란 집게발로 전령의 목덜미를 잡아 위로 치켜들었다.

"끄악."

날카로운 집게에 목이 잡힌 전령은 몇 번 발버둥을 치다가 결국 머리와 몸이 분리되었다.

[왕비마마.]

수인족 가운데 한 명이 호텝에게 푸른 깃발을 내밀었다. 블루 군단을 상징하는 깃발이었다.

콰악!

호텝이 폐허로 변한 바야크 대장벽에 기를 꽂았다.

[와아아아아, 왕비마마 만세. 토레 왕국 만세.]

[신인이시여, 토레 왕국을 굽어살피소서.]

[신인이시여, 우리 네우로이족을 축복하소서.]

수인족 솔샤르들이 일제히 만세를 불렀다.

Chapter 8

토레 왕국이 목표 지점 세 곳을 점령하고 남부로 내려가는 길을 뚫는 동안, 스벤센 왕국의 류리크도 역할을 했다. 총 300척의 수송선에 나눠 탄 거인족 전사들은 5월 10일 새벽 5시 무렵에 바야크 왕국 서부 해안에 상륙했다.

대규모 선단이 물안개를 뚫고 등장하는 모습을 처음 발견한 사람은 바야크 왕국의 경계병이 아니라 벨커스의 추종자들 소속 레인저였다.

벨커스의 추종자들 가운데 한 명인 레드 베어(Red Bear: 붉은 곰)는 200명에 달하는 제자들을 키워 냈는데, 그 제자들 대부분이 북부의 침공 여부를 탐색하는 정찰병, 즉 레인저였다. 오늘 스벤센 왕국의 기습 공격을 발견한 레인저도 레드 베어의 제자들 중 한 명이었다.

경험이 많은 레인저는 허둥거리지 않았다. 해안선 인근 구릉에서 몸을 숨긴 채 적 함대를 관찰하다가 길게 고동을 불었다.

뿌우우우—

"이게 무슨 소리야?"

"무슨 일이 터졌나?"

바야크 왕국 해안 경계병들이 고동 소리에 놀라서 초소

로부터 뛰쳐나왔다. 그러곤 새벽안개를 뚫고 어마어마하게 밀려드는 적 선단을 발견하고는 입을 쩍 벌렸다.

“저, 저, 저게 다 뭐야?”

“침공이다. 적이 침공했나 봐.”

경계병들이 고래고래 소리를 질렀다.

하지만 그들이 할 수 있는 일은 없었다.

촤아아악—

쿠웅.

물살을 가르며 빠르게 진격한 스벤센 왕국의 수송선들은 뭉툭한 선수로 모래를 밀어 버리며 뭍으로 올라왔다. 갑판 위에서 묵직한 닻이 날아와 모래사장에 푹 박혔다.

[가자.]

[크워어어.]

정박을 마친 수송선으로부터 스벤센 왕국의 거인족 전사들이 우르르 뛰어내렸다. 그 수가 헤아릴 수 없이 많았다. 300척의 수송선으로부터 상륙한 거인족 전사들은 뾰족한 어금니를 드러내며 뭍으로 달음박질쳤다.

일부 성격이 급한 거인족들은 배가 상륙하기도 전에 바다로 뛰어내렸다.

퉁. 퉁. 퉁. 퉁. 퉁.

갑판 위의 거인족들이 해머로 방패를 두드렸다. 그러다

흥분하면 앞뒤 가리지 않고 바다로 점프했다. 굵은 팔에 커다란 해머나 도끼를 들고 달려드는 거인족들의 모습이 실로 위압적이었다.

바야크 왕국의 경계병들은 그제야 적의 정체를 알아차렸다.

"으악, 북부의 괴물들이다."

"비상! 비상!"

해일처럼 밀려드는 스벤센 전사들을 보면서 바야크 왕국의 경계병들은 패닉 상태에 빠졌다. 그저 목 놓아 "비상"이라고 외치는 것이 경계병들이 할 수 있는 일의 전부였다.

"쯧쯧. 글러 먹었어."

고동을 불어 아군에게 경각심을 심어 주었던 레인저가 몸을 일으켰다.

"저런 상태로 무슨 전쟁이야? 북부의 마물들을 막기는 이미 틀렸다고."

레인저는 노련했다. 또한 냉정했다.

"지금 내가 끼어들어 봤자 저 경계병들을 구할 수 없겠지? 그렇다면 이 해안선은 포기다. 차라리 내륙에서 방어진지를 구축하고 싸우는 것이 나아."

레인저의 발걸음이 빨라졌다. 그는 최대한 빨리 은둔 수호자들에게 적의 침공 사실을 알릴 생각이었다. 그다음 남부 연합 전체를 깨워야 했다.

"우리들만으로는 북부의 침공을 막아 내기에 역부족이야. 결국엔 남부 일곱 왕국의 힘과 지혜를 하나로 모아야 할 게야."

레인저가 등을 돌려 구릉에서 내려가는 사이, 바야크 왕국의 경계병들은 하나둘 거인족 전사들에게 붙잡혔다.

"끄아악."

"안 돼! 살려 줘."

병사들은 해안가 모래사장 위를 피 칠갑을 하며 끌려가다가 결국 으슥한 곳에서 사지가 찢겼다. 끔찍한 비명이 새벽 해안가를 뒤흔들었다.

쿠웅!

그 비명을 뚫고 거대한 함선이 모래사장에 정박했다. 다른 수송선보다 2배는 더 큰 함선이었다. 함선으로부터 나무 계단이 내려오고, 번쩍거리는 갑옷을 입은 근위병들이 2열로 내려와 좌우로 도열했다.

검은 갑옷을 입은 류리크가 근위병들 사이로 걸어 내려왔다.

처처척.

마구잡이로 해머를 휘두르던 거인족 전사들이 일제히 행동을 멈췄다. 그들은 모래사장에 한쪽 무릎을 꿇고 고개를 푹 숙였다.

"충!"

어마어마한 함성이 동시에 터졌다.

류리크의 등 뒤에서 6군단장 가이루를 비롯한 스벤센 왕국의 지휘관들이 우르르 하선했다.

그들을 응접하기라도 하듯이 태양이 새벽안개를 물리치며 구릉 위로 솟구쳤다. 태양광이 넘실넘실 사방을 밝혔다.

그 빛이 핏물처럼 붉었다.

지도를 위에서 내려다보면, 토레 왕국과 남부 연합이 영토를 맞댄 지역이 바야크 대장벽의 5분의 1가량 되었다. 나머지 5분의 4는 아쿤 왕국과 국경선이 겹쳤다. 두 왕국을 제외한 나머지 북부의 왕국들은 바야크 대장벽과 직접 맞닿지 않았다.

이런 이유 때문에 대부분의 북부 왕국들은 남부 연합에 대해서 별다른 신경을 쓰지 않았다. 오직 아쿤 왕국과 토레 왕국만이 남부에 관심을 기울였다.

특히 아쿤 왕국은 지난 800년간 끊임없이 남부 연합을 침범했던 곳이었다. 지금까지 남부인들이 맞서 싸운 솔샤르들의 대부분도 바로 아쿤 왕국 출신이었다.

아쿤 왕국의 전대 군주인 요르겐—당시는 왕국 이름이 요르겐이었지만—은 남부 연합의 두 방패 왕국, 즉 맥클라우드 왕국과 바야크 왕국을 번갈아 두드리며 남진 정책을 펼쳤다.

그러다 군주가 바뀌었다.

요르겐을 죽이고 왕위에 앉은 아쿤은 선왕의 남진 정책을 포기했다. 대신 아쿤은 서북쪽의 룬드 왕국으로 치고 올라갔다.

그 결과 아쿤이 잉그리드의 손에 거의 죽을 뻔했고, 지금까지 왕국에 복귀하지 못했다. 아쿤의 뒤를 이어 왕국을 다스리게 된 에실레드 공주는 당연히 북진 정책을 펼칠 수 없었다. 오히려 그녀는 룬드 왕국이 치고 내려오지나 않을까 걱정할 처지였다.

그렇다고 선왕 시절처럼 남쪽으로 영토 확장을 꾀할 수도 없었다. 왕국의 정예병 120,000명이 잉그리드의 손에 몰살당한 것이 큰 타격이었다.

국력이 약화된 아쿤 왕국은 에실레드 공주가 신인의 후궁으로 간택된 것을 다행으로 여기며 내부 추스르기에 여념이 없었다. 그러면서 국명을 에실레드로 바꿀 것을 고민했다.

이런 시점에 맞춰서 하라간이 아쿤 왕국을 방문했다.

Chapter 9

신인의 친람 소식에 아쿤 왕국이 발칵 뒤집혔다.

왕국의 재상인 에드가 공작이 발 벗고 나서서 신인을 맞을 준비를 했다. 알폰소 대공과 에그버드 공작, 앨프레드 후작도 측면 지원을 아끼지 않았다.

그런데 신인의 방문 장소가 다소 이상했다.

“신인께오서 부쿤 별궁을 지정하셨다고요? 이곳 왕궁이 아니고요?”

에실레드 공주가 고개를 갸웃했다.

에드가 공작이 에실레드에게 편지 한 장을 올렸다.

“이것이 홀리 생츄어리에서 보내온 서신입니다. 신인께오서 5월 10일에 부쿤 별궁으로 친람하실 것이니 준비를 해 달라는 내용입니다. 또한 그때를 맞춰 신인의 제2 왕세자빈과 마리네 왕녀, 그리고 이번에 간택된 여섯 후궁들이 모두 모일 것이라고 합니다.”

“그렇군요. 정말 그렇게 적혀 있네요.”

에실레드가 읽은 편지의 내용이 에드가의 보고와 일치했다.

에드가가 이번 행사의 중요성을 한 번 더 강조했다.

“제1 왕세자빈이신 클레이아 님을 제외한 나머지 분들이 모두 모이시는 자리입니다. 그동안 베일에 싸여 있던 제2 왕세자빈을 확인할 기회이기도 하고요. 또한 여섯 후궁들끼리 서로 안면을 익히는 자리도 될 것입니다."

"우리 아쿤 왕국에서 이런 중요한 행사를 치른다는 점은 다행이네요. 어쨌거나 신인께서 우리 아쿤 왕국을 귀하게 여겨 주시는 것 같아 감사해요. 하지만 왜 부쿤 별궁으로 모임 장소를 지정하셨는지 의문이에요."

에실레드가 고개를 갸웃했다.

왕국의 꾀주머니인 에드가도 그 점이 못내 궁금했다.

"소신도 그 이유를 잘 모르겠습니다. 부쿤 대산맥 깊은 곳에 세워진 그 조그만 궁전을 신인께오서 어떻게 아시고 꼭 찍어 명을 내리셨는지, 참 알 수가 없습니다."

에드가의 말이 옳았다. 부쿤 별궁은 전대 군주인 요르겐이 대산맥 남쪽에 세운 아름다운 궁전이었다. 바야크 대장벽과 가까운 위치라 백성들에게 전혀 알려지지 않았고, 별궁을 사용하는 사람도 거의 없었다. 그저 요르겐이 살아생전에 가끔씩 별궁에 머무르면서 바야크 대장벽을 공략할 방법을 구상하곤 했을 뿐이다.

요르겐의 사후, 부쿤 별궁은 거의 잊힌 장소가 되었다. 왕국의 새 주인인 아쿤은 부쿤 별궁을 단 한 차례도 찾지 않았다. 왕족들이 머무르지도 않았다.

“어쨌거나 별궁을 빨리 정비해 주세요. 신인을 뫼시기에 부족함이 없도록 시설도 손을 보고 정원도 다시 꾸며야지요.”

에실레드가 에드가를 재촉했다.

에드가가 고개를 끄덕였다.

“이미 소신이 사람을 보내 정비를 시작했습니다. 신인께오서 워낙 촉박하게 친람하시는 터라 크게 손을 댈 수는 없고, 장식을 덧대는 식으로 정비할까 합니다.”

“그게 좋겠네요. 특히 신인의 거처뿐 아니라 두 분 왕세자빈, 그리고 저를 포함한 여섯 후궁이 머물 공간을 잘 꾸며야 해요.”

“여부가 있겠습니까? 의전 서열에 맞게 조치를 취하겠습니다. 다행히 봄이 되면 별궁의 경치가 좋아 신인께오서 마음에 드실 수 있습니다.”

재상의 말마따나 부쿤 별궁은 봄 풍경이 아름답기로 유명했다. 요르겐도 매년 봄 별궁을 찾았다.

“그나저나 별궁에서 곧바로 바야크 대장벽이 내려다보일 텐데, 그것 때문에 신인께서 눈살을 찌푸리시지나 않을지 걱정이에요. 저까짓 성벽 하나 뚫지 못하고 아쿤 왕국은 여태 무얼 했느냐고 나무라실지도 몰라요. 하아아.”

에실레드가 한숨을 쉬었다.

가만히 듣고 있던 에그버드 공작이 얼굴을 붉혔다. 앨프레드 후작도 귀까지 발갛게 달아올랐다.

두 사람은 오래전부터 요르겐을 도와 남부 연합을 공격했던 사령관들이었다. 그런데 아직까지도 바야크 대장벽을 넘지 못했다.

[공작님, 신인께서 정말 그렇게 나무라시면 어찌합니까?]

앨프레드가 에그버드에게 뇌파를 보냈다.

에그버드가 검지로 콧방울을 쓱쓱 문질렀다.

[끄응. 뭘 어쩌겠나? 우리의 죄가 분명하니 신인께 무릎을 꿇고 벌을 청해야지. 다만 한 가지는 확실하게 해야 하네.]

[무엇을 말입니까?]

[만약 신인께오서 바야크 대장벽을 굽어보시며 나무라신다면, 그 죄는 몽땅 다 내가 뒤집어쓰겠네. 대신 에실레드 공주마마께는 눈곱만큼의 피해도 가지 않도록 분위기를 만들어야 해.]

[저도 공작님과 함께 죄를 받겠습니다. 하지만 마마께 피해가 가서는 절대 안 되지요. 다른 후궁들이 지켜보는 가운데 에실레드 마마의 체면이 깎여서는 안 됩니다.]

에그버드와 앨프레드는 이렇게 다짐했다.

그러는 사이 이틀이 후딱 지나갔다.

5월 10일 새벽.

하라간은 바야크 대장벽을 방문해 림을 납치했다.

다시 아르네 왕궁으로 돌아온 하라간은, 아침 식사를 마친 뒤 실보플레를 다시 불렀다.

"이곳으로 포탈을 열면 될까요?"

실보플레가 지도 위에서 부쿤 별궁의 위치를 손가락으로 짚었다.

하라간은 대답 대신 실보플레를 물끄러미 바라보았다.

평소 수수한 마법사 복장에 꾸불꾸불하게 찌그러진 마법 모자를 쓰고 다니던 실보플레가 화려한 물빛 드레스를 입고 머리에 티아라를 착용한 모습이 영 새로웠다.

"뭐, 뭘 그렇게 보세요?"

실보플레게 홍당무가 되어 물었다.

하라간이 피식 웃었다.

"그렇게 꾸미니 예쁘네. 귀여워."

"진짜요?"

처음 받아 보는 칭찬에 실보플레가 하라간에게 덥석 안겼다. 그러다 화들짝 놀라 뒤로 물러섰다.

"아, 죄송합니다."

"하하하."

하라간은 한 번 더 웃음을 흘렸다.

때마침 라티파와 레다 자매가 들어왔다. 이들 쌍둥이 자매도 정성을 다해 치장한 모습이었다. 라티파는 보라색과 흰색이 섞인 튜닉을 입고 그 위에 은빛 숄을 걸쳤다. 레다도 동일한 튜닉 위에 노란색 숄을 둘렀다. 두 사람 모두 머리에는 칠보로 장식된 티아라를 착용했다.

레다는 손에 조그만 보홀을 들었는데, 그녀가 무기 대신 이런 장식품을 든 것은 여섯 살 이후 처음이었다.

"둘 다 예쁘네. 하하."

하라간은 라티파와 레다 자매에게도 칭찬을 해 주었다.

"하라간 님."

두 자매가 무척 부끄러워했다.

그사이 실보플레가 마법진을 그리고 공간 이동 포탈을 열었다.

Chapter 10

공간 이동을 하기 전, 하라간이 라티파에게 물었다.

"잉그리드와 마리네는 각자 포탈을 통해 오겠지?"

잉그리드의 룬드 왕국이나 마리네의 헤닝 왕국은 마법에 능한 곳들이라 아무런 걱정이 없었다. 라티파가 냉큼 대답했다.

"네. 그렇게 전달을 받았습니다."

"아쿤 왕국의 에실레드 공주도 알아서 도착할 테고?"

"네. 그녀는 하라간 님께서 친람하실 시간에 맞춰서 미리 대기할 것입니다."

그렇다면 남은 후궁은 이쉬타르와 오이난테였다.

"나머지 두 사람은?"

하라간의 질문에 실보플레가 대답했다.

"스승님께서 그분들을 위해서 공간 이동 포탈을 열어 주실 겁니다."

"카티가?"

"네."

하라간의 반문에 실보플레가 공손히 고개를 끄덕였다. 타워의 4현자 가운데 한 명이자 중력 마법의 대가인 카티라면 공간 이동 포탈을 열기에 충분하고도 넘쳤다.

"좋아. 그럼 우리도 가지."

하라간의 말이 떨어지기 무섭게 대머리 환관들이 다가와 하라간의 어깨에 황금빛 칼라시리스를 얹어 주었다. 머리에는 칠보관을 올리고 팔에는 칠보 팔찌를 채워 주었다. 하체엔 황금빛 로인클로스(Loincloth: 장방형의 천)를 둘러서 예복을 마무리 지었다.

지팡이는 2개.

하라간은 왼손에 검은 바탕에 금색 줄무늬가 새겨진 것을 들었다. 오른손엔 핑크빛 다이아몬드가 박힌 하얀 지팡이를 쥐었다.

과거 성인식을 치를 당시 하라간은 은빛 위주의 예복을 입었다.

지금은 모든 복장이 황금빛으로 바뀌었다. 하라간의 신분이 일반 왕세자에서 신인으로 격상되었기 때문이다.

대신 하라간을 제외한 북부의 그 누구도 황금빛을 사용하지 못했다. 군나르는 모든 예복에서 금색을 빼고 흰색으로 대체했다. 마차와 가마의 색깔도 흰색으로 바꿨다.

군나르 뿐만이 아니었다. 다른 왕국의 군주들도 황금빛을 사용하지 못했다. 감히 신인과 동일한 색깔을 사용할 수 없다는 이유에서였다.

하라간이 먼저 포탈로 들어갔다.

뒤를 이어서 레타와 라티파 자매, 융과 테티, 우세르가 줄줄이 포탈에 진입했다.

마지막은 실보플레의 차지였다. 허공에 둥실 떠 있던 푸른 타원 테두리가 실보플레의 진입과 함께 사라락 자취를 감추었다.

"와아—"

탁 트인 풍경에 실보플레가 탄성을 흘렸다.

레다와 라티파 자매도 눈을 반짝였다.

부쿤 별궁에서 내려다보는 봄 풍경은 여자들이 홀딱 반할 만큼 환상적이었다. 우거진 나뭇가지에는 파릇파릇한 연두색 잎사귀들이 매달렸고, 저 멀리 굽이치면서 떨어지는 폭포는 절로 감탄을 자아내었다.

통풍도 잘되어 별궁 전체에 상쾌한 산들바람이 불었다. 그 바람이 향긋한 봄 내음을 실어 왔다. 곳곳에 피어 있는 알록달록한 꽃들이 꽃잎을 활짝 열고 벌과 나비를 유혹했다.

"정말 예뻐요."

실보플레가 두 손을 꼭 모았다.

라티파가 맞장구를 쳤다.

"그러게요. 군나르 왕국에서는 이런 풍경을 보기 힘든데, 정말 오기 잘했습니다."

두 여자가 이런 대화를 주고받는 사이, 무술광인 레다는 별궁 아래 펼쳐진 산세를 살폈다. 부쿤 별궁으로부터 산등성이로 이어지는 오솔길을 따라 시선을 돌리자 저 아래 너른 공터가 하나 보였다.

'30,000명? 40,000명? 어쩌면 그 이상도 들어가겠는데?'

레다는 공터에 집결할 수 있는 최대 병력을 가늠했다. 그녀의 시선이 공터 너머 산허리 어림을 더듬었다.

그러다 레다의 눈이 반짝 빛났다.

'산세에 가려진 저기가 바야크 대장벽이구나. 저 장벽은 온통 철로 만들어졌다지?'

겁쟁이 남부인들이 세웠다는 바야크 대장벽이 레다의 호기심을 자극했다.

'후훗. 저기를 꼭 가 봐야지.'

레다는 라티파가 세운 작전을 듣지 못했다. 경사스러운 혼인식을 준비하면서 한편으로는 피비린내 나는 전쟁을 실행에 옮기는 하라간의 전략도 알지 못했다. 레다는 그저 '모처럼 여기까지 온 마당에 바야크 대장벽을 한번 보고 가지 못하면 무척 억울할 거야.' 라고 생각했다.

레다가 생각한 바야크 대장벽 탐험 날짜는 바로 내일 새벽이었다.

'오늘 저녁 별궁에서 왕세자빈 마마들과 후궁들이 모여서 한바탕 파티를 열겠지? 다들 왁자지껄하게 파티를 즐기고 나면 어수선해지는 순간이 올 거야. 그때 몰래 저곳을 탐험해 봐야겠다.'

이것이 레다의 작전이었다.

라티파가 레다를 곁눈질했다.

"푸훗."

라티파는 실소를 흘렸다. 쌍둥이 동생이 지금 무슨 생각을 하고 있는지, 라티파의 눈에는 훤히 들여다보였다.

'동생아, 네 생각대로 흘러가지는 않을 거야. 그 전에 저 바야크 장벽은 세상에서 지워질 거란다. 그리고 전쟁 시작이지. 호호호.'

아니, 전쟁은 이미 시작되었다. 몇 시간 전에 토레 왕국이 바야크 대장벽 서쪽 지역을 점령했다. 스벤센 왕국의 류리크는 남부 연합 해안에 상륙을 마쳤다. 아직까지 세상에 그 사실이 알려지지 않았을 뿐이다.

라티파가 슬쩍 하라간을 돌아보았다.

별궁 정원에서 환하게 웃고 있는 하라간은 미의 여신이 하강한 것처럼 아름다웠다. 하지만 저 미모 뒤에 숨겨진 무시무시한 폭력성을 라티파는 잘 알았다. 그 과감한 폭력과 무자비함이 라티파를 전율하게 만들었다.

물론 나쁜 의미의 전율은 아니었다. 라티파는 하라간의 본질을 엿보면 엿볼수록 점점 더 그에게 빠져들었다.

'매번 혼사를 치르실 때마다 거하게 피를 보시다니, 하라간 님은 정말 무서운 분이셔. 호호호.'

라티파가 속으로 웃음을 삼켰다.

어쨌거나 오늘은 살 떨리게 좋은 날이었다.

부쿤 별궁에 가장 먼저 도착한 곳은 당연히 주최 측인 아쿤 왕국이었다. 하라간의 여섯 번째 후궁이 될 에실레드 공주를 필두로, 그녀의 외할아버지인 알폰소 대공, 재상인 에드가 공작, 실세인 에그버드 공작, 앨프레드 후작 등이 모두 참석했다.

이어서 군나르 왕국의 공간 이동 포탈이 열렸다.

첫 번째 후궁으로 간택된 이쉬타르와 두 번째 후궁인 오이난테가 포탈을 통해 별궁으로 넘어왔다. 그 뒤를 따라 실보플레의 스승 카티가 동석했다.

세 번째로 포탈을 연 곳은 헤닝 왕국이었다.

마리네 왕녀가 모습을 보이자 후궁들이 쪼르르 달려가 무릎 인사를 했다.

“어서 오십시오, 왕녀님. 아쿤 왕국의 방문을 환영합니다.”

에실레드가 먼저 정중히 인사했다.

“먼 길 오시느라 수고하셨어요. 저는 군나르 왕국의 이쉬타르입니다.”

“처음 뵙겠습니다. 오이난테입니다.”

후궁들은 인사를 하면서 은근슬쩍 마리네의 눈치를 보았다. 후궁들 간의 순서는 별 의미가 없지만, 왕세자빈과 후궁 사이에는 엄연하게 격차가 있었다. 에실레드 등이 제3 왕세자빈이 될 마리네의 표정을 살피는 것은 당연했다.

마리네는 오렌지색 드레스를 입고 오렌지색 머리카락을 찰랑찰랑 늘어뜨린 모습이었는데, 아주 뛰어난 미인은 아니지만 시원시원한 매력이 넘쳤다.

"안녕하세요, 마리네예요."

마리네도 밝은 표정으로 후궁들의 인사를 받았다. 그러면서 그녀는 후궁들의 면면을 빠르게 탐색했다.

뒤에서 사비지 백작이 마리네에게 뇌파를 보냈다.

[에실레드 공주와는 일단 친해질 필요가 있습니다. 나머지 두 후궁, 이쉬타르와 오이난테도 잘 대해 주십시오. 상황에 따라서는 그녀들을 왕녀님의 편으로 끌어들여 제1 왕세자빈을 고립시킬 수도 있으니까요.]

[알겠어요.]

최근 큰 사건을 겪으면서 마리네는 완전히 마음을 바꿨다. 그녀가 꿈꾸었던 자유로운 삶은 이제 의미가 없었다. 동료와 연인 사이를 넘나들며 간질간질한 관계를 유지하던 굴본 남작과의 관계도 완전히 정리했다. 이제부터 마리네는 헤닝 왕국만을 위해서 살기로 다짐했다. 왕국의 안녕을 위해서라면 마리네는 그 어떤 고난도 참고 견딜 생각이었다.

제6화

바야크 장벽을 넘어서 II

Chapter 1

마리네가 후궁들과 인사를 나누는 사이 네 번째 포탈이 열렸다. 호수의 물결처럼 보이는 푸른빛을 뚫고 하라간과 라티파, 레다, 실보플레가 줄줄이 넘어왔다.

"헤닝 왕국의 마리네가 신인을 뵙습니다."

마리네 왕녀가 가장 먼저 무릎을 꿇었다.

"아쿤 왕국의 에실레드가 신인을 뵙습니다."

"군나르 왕국의 이쉬타르가 신인을 뵙습니다."

"군나르 왕국의 오이난테가 신인을 뵙습니다."

뒤이어 후궁 3명이 줄줄이 인사를 올렸다.

알폰소 대공이나 사비지 백작 등은 말없이 엎드리기만

했다.

하라간이 손을 들어 여인들의 인사를 받았다.

하라간의 등 뒤에서 동그란 눈으로 서 있던 실보플레가 별궁 정원 아래 펼쳐진 그림 같은 풍경을 내려다보고는 탄성을 흘렸다.

"와아—"

하라간이 그런 실보플레를 향해 미소를 흘렸다.

'저 소녀가 실보플레인가?'

마리네가 경계심과 호기심이 반반씩 뒤섞인 눈빛으로 실보플레를 보았다. 에실레드와 이쉬타르, 오이난테도 실보플레에게 시선을 집중했다. 아쿤 왕국과 헤닝 왕국의 대신들도 실보플레라는 이름을 머릿속에 새겨 넣었다.

그 집중은 오래가지 않았다.

정원 한복판에 다섯 번째 포탈이 형성된 탓이었다.

포탈을 통해 등장한 여인은 다름 아닌 잉그리드였다. 그 뒤를 이어 잉그리드의 딸들인 시노브와 오스트란드, 아이다가 차례로 나타났다.

"하라간 님."

잉그리드가 타는 듯이 붉은 머리카락을 휘날리며 달려와 하라간의 품에 안겼다.

'뭐야, 이 아줌마는.'

마리네가 뜨악했다.

마리네가 수집한 정보에 따르면, 제2 왕세자빈이 클레이아에게 언니라고 부른다고 했다. 그래서 마리네는 잉그리드가 클레이아보다 어릴 것이라 여겼다.

마리네와 클레이아가 동갑.

자연히 베일에 싸인 제2 왕세자빈은 마리네보다 연하여야 정상이었다.

그런데 잉그리드의 모습은 30대의 성숙미가 넘쳤다.

이쉬타르와 오이난테도 마리네와 비슷한 생각을 한 듯했다. 두 사람은 잉그리드를 보고는 고개를 갸우뚱했다.

그래도 한 가지는 확실했다.

나이가 몇 살이건 간에 잉그리드의 미모는 이 자리에서 발군이었다. 외모로만 따지면 여자들 가운데 이쉬타르가 가장 뛰어났고, 그다음이 잉그리드였다. 에실레드는 세 번째 순위로 꼽을 만했다.

물론 외모가 전부는 아니었다.

귀여움으로 치면 실보플레가 압도적인 1위였다.

지혜로 순서를 매기면 라티파와 오이난테가 선두를 다퉜다.

선머슴 같은 매력은 레다가 가졌다.

마리네도 나름 시원시원해 보이고 매혹적이었다.

'내가 그릇된 정보를 들었나? 그나저나 저 여자들은 또 누구지? 저 3명 가운데 최소한 2명은 보통이 아닌데?'

마리네가 룬드 왕국의 세 공주를 훑어보았다. 특히 시노브와 아이다가 마리네의 마음에 걸렸다. 확실히 이 2명은 그녀보다 아름다웠다.

여자들이 경계하는 마음으로 서로를 살피는 가운데, 대신들도 온 신경을 집중했다.

'제2 왕세자빈의 정체가 뭐지? 대체 어느 왕국 출신이야?'

사비지가 고개를 갸웃했다. 잉그리드는 사비지의 정보망에 없던 여인이었다.

에드가도 의문 어린 표정으로 잉그리드 일행을 살피다가 갑자기 두 눈을 부릅떴다.

'커헉! 저 여자, 시노브 공주다. 룬드 왕국의 후계자 시노브야. 그리고 그 옆은 오스트란드 공주와 아이다 공주구나. 이게 어떻게 된 일이지?'

최근 아쿤 왕국은 룬드 왕국과 전쟁을 벌였다. 그러다 보니 왕국의 재상인 에드가는 전쟁을 치르기 전부터 룬드 왕국에 대한 정보를 잔뜩 수집할 수밖에 없었다. 이 가운데는 시노브와 오스트란드, 아이다에 대한 것도 포함되었다.

'신인의 왕세자빈으로 룬드 왕국의 세 공주 가운데 한 명이 간택되는 것이 정상 아닌가? 그런데 저 붉은 머리카

락의 여성분은 대체 누구시지? 사람들에게 드러나지 않은 숨겨진 공주신가?'

어쨌거나 제2 왕세자빈이 룬드 왕국 출신인 것은 확실했다.

'만약 타국 출신이라면 룬드 왕국의 세 공주와 함께 등장할 이유가 없지. 이런, 망했다.'

에드가가 얼굴을 찌푸렸다.

최근 벌어진 전쟁 이후 룬드 왕국과 아쿤 왕국은 껄끄러운 사이가 되어 버렸다. 그런데 제2 왕세자빈이 룬드 왕국 출신이라면 앞으로 에실레드 공주의 걸림돌이 될 것이 분명했다.

'이 사태를 어떻게 풀지? 에실레드 마마께서 무사하시려면 어쩔 수 없이 제1 왕세자빈이나 제3 왕세자빈과 손을 잡아야 할 텐데, 역시 마리네 왕녀님을 공략할 수밖에 없나?'

에드가는 열심히 머리를 굴렸다.

그사이 하라간이 룬드 왕국의 세 공주에게 턱짓을 했다.

"네, 하라간 님."

아이다가 벌떡 일어났다.

시노브와 오스트란드도 아이다와 함께 행동했다.

잠시 후, 룬드 왕국에서 열어 놓은 포탈을 통해 마법사들이 줄줄이 넘어왔다.

'뭐가 이렇게 많아?'

에실레드가 깜짝 놀랐다.

아쿤 왕국의 대신들도 바짝 긴장했다. 하라간의 여인들끼리 첫 대면을 하고 우의를 다지는 자리에 마법사들이 부대 단위로 들어왔기 때문이다. 하라간의 앞이라 함부로 나설 수는 없지만, 에드가는 솔직히 이 상황이 불쾌했다.

'커흠. 룬드 왕국이 정말 예의가 없구나. 이런 자리에 병력을 들이다니 말이야.'

속은 부글부글 끓었지만 에드가는 꾹 참았다. 신인께서 제지하지 않는데 그가 나설 수는 없었다.

그래도 마냥 손 놓고 있을 수도 없었다. 여기는 아쿤 왕국이니 문제가 생기면 아쿤의 재상인 그의 책임이었다. 에드가의 눈짓을 받은 에그버드 공작이 부하들에게 뇌파를 보냈다.

[아쿤 병력을 대기시켜라. 여차하면 에실레드 마마를 보호해야 한다.]

[알겠습니다, 공작님.]

별궁 저편에서 대기 중이던 아쿤 왕국의 근위병들이 혹시 모를 불상사에 대한 준비를 했다.

그러는 동안 거의 100명에 달하는 마법사들이 공간 이동 포탈을 타고 넘어왔다. 시노브가 마법 병단을 지휘했다.

“저기 저 공터다. 서둘러서 설치해.”

“네.”

“공주마마의 명을 받들겠습니다.”

룬드 왕국의 마법 병단은 마법 물품으로 가득 찬 상자를 등에 짊어진 다음, 플라이 마법으로 날아올랐다. 마법사들이 향한 곳은 별궁 아래 펼쳐진 너른 공터였다. 시노브와 오스트란드, 그리고 아이다 자매도 마법사들의 뒤를 따라 공터로 날아갔다.

‘지금 뭐하자는 거지?’

처음부터 공터를 눈여겨보았던 레다가 눈을 동그랗게 떴다.

다른 사람들도 이게 무슨 일인가 싶어 눈만 껌뻑거렸다. 생각 같아서는 질문을 하고 싶었지만, 차마 하라간에게 물어볼 수가 없었다. 하라간에게 매달리다시피 안겨 있는 잉그리드에게 질문할 수도 없었다.

엉뚱하게도 실보플레가 답을 내놓았다.

“어라? 포탈이네?”

실보플레는 저 마법사들이 공터에 설치하는 것이 공간 이동 포탈임을 알아보았다. 그것도 일반 포탈이 아니라 대규모 공간 이동 포탈이었다.

과거 실보플레는 스벤센 왕국에서 저런 포탈을 설치한

경험이 있었다. 하라간의 명령 때문이었다. 당시 아이다와 카티도 실보플레를 도왔다. 당연히 카티도 룬드 왕국의 마법사들이 만드는 마법진의 정체를 알아보았다.

'설마!'

카티는 부들부들 떨리는 눈으로 하라간을 돌아보았다. 하라간의 무심한 표정을 보자 지금 이 상황이 이해가 되었다.

'으으으, 전쟁이구나. 하라간 님이 또다시 전쟁을 준비 중이셔. 결혼을 핑계로 사람들의 이목을 돌려 놓고, 뒤에서는 은밀하게 전쟁 준비를 하신 게야. 으으으읏.'

카티는 몸서리를 쳤다.

Chapter 2

한 시간쯤 지나자 가로 400 미터, 세로 300 미터 규모의 초대형 마법진이 공터에 설치되었다. 하라간은 후궁 간택자들과 마리네 왕녀에게 잉그리드를 소개시켜 주었다. 다들 호기심 반, 경계심 반의 눈빛으로 잉그리드와 인사를 나눴다.

성격이 단순한 잉그리드는 후궁들에게는 별다른 관심을 두지 않았다. 대신 마리네를 향해 활짝 웃어 보였다.

"어머, 반가워라. 네가 셋째구나? 클레이아 언니를 보면서 나도 동생이 생기면 잘해 주어야겠다고 생각했는데. 호호호."

잉그리드가 두 팔을 벌려 마리네를 끌어안았다.

"네에……."

얼떨결에 잉그리드와 포옹한 마리네는 당혹감을 느꼈다. 초면에 대뜸 동생 취급을 당하는 것도 이상하고, 나이가 제법 있어 보이는 잉그리드가 클레이아를 언니라고 부르는 것도 잘 이해가 되지 않았다. 하지만 마리네는 내색하지 않고 받아넘겼다.

"안녕하세요? 저는 헤닝 왕국의 마리네입니다. 앞으로 잘 부탁드립니다."

"그래. 내가 언니니까 잘해 줄게. 호호호."

잉그리드가 마리네의 머리를 쓱쓱 쓰다듬었다.

'이 아줌마가 진짜. 지금 기선 제압을 하겠다는 거야 뭐야?'

아이 취급을 받는 것 같아 마리네는 속으로 발끈했다. 물론 속마음은 숨기고 겉으로는 미소로 포장했다.

"호호호. 네에. 앞으로 어여삐 봐 주세요."

마리네가 생글거리며 대답할 때였다. 시노브가 플라이 마법으로 날아와 별궁에 안착했다.

"아버님, 준비가 끝났습니다."

시노브는 대담하게도 하라간에게 아버님이라고 불렀다.

'뭣?'

사람들이 화들짝 놀랐다.

마리네가 시노브를 홱 돌아보았다.

'아버님이라고? 신인께 아버님이라 불러?'

에실레드는 에드가에게 뇌파를 보냈다.

[재상, 이게 어찌 된 일이죠? 저 여자가 룬드 왕국의 공주라면서요? 그런데 공주의 아버지면, 하라간 님이 룬드 님과 동일 인물이라는 뜻인가요?]

[저도 얼떨떨합니다. 뭐가 어떻게 돌아가는 것인지 모르겠습니다.]

에드가가 당황했다.

그런데 더 놀랄 사태가 이어졌다. 하라간이 잉그리드의 허리를 부드럽게 당겨 속삭였다.

"이제 때가 되었소."

말을 하면서 하라간은 손가락으로 한 곳을 가리켰다. 저 멀리 산등성이에 가려진 바야크 대장벽이 바로 그 대상이었다.

하라간에게 미리 귀띔을 받은 듯, 잉그리드가 힘차게 고개를 주억거렸다.

"저 벽돌들을 녹여 버리면 되는 건가요?"

"그렇소."

"네. 금방 해치우고 돌아올게요."

하라간의 부탁을 받은 것이 기쁜 듯, 잉그리드는 환한 미소와 함께 몸을 날렸다. 부와악, 잉그리드의 우아한 드레스를 찢어발기며 거대한 동체가 드러났다.

촤라라라라락—

붉은 비늘이 무시무시한 소리를 내면서 곤두섰다.

상반신은 아름다운 잉그리드의 모습 그대로.

하지만 하반신은 거대한 뱀, 혹은 거대한 드래곤의 형태로 바뀌었다. 그 동체가 별궁 건물보다 더 굵었다. 동체에 매달린 거대한 발은 수십 미터 크기의 발톱들로 가득했다. 그 동체에 깔려 별궁 바닥 대리석이 부서졌다.

잉그리드의 동체 일부에서는 날개가 쫙 돋았다. 그 날개를 몇 번 펄럭이자 잉그리드의 거대한 동체가 하늘로 부웅 떠올랐다.

츄와아아악—

잉그리드는 하라간이 머무는 곳 상공을 크게 한 바퀴 선회하더니, 무서운 속도로 하강하여 바야크 장벽을 향해 날아갔다.

그렇게 상공에서 한 바퀴를 선회하는 동안 잉그리드의 몸이 점점 더 커져서, 발톱은 수백 미터 크기로 자랐고, 활짝 펼쳐진 날개는 한 짝에 거의 1.5 킬로미터는 되었다. 몸길이는 3 킬로미터로 증폭되었다.

부쿤 별궁뿐 아니라 인근 산봉우리 전체가 잉그리드의 그림자에 가려 어둑하게 뒤덮였다.

"으억, 키르샤다!"

아쿤 왕국의 대신들이 벌렁 나자빠졌다.

"우어어. 우어어어."

사비지가 땅에 엎드려 벌벌벌 기었다.

"헉!"

마리네 왕녀의 얼굴이 핏기 하나 없이 질렸다.

이쉬타르와 오이난테는 머릿속이 하얗게 탈색된 느낌이었다. 실보플레와 카티도 턱이 빠질 정도로 놀랐다. 에실레드 공주는 아예 오줌까지 지렸다.

그나마 라티파, 레다 자매만이 제정신을 유지했다. 그녀들은 전에도 잉그리드의 포악한 기세를 접한 적이 있어 다른 사람들보다는 면역이 좀 되었다. 물론 이들 쌍둥이 자매도 벌렁거리는 가슴을 진정시키지는 못했다.

기겁할 일은 거기서 끝나지 않았다.

눈 깜짝할 사이에 바야크 대장벽까지 도달한 잉그리드는 한 치의 망설임도 없이 그대로 대장벽을 덮쳤다.

파지직, 파직!

대장벽에 설치된 마법 트랩이 즉각 발동했다. 잉그리드의 거대한 동체 전체가 푸른 스파크에 뒤덮였다.

잉그리드는 눈 하나 깜짝하지 않았다. 이따위 스파크는 간지럽지도 않았다. 잉그리드의 비늘에 내포된 방어 기제가 작동하자 스파크가 눈 녹듯이 사라졌다. 온몸으로 스파크를 받아넘기며 돌진한 잉그리드는 그 거대한 동체로 바야크 대장벽을 들이받았다.

투우아아앙!

상상을 초월하는 폭음이 부쿤 대산맥을 뒤흔들었다.

오늘 새벽 토레가 바야크 대장벽을 들이받았을 때, 거의 500 미터 영역의 성벽이 뫼비우스의 띠처럼 뒤틀렸다가 우르르 붕괴했다.

잉그리드의 파괴력은 토레와는 비교조차 할 수 없었다. 거대한 아나콘다가 장난감 나무 블록을 덮쳐 버린 것처럼, 잉그리드와 부딪친 대장벽은 그대로 허물어지는 수준을 넘어서서 쇠 벽돌 블록들이 수 킬로미터 밖까지 튕겨 나갔다. 그렇게 쏜살같이 튕겨 나간 벽돌에 얻어맞아 대장벽 뒤쪽에 세워진 보조 성채들이 폐허가 되었다. 경계병들이 피떡으로 변했다. 뿌연 흙먼지가 수 킬로미터 상공까지 솟구쳤다.

Chapter 3

"저, 저것!"

"컥."

별궁에서 그 무식한 파괴력을 목격한 사람들이 두 눈을 일제히 부릅떴다.

그게 끝이 아니었다.

막키르샤의 권능, 즉 환경 치환이 발휘되었다. 잉그리드가 머무는 일대가 마해 깊은 곳의 열천으로 치환되었다.

지글지글, 지글지글.

멀쩡하던 땅바닥에서 거품이 솟구쳤다. 땅이 무르게 뭉그러지면서 그 속에서 벌건 용암이 배어 나왔다.

화악!

잉그리드의 몸뚱어리 전체가 화악 발화되었다. 시뻘건 화염이 그녀의 온몸에서 일어났다. 용암과 화염이 만나자 상승 작용을 일으킨 불길이 수백 미터 높이로 치솟았다. 뱀의 혓바닥처럼 날름거리는 화염은 쇠 벽돌 잔해뿐 아니라 폐허가 된 성채 건물까지 함께 녹여 버렸다.

대장벽을 구성하던 단단한 쇠 벽돌이 한여름의 얼음덩이처럼 스르륵 녹아 용암에 뒤섞였다. 성채를 이루던 돌들도 용암에 빠져 액체로 변했다.

발갛게 달구어진 용암이 지글지글 암반을 녹였다. 주변 땅거죽 전체가 화산 속 깊은 곳처럼 치환되었다.

화아악—

강한 열기가 먼 별궁까지 휘몰아쳤다.

"앗! 뜨거."

"우욱."

별궁의 사람들은 강렬한 열 폭풍을 견디지 못하고 치를 떨었다.

잉그리드가 직접 덮친 3 킬로미터 영역이 온통 불길만 가득한 용암의 대지로 변했다.

데굴.

잉그리드가 오른쪽으로 한 번 몸을 굴렸다.

화르르륵!

용암이 그만큼 범위를 넓혔다. 동서 방향으로 길게 늘어선 바야크 대장벽 가운데 6 킬로미터가량이 이글거리는 용암에 녹아 물처럼 흘렀다.

데굴.

잉그리드가 오른쪽으로 한 번 더 몸을 굴렸다.

용암의 범위가 이제 9 킬로미터를 넘어서 거의 10 킬로미터에 달했다. 그 불길이 숲으로 번져 산불이 크게 일어났다.

바야크 대장벽을 지키던 경계병들은 아무런 대응도 하지 못했다. 병사들 대부분이 용암의 바다에 빠져 찍소리도 하지 못하고 죽었기 때문이다. 병사들뿐 아니라 궁수들도, 마법사들도, 심지어 지휘관들도 온몸이 활활 타서 재가 되었다.

이건 공격이 아니었다.

재앙이었다.

"으어어."

잉그리드의 무시무시한 파괴력을 목격한 사람들은 붕어처럼 입만 벙긋거렸다. 잉그리드의 실체를 익히 알고 있던 시노브 자매와 라티파 자매도 부들부들 손을 떨었다.

따악!

하라간이 손가락을 튕겼다.

퍼뜩 정신을 차린 시노브가 마법 병단에게 명을 내렸다.

"포탈을 가동하라."

"포, 포탈을 가동하랍신다."

공터에서 대기 중이던 마법 병단 단장이 시노브의 명령을 복창했다. 하지만 마법사들은 아무런 후속 행동을 보이지 않았다. 단장도 그냥 멍하게만 서 있었다. 잉그리드의 무지막지한 무력을 목격한 이후부터 다들 정신이 나갔기 때문이다.

오스트란드가 마법 병단 단장에게 다가가 따귀를 날렸다.

짜악!

"정신 못 차려? 앙?"

오스트란드의 호통에 마법단장이 정신을 번쩍 차렸다.

"포탈, 포탈을 가동하겠습니다."

마법단장이 직접 마법진 중심부로 달려가 코어 마정석을 박아 넣었다. 주변에 설치된 마정석들이 일제히 연동되어 진법을 활성화시켰다.

우우우웅—

마법진이 울었다.

우우우우우우웅—

대규모 공간 이동 포탈이 형성되었다. 무려 400 미터 규모의 초대형 포탈이었다.

400 미터 너비의 폭포수가 하늘을 향해 거꾸로 솟구치는 것처럼, 허공에 거대한 에너지가 장막을 형성했다. 그 푸른 막을 뚫고 대규모 군대가 진입했다.

척! 척! 척! 척! 척!

철갑옷으로 무장한 기사들이 발맞춰서 들어왔다.

그 뒤를 이어 로브를 걸친 마법사들이 줄줄이 넘어왔다.

룬드 왕국의 깃발이 철기사들의 머리 위에서 힘차게 펄

럭였다. 하얀 말 위에서 고수가 북을 둥둥 울렸다. 나팔수들이 나팔을 힘껏 불었다.

"전구운— 진격!"

은빛 갑옷을 입은 아이다가 검을 뽑아 바야크 대장벽을 가리켰다. 아이다의 우렁찬 음성이 룬드군을 움직였다.

그런데 룬드군이 진격하는 길 앞에는 용암이 펄펄 끓는 화염 지옥이 기다리고 있었다. 사람이라면 견딜 수 없는 강한 열기가 휘몰아쳤다. 철기사들의 철갑옷이 발갛게 달아올랐다. 그들의 얼굴에선 땀이 비 오듯이 흘렀다.

"아버님."

시노브가 하라간을 돌아보았다.

잉그리드는 불을 싸지르는 것에만 익숙할 뿐, 한 번 지른 불길을 거두지는 못했다. 기다렸다는 듯이 하라간이 나섰다.

사람들이 지켜보는 가운데 하라간이 손바닥을 아래로 향한 채 손을 수평으로 쓸었다.

스윽—

이것으로 끝.

지글지글 들끓던 열기가 단숨에 식었다. 펄펄 끓어오르던 용암이 단숨에 차가운 현무암으로 변했다. 거무튀튀한 암석 위에 서리가 한 겹 하얗게 내려앉았다. 수백 미터 높이로 솟구쳤던 화염도 어느새 사라지고 없었다. 하늘을 잿빛으로 물들였던 분진도 자취를 감추었다.

화악 달아올랐던 공기가 북풍을 만난 듯 차갑게 식었다. 열기로 인해 얼굴이 벌겋게 달아올랐던 기사들이 추위를 느끼고 부르르 몸을 떨었다.

잉그리드가 용암의 바다로 만들어 버린 영역이 무려 직경 10 킬로미터 이상이었다. 그 넓은 범위가 지금은 모두 빙판으로 변했다.

아이다가 인솔하는 룬드 왕국의 철기사들은 그 빙판을 건너 맥클라우드 왕국으로 넘어갔다.

'으으으, 인간이 아니시다.'

에드가의 등골에 소름이 쫙 돋았다.

'역시 신인이시구나.'

사비지는 마른침을 꿀꺽 삼켰다.

그러는 사이 잉그리드가 후욱 날아올라 허공에서 긴 동체를 꽈배기처럼 틀었다. 그다음 머리를 북으로 돌려 별궁으로 돌아왔다.

별궁에 안착할 즈음, 잉그리드의 동체는 3 킬로미터에서 200 미터로 줄어들었다. 그래도 여전히 잉그리드의 몸체는 거대했다.

할 일을 마친 잉그리드는 기다란 동체로 하라간의 주변

을 돌돌 말더니, 날개를 곱게 접고 상체를 숙여 하라간에게 가까이 얼굴을 붙였다.

쉬익— 쉬익—

잉그리드의 상체가 하라간 앞에서 뱀의 머리처럼 좌우로 움직였다.

하라간이 손을 뻗었다.

잉그리드는 정숙한 부인이 남편에게 하듯이 살포시 속눈썹을 내리깔고 하라간의 손에 자신의 뺨을 비볐다.

하라간이 잉그리드를 칭찬해 주었다.

"수고했소."

"당신께서 바라신 일인걸요. 부인인 제가 마땅히 따라야지요."

잉그리드는 활짝 웃으며 다시 사람의 모습으로 돌아왔다.

Chapter 4

시노브가 천을 가져와 잉그리드의 알몸을 가려 주었다.

별궁에 있는 사람들 가운데 감히 잉그리드의 알몸을 훔쳐보는 자는 없었다. 다들 공포에 질려 바닥에 코를 처박고 벌벌벌 떨었다.

천으로 몸을 감싼 잉그리드가 하라간의 품에 안겨 애교를 부렸다. 그러다 잉그리드의 눈이 마리네에게 멎었다.

잉그리드가 손을 뻗었다.

마리네의 몸뚱어리가 허공으로 둥실 떠올라 잉그리드에게 쭈욱 딸려 갔다.

"아앗!"

마리네가 비명을 지르다 말고 손으로 자신의 입을 막았다.

잉그리드는 마리네의 날씬한 허리를 끌어안았다.

겁에 질린 마리네는 감히 잉그리드의 눈을 마주 보지 못하고 허둥거렸다. 마리네는 잉그리드가 무서워서 죽을 것 같았는데, 그런 내색을 했다가는 당장 머리통이 잿더미가 될까 봐 신음 한마디 흘리지 못했다.

잉그리드가 마리네의 머리를 쓰다듬었다.

"언니 하는 거 봤지?"

"네에? 네에. 네. 네."

마리네가 미친년처럼 세차게 고개를 끄덕였다.

잉그리드가 활짝 웃었다.

"너도 곧 이렇게 할 수 있을 거야. 클레이아 언니가 큰언니이니까 가장 세고, 그다음이 나, 그다음이 너잖아. 우리 셋은 저기 후궁들과 달라."

머리가 단순한 잉그리드는 후궁들을 동격으로 인정하지 않았다. 그녀는 하라간이 왕세자빈을 3명만 선택하고 나머지는 후궁으로 돌린 것에 이유가 있을 것이라고 생각했다. 그리고 그 기준은 어디까지나 무력이었다.

잉그리드의 이 한마디가 마리네를 패닉으로 몰고 갔다.

'뭐야? 클레이아 님이 이 무시무시한 분보다 더 강하다고? 조금 전 내가 목격했던 그 믿지 못할 광경보다 클레이아 님의 무력이 더 엄청나단 말이야? 으아아. 내가 대체 어느 위치에 와 있는 거지? 여긴 또 어디지?'

기절할 정도로 놀란 사람은 마리네만이 아니었다. 땅바닥에 코를 처박은 여러 여인들이 잉그리드의 말을 들었다.

'헉, 클레이아 님이 어떻다고?'

'이게 대체 무슨 소리야?'

다들 해머로 뒤통수를 강타당한 표정이었다.

다분히 하라간이 의도한 바였다.

대규모 공간 이동 포탈에서는 끝도 없이 병력이 쏟아져 나왔다. 룬드 왕국이 자랑하는 철기사단이 앞장을 서고, 마법 병단이 그 뒤를 따랐다. 이어서 일반 병사들이 번쩍거리는 창을 들고 행군했다. 수만 명의 병사들이 남쪽으로 밀고 내려간 뒤에는 보급품을 실은 마차가 줄지어 튀어나왔다.

이 어마어마한 광경에 별궁의 모든 사람들이 입을 다물지 못했다.

룬드 왕국 병사들의 행군을 멍하게 보고 있던 에드가가 퍼뜩 정신을 차렸다.

[공주마마.]

에드가는 에실레드 공주에게 뇌파를 보냈다.

[왜 그러시는데요?]

에실레드가 에드가를 돌아보았다.

에드가가 재빨리 충고를 했다.

[우리 아쿤 왕국, 아니 에실레드 왕국도 저기에 합류해야 합니다.]

[합류요? 무슨 합류를 말하는 거예요?]

[신인의 행사 말입니다. 저 공격에 우리 병력도 밀어 넣어야 한단 말씀입니다. 그래야 마마께서 신인의 어여쁨을 받으실 수 있습니다. 저기 저분, 키르샤이신 저 왕세자빈의 눈에도 들 수 있고요.]

딴은 그러했다.

이 기습적인 남부 정벌은 신인이 계획한 일이었다. 그리고 신인의 두 번째 부인이자 어마어마하게 큰 키르샤—일반인들은 막키르샤의 존재에 대해서 알지 못하므로—인 잉그리드가 적극적으로 참여한 행사였다.

후궁인 에실레드도 마땅히 한 팔 거들어야 했다.

또 한 가지.

'이건 기회야. 우리 왕국이 그토록 공격해도 쉽게 열리지 않던 바야크 대장벽이 단숨에 녹아 버렸어. 신인과 그 둘째 부인께서 직접 참전하신 이상 이 전쟁은 승리할 수밖에 없다고.'

만약 이번 전쟁에서 승리한다면 남부의 비옥한 대지가 넝쿨째 들어올 상황이었다. 에드가는 빠르게 머리를 굴렸다.

'전쟁 초기에 함께 손을 보태야 나중에 그 과실을 함께 나눠 먹을 수 있지.'

설령 신인께서 과실을 나눠 주지 않아도 상관없었다. 에실레드가 신인의 칭찬을 한 번 받는 것만으로도 충분했다.

'내궁 싸움은 개뿔. 저 어마어마한 키르샤를 상대로 무슨 내궁 싸움이냐? 이제 전략을 바꿔야 해. 후궁들 가운데 에실레드 마마가 가장 예쁨을 받는 쪽으로 전략을 수정해야 한다고.'

에드가는 이런 마음으로 에실레드에게 충언을 올렸다.

에실레드가 두려움을 꾹 참고 입술을 열었다.

"신인께 아뢰옵니다."

"응?"

하라간이 에실레드에게 시선을 돌렸다.

아무런 감정도 담기지 않은 그 냉랭한 눈을 보면서 에실레드는 아득한 얼음 구덩이에 빠진 기분이었다. 하지만 왕국의 미래를 생각하여 두려움을 애써 떨쳐 버렸다.

"갑작스러워 저희가 준비를 하지 못하였으나, 신인께오서 남부 정벌에 뜻을 두셨다고 사료되옵니다. 하오니 간청드리옵니다. 부디 저희 왕국이 신인의 행사에 함께 참여할 수 있는 영광을 나눠 주시옵소서. 당장 동원할 수 있는 병력이라도 전부 모아서 제2 왕세자빈 마마의 진군에 함께하고 싶사옵니다."

"그래?"

하라간이 고개를 갸웃했다. 하라간은 '굳이 아쿤 왕국의 손을 빌릴 필요는 없는데? 네깟 것들이 뭔 도움이 되겠어?' 라는 표정이었다.

물론 속마음은 달랐다. 하라간은 아쿤 왕국의 병력도 깡그리 동원할 생각이었다. 다만 강제적인 동원이 아니라 자발적인 참전을 원했다.

하라간이 시큰둥하자 에실레드는 속이 탔다.

"부디 저희 왕국의 신실함을 살피소서. 비록 저희가 보잘것없사오나 신인에 대한 신앙심만은 그 어떤 왕국보다도 뒤떨어지지 않는다고 자부하옵니다. 하오니 성심으로 저희를 보듬으시어 저희가 이번 성전에 참전하기를 윤허하여 주시옵소서."

땅에 엎드려 구구절절 고하는 에실레드의 표정이 절박했다.

하라간이 잉그리드를 돌아보았다.

"그렇다는군. 세자빈의 생각은 어떻소?"

잉그리드가 활짝 웃었다.

"저는 저 아이가 마음에 드네요. 어쨌거나 저를 돕겠다는 말이잖아요?"

Chapter 5

잉그리드의 긍정적인 대답이 후궁들의 마음을 흔들어 놓았다.

마리네가 불쑥 끼어들었다.

"신인이시여, 부디 저희 헤닝 왕국에게도 기회를 주시옵소서. 당장 이곳으로 워메이지들을 소환하여 참전하겠나이다. 저희도 제2 왕세자빈 마마를 돕고 싶사옵니다."

실보플레를 대신하여 카티도 나섰다.

"미약하오나 저도 보태고 싶사옵니다. 여차하면 군나르

왕국에 몸을 의탁하고 있는 타워의 마법사들도 모두 동원하겠나이다.”

하라간이 카티를 말렸다.

“카티는 안 돼. 아쿤 왕국이나 헤닝 왕국이 동쪽 길을 통해 남부로 진격하는 것은 허락할 수 있지만, 군나르 왕국까지 이쪽으로 끌어들일 생각은 없어.”

“아.”

카티가 실망했다.

하라간이 빙그레 웃었다.

“하하하. 실망할 필요 없어. 대신 타워의 마법사들에게는 다른 기회를 주지. 지금쯤 바야크 대장벽 서쪽 길도 열렸을 거야. 그 길을 통해 토레 왕국과 스벤센 왕국이 남부로 밀고 내려갈 예정이니 타워의 마법사들은 그쪽으로 합류하도록 해. 만약 참전을 원한다면 말이야.”

하라간의 말에 다들 눈을 부릅떴다.

‘헉, 서쪽 길도 열렸다고?’

사비지가 눈알을 데굴데굴 굴렸다.

‘토레 왕국과 스벤센 왕국이 이미 진격을 시작했단 말이지. 으으음.’

알폰소가 속으로 침음을 삼켰다.

‘이런! 처음부터 작정을 하셨구나. 하라간 님께선 오래

전부터 남부 정벌을 계획하신 게야.'

에그버드와 앨프레드도 이렇게 짐작했다.

한편 머리 회전이 남다른 에드가는 다른 점에 집중했다.

'신인께서 북부를 통일하시고 나면, 그분의 내궁에서 꽃들의 전쟁이 벌어질 것이라고 예측했었지. 그런데 내 예측이 약간 어긋났어. 향후 내궁 전쟁이 벌어지기는 하겠지만, 내가 예측했던 것과는 다른 형태가 될 게야. 우선 그 시기가 남부 정벌을 끝마친 뒤로 미뤄지겠지. 게다가 왕세자빈 마마들과 후궁들 사이에 강약이 벌써 나뉘었다고.'

에드가는 하라간의 내궁을 2강 5중 2약으로 나눴다.

2강은 클레이아와 잉그리드였다.

'제2 왕세자빈 마마는 키르샤시다. 그러니 앞으로 그 어떤 후궁이 제2 왕세자빈 마마를 넘볼 수 있겠어? 그리고 제2 왕세자빈 마마보다 더 강하시다는 제1 왕세자빈 마마를 누가 흔들 수 있겠느냐고?'

만약 제1 왕세자빈과 제2 왕세자빈이 서로를 견제한다면 뭔가 기회가 생길 여지도 있었다. 하지만 클레이아와 잉그리드 사이엔 서열 정리가 확실한 것 같았다.

따라서 에드가의 생각은 '5중'에 집중되었다.

헤닝 왕국의 왕녀 마리네.

아쿤 왕국의 에실레드.

토브욘 식민지의 전폭적인 지지를 받는 실보플레.

이 세 여인은 세력 면에서 남들보다 앞선 상태였다.

에드가는 여기에 라티파와 레다 자매를 더했다. 하라간의 친위대원 출신인 쌍둥이 자매는 결코 얕잡아 볼 수 없는 상대였다. 또한 이들 자매는 클레이아의 심복일 가능성도 다분했다.

에드가는 이상 5명을 뭉뚱그려서 '5중' 이라고 평가했다.

마지막으로 이쉬타르와 오이난테는 '2약' 으로 분류했다. 이쉬타르가 미모가 뛰어나고 오이난테가 머리가 좋다고 하지만, 그래도 다른 후궁들에 비해서 존재감이 약했다.

원래 에드가의 목표는 에실레드를 잘 보필하여 내궁 전쟁에서 살아남고, 한발 더 나아가 에실레드가 하라간의 내궁을 휘어잡는 것이었다.

이 계획이 성공하려면 내궁의 분열이 필수였다. 에드가는 헤닝 왕국과 손을 잡고 제1 왕세자빈과 제2 왕세자빈을 흔드는 작전을 깊이 고민했었다.

그런데 잉그리드의 본체를 목격하자 생각이 바뀌었다.

'제1 왕세자빈 마마와 제2 왕세자빈 마마는 절대 건드려선 안 될 분들이시다. 하지만 제3 왕세자빈은 생각보다 별 볼 일 없어. 마리네 왕녀는 다른 왕세자빈 마마들처럼 키르샤이신 것도 아니고, 세력도 우리 에실레드 마마보다 뛰어날 것이 없다고. 게다가 아직까지 신인의 성심을 얻지 못했어. 우리 에실레드 마마께서 우선 신인의 성심을 얻고, 두 분 왕세자빈 마마의 예쁨을 받는다면, 제3 왕세자빈의 자리가 바뀌지 말라는 법도 없지.'

에드가의 판단이 일리가 있었다. 내궁 서열 1위와 2위가 확고한 이상 본격적인 내궁 전쟁은 불가능했다.

하지만 2강을 제외한 나머지 7명이 어떻게 행동하느냐에 따라서 내궁 서열 3위는 바뀔 가능성도 다분했다.

'신인께서 마리네 왕녀를 바라보는 눈빛이 생각보다 싸늘하셔. 실보플레 님이나 라티파 님, 레다 님을 보는 눈빛과는 사뭇 다르시다고. 그렇다면 마리네 왕녀가 표적이다.'

에드가가 눈을 번쩍 빛냈다.

한편 헤닝 왕국의 사비지 백작도 에드가 공작에 못지않은 전략가였다. 지금 돌아가는 분위기를 사비지도 느꼈다.

'위기다. 마리네 왕녀님께서 열세를 보이셨어.'

마리네는 다른 왕세자빈처럼 압도적인 무력을 지닌 것도 아니고, 하라간의 총애를 받는 상황도 아니었다. 마리네를 대하는 하라간의 태도는 냉랭했다. 헤닝 왕국이 마리네를 적극적으로 밀고는 있지만, 그 세력이 다른 후궁들을 압도

할 정도도 아니었다. 당장 에실레드만 해도 마리네에 비해서 그리 꿇리는 바가 없었다. 실보플레도 마리네와 견주어 그다지 나쁠 것이 없었다.

그런데 마리네는 제3 왕세자빈이었다.

반면 에실레드와 실보플레는 후궁에 불과했다.

'왕세자빈과 후궁들 사이에 격차가 뚜렷하면 분란이 없지. 그런데 지금은 그런 상황이 아니야. 왕세자빈 두 분은 뚜렷한 격차를 보이셨지만, 마리네 왕녀님과 나머지 여섯 후궁들은 서로 엇비슷하다고. 이러면 후궁들끼리 서로 연합하여 마리네 왕녀님을 물어뜯을 수도 있어. 그래야 왕세자빈 자리가 하나 생기니까 말이야. 크으윽.'

사비지는 이 상황을 어떻게 타개해야 할지 막막했다.

'가장 좋은 방법은 마리네 왕녀님이 신인의 성심을 얻어내는 것인데.'

그런데 이게 만만치 않았다. 양국 사이에 파혼 이야기가 한 번 오간 적도 있었고, 과거 마르네 왕녀의 철없던 행동들도 사바지의 마음에 걸렸다.

'그렇다면 두 번째 방법을 택해야지. 마리네 왕녀님께서 어떻게든 제1 왕세자빈이나 제2 왕세자빈 마마와 친해져서 그분들의 그늘 아래로 들어가야 해. 일단 그렇게 시간을 벌고 어떻게든 신인의 마음을 풀어드리는 수밖에 없어. 자칫

하다가는 마리네 왕녀님이 쥐도 새도 모르게 죽고, 헤닝 왕국이 박살 날 수도 있다고.'

일이 이렇게 꼬인 데는 사비지의 잘못도 다분했다. 그 죄책감 때문에라도 사비지는 목숨을 바쳐 이 난국을 타개하리라 결심했다.

사비지가 두 주먹을 불끈 쥐었다.

제7화

혼란스러운 남부

Chapter 1

바야크 대장벽의 동쪽과 서쪽.

두 곳이 동시에 무너졌다. 뻥 뚫린 대장벽을 넘어 북부의 강군들이 물밀 듯이 남하했다.

토레가 이끄는 수인족 군단은 불과 하루 만에 9개의 성을 함락시켰다.

[닥치는 대로 쓸어버려라. 만약 스벤센 녀석들보다 뒤처진다면 내 결단코 용서치 않으리라.]

군주 토레가 선봉에서 으르렁거렸다.

토레의 등에서 뿜어진 붉은 광선이 성벽을 썽둥 썰어 버리고 나면, 마물과 결합한 수인족들이 무지막지한 속도로

들이닥쳐 바야크 병사들의 두개골을 부수고 심장을 터뜨렸다. 맨카우레와 호텝도 광범위 공격을 퍼부으며 바야크 왕국을 유린했다.

대장벽만 믿었던 바야크 왕국으로서는 날벼락을 맞은 셈이었다. 동서로 길쭉하게 생긴 바야크 왕국은 단숨에 허리가 잘렸다.

왕국 서부의 상황도 급박했다.

내륙과 연결이 끊긴 가운데, 서부의 성채 다섯 곳이 거인족들에게 함락되었다. 남부의 지형과 병력 배치 상황을 꿰뚫고 있던 스벤센 왕국은 적재적소를 공략하며 무섭게 몰아붙였다. 허물어진 성 다섯 곳에 스벤센 왕국의 깃발이 꽂혔다.

바야크의 어린 왕 루본 바야크는 기습적인 북부의 공격에 놀라 신하들을 소집했다. 고산 지대에 위치한 바야크 왕궁에 중무장한 영주들이 모여들었다. 왕궁 안팎엔 영주를 섬기는 기사들로 북적였다.

강철 의자에 앉은 루본이 불안한 기색으로 영주들을 둘러보았다.

루본의 나이 이제 15세.

이런 위기 상황을 주도적으로 헤쳐 나가기에는 아직 어렸다.

루본을 대신하여 대비가 나섰다.

"대장벽이 뚫렸다지요?"

대비의 말에 동북부의 대영주 쿠옹 후작이 대답했다.

"오늘 새벽 5시에서 6시 사이에 북부의 마물들이 대규모로 내려와서 장벽을 넘었다고 들었습니다."

"그런데 지금까지 뭘 했나요? 왕국의 북부를 지켜야 할 대영주들은 무얼 한 게죠? 그리고 왕국의 방패, 왕국의 수호신이라 칭송을 받던 림은 뭘 한 거죠? 그는 어디 있나요?"

대비가 성마른 목소리로 질책했다.

풍채가 좋은 쿠옹이 몸을 일으켜 대답했다.

"림은 소식이 끊겼습니다."

"소식이 끊겨요?"

대비의 눈이 날카롭게 치켜 올라갔다.

쿠옹이 고개를 주억거렸다.

"바야크 대장벽이 뚫릴 때 림도 그곳에 있었습니다. 그 후 소식이 끊긴 것을 보면 아마도 죽었을 가능성이 큽니다."

왕국의 북쪽 최전방을 책임졌던 수호신이 사망했을지 모른다는 소식에 영주들이 웅성거렸다.

"아!"

대비도 충격을 받았다.

대비가 다시 물었다.

"동북부 상황은 어떻죠?"

"북부에서 중부까지 9개의 성이 마물들에게 함락당한 상황이나, 저희 동북부는 아직 버티고 있습니다. 병력을 낱낱이 끌어모아 진지를 구축하고 마물과 맞서 싸울 태세를 마쳤습니다."

쿠옹의 대답에 대비가 눈을 찌푸렸다.

"흥. 그렇게 똘똘 뭉쳐서 동북부 영지만 방어하면 끝인가요? 우선 폐하께서 머무시는 이곳 수도부터 지켜야지요."

"커흠. 험. 험. 송구합니다, 대비마마."

쿠옹은 이렇게 사죄했지만, 그렇다고 병력을 수도로 보내겠다는 말은 하지 않았다.

대비가 인상을 구겼다.

"하면 서북부 영지 상황은 어떻죠?"

이번에도 서북부의 대영주를 대신하여 쿠옹이 대답했다.

"서북부 영지는 상황이 어둡습니다. 서해안에 북부의 마물들이 대규모로 상륙하여 영지를 집어삼켰다고 합니다. 이미 수십 개의 마을이 불타고, 백성들이 지옥의 마물들에게 뜯어먹히고 있으며, 서부의 성들이 모두 허물어졌다는 판단입니다."

땅!

대비가 손바닥으로 의자 손잡이를 내리쳤다.

"그걸 지금 말이라고 하나요? 방패 왕국이라 불리는 우리 바야크 왕국이 어떻게 이렇게 하루아침에 무너질 수가 있죠? 대영주들은 지금까지 무엇을 한 겁니까? 마물들에게 이렇게 휘둘릴 정도로 군기가 빠졌단 말인가요?"

"대비마마, 군기가 빠졌다기보다는 마물들이 강한 것입니다."

쿠옹이 대비의 말을 전면에서 반박했다.

"으득."

대비가 이를 갈았다.

하지만 여러 영주들이 보는 앞에서 대영주인 쿠옹을 강하게 문책하기도 어려웠다. 수도를 지키려면 동북부의 대영주인 쿠옹의 도움이 필요했다.

대비가 남부의 영주들을 돌아보았다.

"남부에서는 병력을 끌어모으고 있나요? 폐하께서 계신 이 수도부터 지켜 내야지요."

"저희 영지에서는 7,000명을 모았습니다."

"저희는 6,000명을 출동시켰습니다."

"저희도 일단 3,000명을 보냈는데, 추가로 3,000명을 더 준비 중입니다."

따앙!

대비가 한 번 더 팔걸이를 내리쳤다.

영주들이 입을 꾹 다물었다.

대비가 무섭게 쏘아붙였다.

“추가로 언제요? 저 더러운 마물들이 왕궁 코앞까지 다가오고 있어요. 그런데 언제 추가 병력을 보낸단 말입니까? 즉각 병력을 보내세요. 지금 보고한 것보다 두 배씩 증원해서 보내란 말입니다. 왕궁이 마물들에게 함락당하면 남부의 영주들은 무사할 것 같나요?”

영주들 가운데 아무도 대답이 없었다. 다들 고개를 푹 숙이고 대비의 눈길을 피했다.

“이이이.”

대비가 이를 빠득빠득 갈았다.

최일선에서 왕명을 집행하는 왕궁기사단장이 대비에게 아뢰었다.

“대비마마.”

“오오, 프라이머 경. 어서 말씀하세요.”

대비가 기사단장을 반겼다.

60대의 노장 프라이머는 마나의 벽 1단계를 돌파한 기사 중의 기사로, 림, 람 형제와 함께 바야크 왕국을 대표하는 무장이었다.

프라이머가 굳은 표정으로 의견을 피력했다.

"외람되지만 신이 한 말씀 아뢰겠습니다."

"어서 말씀하시라니까요."

"마마께서도 아시다시피 우리 바야크 왕국은 남북으로 길이가 짧고 동서로 길쭉한 지형입니다."

"그야 그렇지요."

"하여, 북부의 대장벽이 뚫리면 이곳 수도까지 사흘 거리에 불과합니다. 지금 마물들의 진군 속도로 보면, 늦어도 모레 아침에는 수도에 마물 군단이 도달할 것입니다. 어쩌면 내일 밤에 놈들이 도착할 수도 있습니다."

프라이머의 표정은 어두웠다.

그에게 실낱같은 기대를 걸었던 대비의 얼굴이 처참하게 구겨졌다.

"그래서요?"

대비의 목소리가 표독했다.

프라이머가 힘겹게 의견을 내었다.

"소신은 그 전에 폐하께서 다른 곳으로 거처를 옮기시라 권하고 싶습니다."

"하! 프라이머 경. 지금 그게 왕궁기사단장인 경의 입에서 나올 말인가요? 폐하께서 마물들을 피해 도망쳐야 한다고요? 수도의 백성들을 다 버리고요? 그럼 어느 백성들이 앞으로 폐하를 따르겠어요? 말을 가려 가면서 하세요."

대비가 당장 펄쩍 뛰었다.

영주들이 웅성거렸다.

그래도 프라이머는 소신을 굽히지 않았다.

"대비마마, 지금 폐하의 평판을 걱정할 때가 아닙니다. 마물들의 진군 속도가 빨라도 너무 빠릅니다. 자칫하다 시기를 놓치면 폐하께서 꼼짝없이 왕궁에 갇히실 수도 있습니다. 물론 왕국의 전 병력을 왕궁 주변에 배치하여 버티는 것도 한 방법이나, 소신은 그 버티는 것이 오래가기 힘들 것이라 사료됩니다."

Chapter 2

"왜요? 지방의 영주들이 이기심 때문에 병력을 보내지 않을까 싶어서요? 그런 영주들이 있다면 내가 용서치 않을 겁니다. 추후에 다 징벌할 거라고요."

대비의 눈이 불길에 휩싸여 활활 타오르는 듯했다.

그 시선을 받은 영주들이 진땀을 흘렸다. 쿠옹도 대비의 눈을 애써 외면했다.

프라이머가 고개를 가로저었다.

"대비마마, 그게 아닙니다."

"그럼 뭐죠?"

"우리 왕국의 모든 병력을 왕궁에 투입해도 결국 몇 시간도 버티지 못합니다. 결국 마물들에게 뚫릴 것이라고 말씀드린 것입니다."

"헉."

이건 모든 영주들을 싸잡아서 까는 발언이었다. 영주들이 대놓고 불쾌한 표정을 지었다. 대영주 쿠옹이 영주들을 대표하여 프라이머를 나무랐다.

"거, 말이 너무 심하구려. 우리 왕국 전체가 달려들어도 마물들에게 몇 시간 버티지 못할 거라고요? 커허험."

"당연하지 않습니까? 대영주님께서도 한번 생각해 보시지요. 바야크 대장벽이 대체 어떤 곳입니까? 철벽 중의 철벽 아닙니까? 그런 철벽을 마나의 벽 1단계에 올라선 림이 지켰습니다. 그런데 불과 1시간도 버티지 못하고 적들에게 뚫렸다는 것이, 얼마나 무서운 의미인지 모르시겠습니까?"

"읏."

쿠옹이 움찔했다.

영주들의 안색도 하얗게 질렸다.

대비의 눈동자도 지진을 만난 듯 파르르 흔들렸다. 루본 국왕도 덩달아 몸서리를 쳤다.

프라이머가 확신에 차서 주장했다.

“북부에서 큰 변화가 있었을 겁니다. 아마도 지금까지 우리가 접하지 못했던 어마어마한 마물이 탄생했을 수도 있겠지요.”

“아!”

“저는 그 마물이 직접 쳐들어와서 대장벽을 뚫었을 것이라고 생각합니다. 그렇지 않고서는 파죽지세로 성이 함락당하는 이 상황을 설명할 길이 없거든요.”

프라이머의 주장이 그럴듯했다.

다들 입을 다물고 머리를 굴렸다.

대비가 힘겹게 입술을 열었다.

“끄으응. 경의 말씀에 일리가 있군요. 그렇다면 경의 지혜를 빌려주세요. 폐하를 언제, 어떻게, 어떤 장소로 모시면 안전할지 의견을 달란 말입니다. 물론 수도의 백성들에게 이 사실이 알려지면 안 되겠지요.”

“후아아.”

쿠옹이 답답한 마음을 한숨으로 표현했다.

“끄으으응.”

영주들도 연달아 한숨만 내쉬었다.

그날 밤.

으슥한 달빛을 받아 50명 남짓 되는 사람들이 바야크 왕궁을 빠져나갔다. 그 가운데 일부는 상인 차림이었다. 일부는 상단을 호위하는 용병처럼 꾸몄다. 마차도 두 대 합류했다.

사실은 상인 일행이 아니었다.

마차 한 대에는 루본 국왕과 대비, 그리고 왕비가 탔다. 나머지 한 대에는 고위 왕족들이 착석했다. 프라이머를 비롯한 왕궁기사단이 용병으로 위장해 국왕 일행을 호위했다.

토레와 류리크가 바야크 대장벽을 넘은 지 불과 18시간 만에 벌어진 일이었다.

국왕이 왕궁을 버리자 영주들도 각자 살길을 찾았다. 쿠옹은 동북부 영지로 돌아가 방어에 몰두했다. 남부의 영주들은 서로 힘을 합쳐 마물들의 침공을 버텨 낼 계획을 세웠다.

그러는 사이 루본 국왕 일행은 왕국 최남단의 국경 지대로 피신했다. 국경 지대에서 전황을 살피다가 여차하면 홀리랜드로 넘어가겠다는 것이 대비의 결단이었다.

프라이머도 그 의견에 찬성했다.

용맹스러운 왕궁기사단장이 이런 비겁한 결정을 내린 데는 이유가 있었다. 결혼하여 장성한 자식을 둔 프라이머는 4년 전부터 대비와 사통하는 사이가 되었다. 7년 전, 바야크 왕국의 선왕이 승하하고 수렴청정을 하며 외로운 신세가 된 대비가 프라이머에게 마음을 주었고, 프라이머도 그 마음을 받아들였다.

불륜 관계가 된 두 사람은 루본 국왕의 눈을 피해 밀회를 거듭했다.

그러다 최근 왕비에게 밀회 장면이 들통 났다.

만약 이 사실이 알려진다면 프라이머는 교수형에 처해질 것이고, 대비도 권력을 잃고 멀리 유배를 떠날 수밖에 없었다.

당황한 대비가 며느리인 왕비를 회우하려고 애썼다.

쉽지 않았다. 성격이 올곧은 왕비는 며칠을 고민한 끝에 대비에게 "마마께서 국정에서 물러나시는 것이 좋겠습니다. 프라이머 경도 왕궁기사단장 자리를 내려놓고 낙향해야겠지요. 어쨌거나 두 분은 서로 멀리 떨어지셔야 합니다. 이 약속을 지키시지 않으면 제가 폐하께 말씀을 드릴 수밖에 없습니다."라고 권했다.

대비는 일단 며느리의 권유를 따르겠노라고 약조했다.

실제로 부끄러움을 느낀 대비는 손에서 권력을 내려놓고 프라이머 경과도 헤어지기로 결심했다.

이런 상황에서 북부의 침공이 시작되었다.

프라이머가 대비를 찾아와 은밀하게 이야기를 나누었다.

"지금 대비마마께서 실권을 내려놓으시면 안 됩니다. 어리신 폐하께서 이 전쟁을 통제하기란 불가능합니다. 그리고 소신이 낙향하는 것도 당장은 불가능합니다. 전쟁이 끝나고 안정될 때까지만이라도 소신이 폐하를 지켜드려야 하지 않겠습니까?"

이것이 프라이머의 주장이었다.

대비가 생각하기에 이 주장이 일리가 있었다.

'그렇지. 지금 폐하께는 나와 프라이머 경의 도움이 필요해. 우리가 지금 폐하의 곁을 떠날 수는 없어. 물러나더라도 일단 이번 위기를 넘긴 뒤에나 은퇴해야 해.'

이 나라를 위해서 내가 아니면 안 된다는 생각이 대비의 머릿속에 틀어박혔다.

그렇다면 방법은 하나뿐이었다.

'왕비를 다시 설득해 볼까? 아니야. 그건 위험해. 자칫해서 발설이 되면 왕실은 끝장이야. 그래. 어쩔 수 없어. 이 나라와 폐하를 위해서 왕비의 입을 막는 수밖에.'

대비는 독한 결심을 했다.

물론 왕비의 입을 막는다는 것이 쉬운 일은 아니었다. 왕비는 힘이 막강한 대영주의 딸이었고, 시녀들로부터 신망도 높아 손을 쓰기 불가능했다.

그때 프라이머가 계책을 내었다.

"대비마마의 말씀처럼 왕궁 안에서는 손을 쓸 방도가 없습니다. 하지만 왕궁을 벗어난다면 이야기가 다르지요."

"왕비가 왕궁을 벗어난다고요? 그게 무슨 말이에요?"

대비가 프라이머의 속삭임에 귀를 기울였다.

그 결과 오늘 대전 회의에서 왕의 피신이 결정되었다. 프라이머가 앞장서서 사람들을 선동했다. 대비가 못 이기는 척 프라이머의 의견을 따랐다.

Chapter 3

그렇게 북치고 장구를 치면서 결정된 사항이었다. 남녀의 불륜으로부터 비롯된 이 결정이, 작게는 왕비의 비극이 되었고, 크게는 바야크 왕국의 비극으로 이어졌다. 하나로 똘똘 뭉쳐야 할 영주들이 각자 살길을 도모하면서 바야크 왕국은 모래알처럼 흩어졌다.

밤을 도와 말을 달리던 중, 프라이머가 잠시 휴식할 것을 권했다.

국왕이 프라이머의 제안을 윤허했다.

쉴 틈이 주어지자 남자들과 여자들이 패를 나누어서 볼일을 보았다. 대비는 그 틈에 끼지 않고 마차에 남았다. 왕비는 시녀들과 함께 볼일을 보러 수풀 속으로 들어갔다. 여성 기사 3명이 왕비를 수행했다.

하필이면 그녀들을 노려 습격이 발생했다.

"아악!"

숲에서 찢어지는 비명이 울렸다.

챙챙챙챙, 무기 부딪치는 소리가 진동했다.

"웬 놈들이냐?"

프라이머가 검을 뽑아 들고 숲으로 뛰어들었다.

후오옹!

프라이머의 검이 진한 주홍빛을 뿌렸다.

왕궁기사단 소속 기사들이 벼락처럼 그 뒤를 쫓았다.

이미 늦었다.

왕비는 목에 화살을 맞아 피를 콸콸 흘리는 중이었다. 왕비를 호위하던 여성 기사 3명 가운데 한 명이 죽었고, 나머지 2명이 괴한들을 쫓아 숲 속 깊은 곳으로 들어갔다. 시녀들 가운데도 3명이 죽거나 다쳤다.

"왕비마마."

프라이머가 크게 울부짖으며 왕비를 부축했다.

왕비는 핏물 가득한 눈을 껌뻑여 프라이머를 노려보았다.

"왕비, 왕비."

루본 국왕이 울부짖으며 왕비에게 달려왔다.

'폐…… 하…….'

왕비는 가물거리는 눈으로 루본을 올려다보다가 고개를 푹 떨궜다.

"왕비이이이! 이게 무슨 변고란 말이오. 우아아아아악."

어린 왕이 왕비를 끌어안고 오열했다.

프라이머가 그 모습을 씁쓸하게 바라보았다. 계획대로 일은 진행되었지만, 사실 프라이머도 속이 좋지는 않았다.

'죄송합니다, 왕비마마. 이 죄는 죽어서 갚겠습니다.'

프라이머가 조용히 눈을 감고 왕비의 명복을 빌어 주었다.

기사들이 적당한 굵기의 나무를 모아 얼기설기 제단을 쌓았다. 여기사들이 그 위에 왕비의 시신을 올려놓았다.

"흐흐흑, 불쌍한 것. 이 불쌍한 것."

대비가 왕비를 위해 거짓 눈물을 흘렸다. 대비는 왕비의 두 눈에 금화를 하나씩 올려놓았다. 시녀들이 죽은 왕비의 얼굴을 하얀 천으로 덮었다.

"서두르셔야 합니다. 왕비마마를 이렇게 밖에 모시지 못하는 것은 소신도 안타까우나, 우선은 폐하의 안전이 중요합니다."

프라이머가 루본을 재촉했다.

루본의 눈이 붉었다. 루본은 울음을 억눌러 참으며 소나무 가지를 들었다. 가지 끝 송진을 바른 부위에서 불길이 환하게 타올랐다.

기사들이 왕비의 시신을 빙 둘러쌌다.

대비는 손수건으로 연신 눈물을 훔쳤다. 악어의 눈물이었다.

"폐하."

프라이머가 한 번 더 루본을 재촉했다.

루본이 왕비에게 다가가 손을 꼭 잡았다. 그다음 제단에 불을 붙였다.

화르륵!

날이 건조해 나무에 불이 잘 붙었다. 제단 전체가 붉은 화염에 휩싸였다. 검은 연기가 타닥타닥 소리를 내면서 밤하늘로 올라갔다. 왕비의 시신에도 불길이 옮겨붙었다.

"우우욱. 우욱."

루본이 헛구역질을 하면서 등을 돌렸다.

왕비를 모시던 여기사 2명이 검을 뽑아 자결하려고 들었다. 왕비와 함께 죽겠다는 것이 그녀들의 생각이었다.

따다당.

어느새 다가온 프라이머가 여기사들의 검을 때려 떨어뜨리게 만들었다.

"너희들은 지금 죽을 때가 아니다. 나중에 국정이 안정되고 나면 오늘 벌어진 일이 다시 파헤쳐질 것이니, 그때 너희들이 증인을 서야 한다. 그래야 왕비마마의 넋이 안심하실 수 있느니라."

"으흐흐흑."

"흑흑흑."

두 여기사가 흐느껴 울었다.

프라이머는 부하 기사들에게도 특명을 내렸다.

"거기. 너희들 3명은 지금부터 기사단에서 이탈하여 왕비마마를 위해한 괴한들을 쫓는다. 괴한들의 정체를 밝혀낼 때까지 너희들은 복귀하지 마라. 꼭 잡아라."

"넵."

"명을 받들겠습니다."

기사 3명이 프라이머 앞에 한쪽 무릎을 꿇고 맹세했다.

프라이머가 나머지 기사들을 독려했다.

"우선은 남쪽으로 갈 길이 급하구나. 어서 폐하를 모셔라. 안타깝지만 여기에서 꾸물거릴 시간이 없다. 다들 서둘러."

"알겠습니다."

기사들이 한목소리로 명을 받들었다. 그들은 나무에 기대어 오열하는 루본 국왕을 부축하여 다시 마차에 태웠다.

맥클라우드 왕국의 상황도 바야크 왕국과 다를 바 없었다.

당대 맥클라우드의 국왕은 아루이 드 맥클라우드였다.

올해 나이는 53세.

아루이는 용감한 왕이었다. 그는 전쟁터의 선봉에 섰고, 고된 병영 생활을 자청했다. 그 결과 맥클라우드 왕국은 전력의 열세에도 불구하고 요르겐 왕국의 파상 공세를 그럭저럭 막아 내었다. 남부 연합의 다른 왕국들도 아루이를 믿고 지속적으로 병력을 지원했다.

그러다 요르겐이 죽고 아쿤이 새 군주가 되었다. 아쿤은 남부 연합을 거들떠보지도 않았다. 대신 온 신경을 북쪽의 룬드 왕국에 집중했다.

덕분에 맥클라우드 왕국은 한숨 돌렸다. 아루이도 모처럼 갑옷을 벗고 왕궁으로 돌아왔다.

왕비가 국왕의 복귀를 반겼다. 후궁들이 환호했다. 맥클라우드 왕궁에선 왕의 복귀를 '승전'으로 포장했다.

"폐하 덕분에 북부의 마물들이 잠잠해졌사옵니다."

"이 평화는 폐하께서 피를 흘리시며 솔선수범하여 투쟁해 온 결과이옵니다."

"폐하야말로 초인 중의 초인이시며, 마물들로부터 인간을 구원한 수호자이십니다."

수많은 신하들이 아루이를 칭송했다. 백성들이 아루이를 떠받들었다. 음유시인들이 아루이의 영웅적 행적을 노래했다. 왕국의 미녀들이 자진해서 아루이에게 안겼다.

그렇게 시간이 흘렀다.

전쟁터를 누비며 평생을 보냈던 용감한 아루이 국왕이 슬슬 뱃살이 끼었다. 창과 방패 대신 여자와 술을 끼고 있는 시간이 많아졌다.

북부의 마물들이 잠잠해지자 갑자기 세금 쓸 곳이 줄었다. 남부 연합의 타 왕국에서 보내오는 보급품도 남아돌았다.

처음에는 맥클라우드 왕국도 군비에 지속적으로 자금을 투입했다. 그러다 평화가 조금 길어지자 슬금슬금 군비가 줄었다. 대신 파티 비용 등이 늘어났다. 국방비가 문화 예술비로 전용된 셈이었다. 낡은 왕궁도 보수하고, 내궁의 사치품에도 돈이 들어갔다.

파티가 늘다 보니 영주들도 예전처럼 빡빡하게 부하들을 다그치지 않았다. 자연스럽게 기사들의 훈련시간도 조금씩 줄었다.

그러다 일이 터졌다.

5월 10일 아침, 바야크 대장벽이 무려 10 킬로미터에 걸쳐서 증발했다. 뻥 뚫린 길을 따라 룬드 왕국의 철기사단이 진격했다. 하늘에선 난생처음 보는 거대한 함선이 날아왔다.

맥클라우드 왕국은 다시 비상 체제로 돌입했다.

Chapter 4

“전황을 보고하라.”

아루이 국왕의 명이었다.

북쪽 성에서 달려온 7명의 전령들이 보고를 시작했다.

“어제 오전 10시, 가이든 성이 함락당했습니다.”

“어제 오전 11시 30분경에는 유로온 노쓰 월(North Wall: 북벽)이 무너졌습니다.”

“이어서 오후 1시 30분경에 유로온 사우쓰 월(South Wall: 남벽)에 구축했던 저지선이 붕괴했습니다.”

보고가 계속될수록 신하들의 동요가 커졌다.

아루이 국왕이 전령들의 보고를 끊었다.

“잠깐. 유로온 사우쓰 월은 급류를 끼고 있는 천혜의 요지가 아니더냐? 그런데 노쓰 월이 무너진 지 불과 2시간 만에 사우쓰 월까지 뚫렸다고?”

전령이 상황을 전했다.

“북부의 마물들이 난생처음 보는 신무기를 동원했습니다.”

“신무기?”

“하늘을 나는 배입니다. 그 배가 하늘길로 날아와 유로온 사우쓰 월에 마법 공격을 퍼붓고 사악한 마물들을 낙하시켰습니다. 유로온의 대영주께서 목숨을 걸고 저항하였으나 역부족이라 결국 함락을 피하지 못했습니다."

유로온 지방을 다스리는 대영주는 아루이의 사촌 동생이었다.

"대영주는 어찌 되었느냐?"

"남성이 함락되기 전 대영주께서는 기사들과 함께 퇴로를 뚫으셨습니다. 하오나 이미 성 주변이 마물들로 득실거려 소식이 끊겼습니다."

"끄으으음."

아루이가 손톱으로 이마를 긁었다.

왕세자가 아루이를 대신하여 물었다.

"나머지 성들도 모두 무너졌단 말이냐? 북쪽의 일곱 성이 모두?"

"그러하옵니다, 세자 저하."

전령들이 고개를 푹 숙였다.

"허어!"

왕세자는 말문이 막혔다.

아루이가 대신들을 돌아보았다. 대신들 가운데 대부분이 예전 아루이와 함께 바야크 대장벽을 지켰던 용장들이었다.

"기사들을 모아라. 짐이 손수 출전할 것이다."

왕이 손을 뻗자 근위대장이 왕의 검을 내밀었다.

스르릉!

아루이는 검을 뽑아 몸 앞으로 당겼다. 그러곤 눈가를 파르르 떨었다.

검신에 비친 아루이의 얼굴은 넉넉하게 살집이 붙은 모습이었다. 대장벽을 수호하며 마물과 싸우던 날카로운 군왕의 모습은 거기에 없었다.

“에잇.”

무뎌진 본인의 모습에 아루이는 화가 났다. 시선을 아래로 하자 두둑하게 튀어나온 뱃살이 보였다. 이 또한 짜증스러웠다. 성난 군왕의 눈이 대신들을 훑고 지나갔다.

얼굴에 흉터가 가득하던 역전의 용장이 이제는 기름기가 흐르는 상인의 모습으로 바뀌었다. 잘 벼린 칼날 같던 대신이 이제는 녹슨 칼이 되었다.

‘잠깐 동안의 평화가 우리에게 독이 되었구나.’

아루이가 어금니를 꽉 물었다.

“짐은 당장 군대를 편성하여 전쟁터로 달려갈 것이다. 나와 함께할 사람이 누가 있는가?”

“신이 보필하겠나이다.”

얼굴에 기름기가 흐르는 신하가 손을 번쩍 들었다. 그동안 나태해지기는 했지만, 신하의 눈빛은 여전히 생생했다.

그 눈빛을 보자 아루이의 분노가 좀 풀렸다.

"소신도 데려가 주소서."

녹슨 칼처럼 무뎌진 신하가 벌떡 일어났다.

이 신하도 눈빛만큼은 되살아났다. 아루이의 입가에 미소가 어렸다.

"신도 참전하게 해 주소서."

"소신도 끼워 주소서."

대전 여기저기서 신하들이 목청을 높였다.

아루이는 한껏 고무되었다.

"좋다. 가자."

"와아아아아—"

살짝 무뎌졌던 맥클라우드 왕국이 다시 일어섰다. 왕과 신하가 하나가 되어 전투 의지를 다졌다. 전령들까지 모두 일어나서 주먹을 높이 들고 함성을 질렀다.

그렇게 하나가 된 맥클라우드 왕궁에 날벼락이 떨어졌다.

쿠와아아앙

너무나 거대하여 귀로 들을 수 없는 굉음이 왕궁 전체에 작렬했다. 웅장함을 자랑하는 왕궁 전체가 들썩 떠올랐다가 쿠웅 내려앉았다.

지반이 뒤틀렸다.

왕궁 벽이 허물어졌다.

지붕이 붕괴하고, 도로가 뒤틀렸다.

순간적으로 사람들의 몸이 여러 겹으로 겹쳐 보였다.

갑작스러운 충격에 허리가 삐끗한 대신들이 대다수였다. 목에 충격을 받은 자들은 그대로 주저앉았다. 아루이도 크게 휘청거리며 의자에서 굴러떨어졌다.

"이게 무슨!"

아루이가 사태를 파악하려고 할 때였다.

화르르륵!

시뻘건 화염이 온 사방을 휘감았다. 뒤틀리고 허물어진 대전 바닥에서 스멀스멀 유황 냄새가 차올랐다. 대전 바닥의 돌판이 벌겋게 달아올랐다. 대전의 온도가 눈 깜짝할 사이에 발화점을 넘어섰다.

온도가 100도가 넘자 대전 창문에 드리운 커튼이 타올랐다. 나무로 짠 창문틀에서도 하얀 연기가 치솟았다.

"뭐야?"

"설마 마법 공격인가?"

대신들이 웅성거리는 사이, 창문 밖이 온통 시뻘겋게 변했다. 유리창이 와장창 깨졌다.

화르르륵—

뜨거운 열 폭풍이 무섭게 밀려와 대전 안을 휩쓸었다.

Chapter 5

"폐하!"

근위대장이 아루이를 덮쳤다.

그 위로 화염의 폭풍이 훑고 지나갔다. 아루이를 보호한 대신 근위대장의 온몸이 불길에 휩싸였다.

"으아아악."

"불! 불이닷."

시방에서 비명이 짧게 들렸다.

그 비명이 길어지기도 전에 대전 바닥이 흐물흐물 녹고 시뻘건 용암이 차올랐다. 대전뿐 아니라 맥클라우드 왕궁 전체가 용암의 바다에 빠졌다.

풍덩, 풍덩, 풍덩.

벽과 기둥이 차례로 무너져 용암 속으로 침몰했다.

"폐에—하."

대신들이 아루이를 향해 손을 뻗었다.

아루이가 아꼈던 대신들이 아루이의 눈앞에서 새까만 재가 되어 흩어졌다.

화염의 지옥.

용암의 지옥.

생지옥.

이 끔찍한 광경을 뭐라고 표현해야 할지 아루이는 알지 못했다. 어느새 아루이의 손에도 불이 붙었다. 손이 뜨거웠다. 등판이 이글이글 익었다. 옷이 타들어 가면서 아루이의 살점과 엉겨 붙었다. 산 채로 불구덩이에 던져진 고통이 이렇게 지독할 줄은 몰랐다.

왕세자는 어느새 용암에 빠져 한 줌의 재가 되었다.

"커헉."

아루이는 아들을 향해 손을 뻗으려 했다.

그 손이 아루이의 눈앞에서 활활 타올랐다. 입을 뻐끔거리는 아루이의 눈에 어마어마한 광경이 보였다. 허물어지는 궁전 벽 너머, 거대한 화염이 솟구쳤다.

화륵, 화륵, 화르르르르륵!

지상으로부터 시작하여 하늘 꼭대기까지 솟구친 그 불의 장막은 서서히 어떤 형태를 갖춰갔다.

전설 속의 드래곤.

혹은 지옥의 대마왕.

둘 중 어느 쪽인지 알 수는 없었다. 이 거대한 생명체를 파악하기도 전에 아루이의 눈알이 고온에 터져 버렸다. 이어서 아루이의 몸이 재로 변해 갔다.

화염 계열의 이그니스 막키르샤.

심해저 2층 레벨의 괴수.

잉그리드의 등장이었다.

화염 지옥으로 치환된 맥클라우드 왕궁을 바라보면서 사내는 입술을 꾹 깨물었다. 사내의 손에 들린 지도에는 맥클라우드 왕국의 주요 성채들이 표시되어 있었다. 사내는 맥클라우드 왕국 북부의 성 7개에 X자를 그었다. 이어서 왕궁에도 X 표시를 했다.

“하루아침에 성이 7개나 붕괴하고, 채 몇 분도 지나지 않아 왕궁마저 잿더미가 되었구나. 아아아. 어떻게 이럴 수가 있단 말인가?”

탄식을 흘리던 사내가 양피지 지도를 둘둘 말아 배낭에 넣었다.

“저 무시무시한 존재가 말로만 듣던 그 키르샤인가? 레드 베어 님께선 저런 마물과 어떻게 싸우실 것인지 모르겠다.”

고개를 절레절레 흔들던 사내는 이내 등을 돌렸다.

“나의 좁은 소견으로 무엇을 알겠는가. 레드 베어 님께서는 뭔가 방도가 있으시겠지. 그러니 최대한 빨리 이 소식을 레드 베어 님께 전해야 해.”

사내가 발걸음을 재촉했다.

그의 정체는 레인저.

레드 베어를 스승으로 모시고, 벨커스의 추종자들을 위해 헌신하는 정찰대원이었다.

레인저가 수집한 정보가 수리매를 통해 벨커스의 추종자들에게 전달되었다. 골드 라이온이 서둘러 회의를 소집했다.

"마물들의 공격이 시작되었다네."

골드 라이온은 다짜고짜 본론을 꺼냈다.

위즈덤이 갈색 눈썹을 꿈틀했다.

"마물들의 공격이라고요? 그럼 지금 대장벽에서 전투가 진행 중입니까?"

위즈덤의 정체는 샤를르 위그 대제였다. 비록 지금은 옛 이름을 버리고 위즈덤으로 다시 태어났지만, 한때 한 왕국을 다스렸던 그의 위엄은 사라지지 않았다.

골드 라이온이 고개를 가로저었다.

"아니. 대장벽은 이미 뚫렸어."

"네에?"

레오파드가 벌떡 일어났다.

레오파드의 예전 이름은 람이었다. 그는 바야크 대장벽을 지키던 중 골드 라이온의 초대를 받아 이 은밀한 결사 조직에 가입했다.

그래도 과거의 정을 완전히 끊을 수는 없었다.

'설마, 형은 무사하겠지?'

레오파드는 친형인 림을 걱정했다.

골드 라이온이 레오파드를 꾸짖었다.

"어허. 지금 딴생각을 할 때가 아닐세. 한번 은둔 수호자가 되었으면 예전의 정은 모두 강물에 흘려보내야지. 우리는 옛정에 얽매이지 말고 대의를 따라야 함일세."

말은 이렇게 했지만, 사실 골드 라이온이야말로 혈육의 정을 놓지 못하고 카롤 왕가에 개입한 사람이었다.

하지만 레오파드는 골드 라이온의 실체를 알지 못했다.

"죄송합니다. 제가 잘못했습니다."

레오파드가 냉큼 사과했다.

골드 라이온이 그 사과를 받아 주었다.

"누구나 실수는 할 수 있지. 하지만 두 번 실수는 하지 말게나."

이렇게 레오파드를 훈계한 뒤, 골드 라이온은 테이블 위의 축소 모형에 붉은 깃발을 꽂았다. 대륙 전체를 축소해서 옮겨 놓은 이 모형에는 남부 연합의 주요 성채들이 세밀하게 표시되었을 뿐 아니라, 북부의 거점들도 빼곡하게 기입되었다.

골드 라이온은 이 가운데 바야크 대장벽의 몇몇 위치, 그리고 바야크 왕국과 맥클라우드 왕국의 수십 개 성에 붉은 깃발을 표시했다.

"이 깃발들이 무엇입니까? 설마 제 추측이 맞습니까?"

위즈덤이 떨리는 음성으로 물었다.

골드 라이온은 한숨으로 답했다.

"후우우, 아마도 자네 추측이 맞을 걸세. 내가 표시한 이 성들은 이미 북부의 마물들에게 넘어갔으이. 레인저들이 보내온 정보에 따르면, 벌써 이만큼이나 무너졌다고. 휴우우우."

"어떻게 이럴 수가 있습니까? 북부의 마물들이 아무리 무섭다고 해도, 불과 하루입니다. 만 하루도 되지 않아 어떻게 이렇게 일방적으로 밀릴 수가 있습니까?"

위즈덤이 언성을 높였다.

골드 라이온이 그 이유를 추측했다.

"키르샤. 아무래도 키르샤 급의 마물들이 직접 참전한 것 같으이. 그렇지 않고서는 이 현상을 설명할 길이 없어."

"키르샤!"

위즈덤의 눈이 파르르 흔들렸다. 그 눈빛 속에는 키르샤에 대한 두려움이 절반, 키르샤와 한번 싸워 보고 싶다는 호승심이 절반이었다.

침묵하고 있던 블랙 이글이 대화에 끼었다.

"골드 라이온께 묻습니다. 우리의 대책은 무엇입니까?"

블랙 이글은 한때 남부 연합 발루아 왕국의 대공이었다.

지금은 대공의 자리와 비딕이라는 이름을 버리고 블랙 이글로 다시 태어났다.

골드 라이온이 축소 모형에서 세 곳을 지목했다.

첫째, 성스러운 땅 홀리랜드.

둘째, 블랙 이글의 고향인 발루아 왕국.

셋째, 위즈덤의 고향인 위그 왕국.

이들 세 왕국은 바야크 왕국과 맥클라우드 왕국의 뒤를 떠받치는 미드필더의 위치였다.

"우선 이 세 곳의 힘을 모아야 하네. 우리 은둔 수호자들의 역량을 이곳에 집중 투입하여 북부의 마물들을 저지해야 해. 바야크 대장벽이 무너진 이상 이들 왕국들이 새로운 장벽 역할을 해 주어야 한다는 말일세. 사악한 마물들로부터 인간족을 지켜 내기 위한 공고한 장벽!"

골드 라이온이 힘주어 강조했다.

제8화

2차 저지선

Chapter 1

“신인께서 남부 정벌의 대장정에 오르셨다.”

이 폭발적인 이야기가 온 북부로 퍼져 나갔다.

북부의 왕국들은 앞다투어 참전 의사를 밝혔다. 군나르 왕국에서 시작하여 식민지에 이르기까지, 에룬 왕국을 제외한 모든 북부가 들끓었다.

정벌의 선봉에 선 토레 왕국과 스벤센 왕국, 룬드 왕국은 말할 것도 없었다. 이들 세 왕국의 백성들은 자국이 신인의 선봉대를 맡은 것을 자랑스러워했다.

이어서 후발대가 모집되었다.

서쪽 길에는 군나르 왕국 남부 군단과 타워의 마법사들

이 투입되었다.

동쪽 길에는 아르네 식민지와 헤닝 왕국, 그리고 아쿤 왕국의 병력들이 밀고 내려갔다. 북부에서 시작하여 남부로 진격하는 군 행렬은 그 끝이 보이지 않았다. 솔샤르들이 앞장섰다. 일반인들도 창과 칼을 들고 전쟁터로 나섰다.

남부 연합도 즉각 맞대응에 나섰다.

남부의 칠왕국 가운데 바야크 왕국과 맥클라우드 왕국을 제외한 나머지 다섯 왕국이 병력을 쥐어짰다. 그렇게 모인 병력이 수십만 명에 달했다.

바야크 왕국이 병력을 요청했다. 맥클라우드 왕국도 서둘러 지원 요청을 보냈다.

한데 다섯 왕국의 태도가 이상했다.

"병력을 분산시킬 수는 없다."

발루아 왕국의 국왕 오를레앙이 지원 요청을 묵살했다. 위그 왕국에서도 "현 상황에서 맥클라우드 왕국을 도울 수는 없다."고 통보했다. 심지어 홀리랜드까지 이 냉정한 결정에 동참했다.

바야크 왕국의 사신이 길길이 날뛰었다.

맥클라우드 왕국의 사신도 거칠게 항의했다.

하지만 다섯 왕국의 태도는 완강했다. 바야크와 맥클라우드는 이미 손을 쓰기에는 늦었다는 판단이었다.

다섯 왕국이 이런 태도를 보인 데는 골드 라이온의 영향력이 컸다. 골드 라이온의 의견에 동의한 블랙 이글과 위즈덤이 각자의 고향에 은밀한 영향력을 발휘하여 바야크와 맥클라우드 왕국을 포기하도록 종용했다.

지원이 끊긴 두 왕국은 끝없이 밀려오는 솔샤르 대군에 속절없이 무너졌다.

바야크 왕국의 남부 영지들은 전쟁 개시 사흘 만에 정리되었다. 동북부의 대영주 쿠옹은 그보다 하루 먼저 영지를 버리고 발루아 왕국으로 망명했다. 바야크의 국왕 루본 또한 홀리랜드로 망명했다. 왕의 망명에 고작 40명의 기사들만 호위했을 뿐이다.

맥클라우드 왕국은 바야크 왕국보다는 조금 더 버텼다. 왕과 주요 대신들이 잉그리드의 공격을 받아 끔찍하게 타죽은 이후에도 맥클라우드 왕국은 제법 잘 싸웠다.

콘 맥클라우드 공작 덕분이었다.

아루이의 친동생인 콘은 마나의 벽 1단계를 돌파한 초인이었다. 그는 평화로운 기간 동안에도 나태해지지 않고 칼을 가다듬었다. 콘 맥클라우드의 기사들도 주인을 닮아 모두 훈련에만 매진했다. 그들이 흘린 피와 땀에 그들의 목숨을 살렸다.

전쟁 첫날, 시노브와 아이다가 이끄는 룬드 왕국 철기사단은 맥클라우드 왕국을 대나무 쪼개듯이 깨부쉈다.

전쟁 둘째 날에는 잉그리드가 직접 날아와 맥클라우드의 심장부를 활활 불태워 버렸다.

그 와중에도 콘 맥클라우는 죽지 않았다. 영토를 버리고 동부의 산악 지대로 숨어든 콘 공작은 룬드 왕국을 상대로 게릴라전을 펼치며 저항했다.

시노브가 직접 병력을 이끌고 상대했지만, 콘은 시노브의 공격을 꾸역꾸역 막아 내고 퇴로를 뚫었다. 그렇게 접전을 벌이는 한편, 콘은 워그 왕국과 마고 왕국에 부하들을 급파했다. 병력 지원을 요청한 것이다.

한데 돌아오는 답이 충격적이었다.

"버려? 우리 맥클라우드 왕국을 버린다고? 크왁! 이 미친 개새끼들. 지금까지 우리가 피를 흘려 가며 대장벽을 지켜 온 덕분에 따듯하게 잠을 자고 평화를 누리던 것들이 이제 와서 배신을 해? 어엉?"

동부 산악 지대의 동굴 안에서 콘이 불같은 노여움을 토했다.

"찢어 죽여 버릴 테다. 내가 이 배신자 다섯 왕국을 반드시 찢어 죽일 것이야."

190 센티미터의 콘이 화를 내자 위압감이 장난이 아니었다.

콘을 섬기는 기사들도 모두 배신감에 치를 떨었다.

"공작님 말씀이 맞습니다. 북부의 마물들보다 그놈들이 더 원망스럽습니다. 위그 왕국과 마고 왕국이 어떻게 우리에게 이럴 수 있습니까?"

"맞습니다. 이 치욕과 배신감을 참을 수 없습니다. 놈들에게 꼭 앙갚음을 해 주어야 합니다."

그때였다.

적의 동정을 살피기 위해 마을로 내려갔던 기사가 동굴로 돌아왔다.

콘이 물었다.

"마을은 어떻던가?"

"생각보다 피해가 크지 않았습니다."

"뭐? 사악한 마물들이 훑고 지나갔을 텐데 피해가 크지 않다고?"

콘이 의문을 품었다.

정찰을 다녀온 기사가 고개를 갸우뚱했다.

"공작님, 저도 그게 의문입니다. 북부의 마물들이 마을을 관통하여 지나간 것은 사실인데, 피해가 의외로 미미합니다. 식량을 좀 빼앗기고, 마물들에게 욕을 하던 젊은이 몇 명이 창에 꿰뚫려 죽은 것이 전부입니다. 마물들이 백성들을 잡아먹거나, 가지고 놀다가 죽여 버리는 일은 없었습니다."

"그래?"

"다만 젊은 청년들 위주로 차출되어 마물들에게 끌려갔다고 합니다. 제가 들은 바에 따르면, 마물들이 마을의 청년들을 짐꾼으로 부린답니다."

반항하는 자는 창에 꿰어 척결.

식량 일부 탈취.

노동력 차출.

이 정도면 아주 양호한 편이었다. 같은 인간들끼리 전쟁을 벌여도 이 정도 일은 다반사로 일어났다. 콘은 이해가 되지 않았다.

"허어, 설마 마물들이 이성이 있다는 말인가? 닥치는 대로 사람을 잡아먹고 목숨을 빼앗는 것이 아니라 짐꾼으로 부린다고?"

북부의 마물들이 하는 행동은 콘이 알고 있던 상식과는 어긋났다.

정찰을 다녀온 기사가 보고를 이었다.

"하온데 공작님, 적 병력이 장난이 아닙니다."

"그게 무슨 뜻인가?"

"저희와 싸웠던 적 본진은 이미 남쪽으로 내려갔지 않습니까?"

"그렇지."

“그런데 그 이후에도 무수히 많은 적군들이 끊임없이 밀려 내려오고 있습니다. 그 행렬의 끝이 보이지 않을 정도로 까마득합니다.”

“끄으응.”

콘이 신음했다. 그렇지 않아도 열세인 상황이었다. 그런데 적의 수가 그렇게나 많다면 영토 수복은 거의 불가능하다고 봐야 했다.

Chapter 2

참모가 콘에게 물었다.

“공작님, 어떻게 하시겠습니까?”

“어찌하는 것이 좋겠나?”

콘이 되물었다.

부관은 기다렸다는 듯이 대답했다.

“우리에게는 세 가지 길이 있습니다.”

“말해 보게.”

콘이 부관의 말을 재촉했다.

부관은 손가락 3개를 편 다음, 차례로 하나씩 접었다.

“첫째, 이곳 산악 지대에 베이스캠프를 두고 앞으로도

게릴라전을 지속적으로 벌이는 방법이 있습니다. 이 경우 적의 후방을 괴롭히는 효과는 낼 수 있지만, 큰 틀에서 보면 역할은 미비할 것입니다. 북부의 마물들이 끝없이 밀려온다면 게릴라전이 잘 먹힐지도 의문입니다."

군사 운용 측면에서 보았을 때 적의 주력이 남하하고 나면, 보급 부대가 그 뒤를 따르게 마련이었다. 통상적으로 이 보급 부대는 주력군에 비해 무력이 약했다. 처음에 콘은 북부의 보급 부대를 기습하여 적 후방을 괴롭힐 생각이었다.

그런데 적의 수가 어마어마하게 많고, 주력군이 계속해서 밀려드는 중이라는 정보를 들었다. 그렇다면 콘의 계획은 시작부터 어그러진 셈이었다.

콘이 손가락을 까딱거렸다.

"두 번째는?"

"두 번째는 배를 타고 남쪽으로 내려가는 것입니다. 동해로 출항하여 마고 왕국까지 내려간 다음, 그곳에서 마고 왕국의 병력과 합류한 뒤 북부의 마물들과 싸우는 방법이 있겠습니다."

"크악, 퉤! 그 이야기는 하지도 말게. 마고 왕국은 우리 맥클라우드 왕국을 배신했어. 그런데 우리가 그놈들을 왜 도와?"

콘이 침을 뱉었다.

참모는 기다렸다는 듯이 세 번째 방안을 말했다.

"세 번째 방안도 있습니다. 배를 타고 해안선을 따라 마고 왕국까지 내려간 다음, 배신자들을 응징하는 것이 우리의 세 번째 선택지입니다."

"헙."

콘이 입을 다물었다.

기사들도 침을 꿀꺽 삼켰다.

지난 수백 년간 맥클라우드 왕국은 남부 연합을 위해서 온몸으로 대장벽을 지켜 온 방패 왕국이었다. 맥클라우드의 기사들은 태어날 때부터 마물과 싸움을 각오했으며, 평생 인간을 지키며 살아갈 것을 전쟁의 여신께 맹세했다.

그런데 마고 왕국의 뒤통수를 친다고?

이건 마물들을 돕는 행위였다. 당연히 콘과 기사들은 거부감을 느꼈다.

참모가 말을 덧붙였다.

"뒤통수는 저희가 먼저 맞았습니다."

이 말이 기폭제가 되었다.

"그렇지. 마고 왕국 놈들이 먼저 우리의 등에 칼을 꽂았지."

"어차피 북부의 마물들도 우리의 적이고, 마고 왕국과

워그 왕국도 우리의 적이지. 둘 중 누구와 먼저 싸울 것인지는 우리가 결정하기 나름 아닌가?"

기사들이 이렇게 속닥였다.

"으으음."

콘이 결정을 망설였다.

기사들은 침묵으로 주군의 결정을 기다렸다.

마침내 콘이 입을 열었다.

"일단 배부터 만들자. 이 산악 지대를 거점 삼아 게릴라전을 펼쳐 봤자 마물들에게 그리 큰 타격을 주기도 힘들어. 그러니 참모의 말대로 배를 타고 마고 왕국으로 합류한다."

"네."

"그런데 마고 왕국에 가서 내가 어떤 행동을 하게 될 것인지는 나도 모르겠다. 그놈들을 도와서 마물들과 싸울 것인지, 아니면 남부의 배신자들을 먼저 응징할 것인지, 아직 결정을 내리지 못하겠어."

참모가 콘의 의견에 찬성했다.

"공작님, 결정은 천천히 내리셔도 됩니다. 일단 마고 왕국으로 가시지요."

"그렇습니다. 일단 마고 왕국으로 가시는 것이 좋겠습니다."

기사들이 일제히 고개를 주억거렸다.

콘 공작과 그를 따르는 250명의 정예 기사들은 전쟁 발발 닷새째인 5월 14일, 뗏목을 만들어 동해로 나갔다.

때마침 불어온 북풍이 콘 일행을 마고 왕국으로 실어 보냈다.

바야크 왕국 남쪽 홀리랜드.

"진격하라."

류리크의 입에서 폭발적인 굉음이 터져 나왔다.

"우워어어억!"

명을 받은 거인족 전사들이 거침없이 국경을 넘었다. 거인족들은 아무리 키가 작아도 2 미터가 넘었다. 일부 덩치가 큰 거인들은 거의 3 미터 가까이 되었다. 그런 거인들이 무거운 갑옷을 입고 대형 방패를 휘두르며 진격하자 지축이 울리고 흙먼지가 무섭게 피어올랐다.

홀리랜드에서는 구릉 위에 진영을 설치하고 방어 태세를 갖춘 상태였다. 홀리랜드의 병사들이 사각 방패를 2층으로 쌓아 방어에 만전을 기했다. 방패 사이로 뾰족한 창날이 튀어나왔다.

"푸흥."

거인족 전사들이 코웃음을 쳤다.

"저따위 허접한 방패 따위, 단숨에 날려 버리자."

"우워어어억!"

괴성을 지르며 도약한 거인족 솔샤르들이 눈 깜짝할 사이에 포르키스로 변신했다. 그들은 딱딱한 껍질로 창날을 부러뜨리며 파고든 다음, 거대한 집게발로 방패를 후려쳤다.

콰앙!

그 한 방에 방패가 우수수 날아갔다.

"으어억."

당황한 홀리랜드 병사들이 엉덩방아를 찧었다.

포르키스들은 집게발을 번쩍 들어 홀리랜드 병사들의 머리통을 내리찍었다.

우그적 소리와 함께 두개골이 으스러지고 뇌수가 튀어야 정상이었다. 그런데 홀리랜드 병사들이 죽지 않았다. 그저 투구가 좀 우그러들었을 뿐이었다.

[어엉?]

스벤센 왕국 솔샤르들이 고개를 갸웃했다.

이상하다 싶어 다시 확인해 보니, 홀리랜드 병사들의 머리를 내리찍은 것은 포르키스의 뾰족한 집게발이 아니었다. 거인족의 주먹이었다.

한 대 얻어맞은 병사가 눈물을 찔끔 흘렸다. 하지만 죽지는 않았다.

[어어엉?]

이번엔 솔샤르가 당황했다.

고개를 좀 더 아래로 숙여 보니, 어느새 딱딱한 마물 껍질이 사라지고 없었다. 마물과의 결합이 강제로 해제된 것이다.

[이때다.]

홀리랜드 병사들의 뒤에서 커다란 뇌파가 울렸다.

방패병 뒤쪽에서 대기 중이던 2열의 병사들이 힘껏 달려나와 창을 내질렀다.

푹! 푹! 푸푸푹!

날카로운 창날이 거인들의 배를 쑤셨다. 목도 찔렀다. 마물과의 결합이 풀린 거인족 솔샤르들은 "어억." 소리와 함께 그대로 당했다.

[한 번 더.]

홀리랜드 병사들의 뇌에 또다시 뇌파가 울렸다.

"이이익, 죽어랏."

피범벅이 된 창날이 뒤로 빠져나왔다가 다시 힘차게 앞으로 쑤셔 박혔다.

[커헉.]

거인족 솔샤르들이 피를 토하며 고꾸라졌다. 선봉에 섰던 솔샤르들이 허무하게 무너지자, 그 뒤를 따르던 거인족들이 움찔했다.

"저게 뭐야?"

류리크가 두 눈을 부릅떴다.

홀리랜드 병사들의 등 뒤에서 푸드덕푸드덕 홰치는 소리가 들렸다. 이윽고 병사들의 머리 위로 스켈레톤들이 떠올랐다.

온몸에 살점 하나 없이 뼈다귀만 남은 스켈레톤들. 그러면서 새하얀 날개를 펄럭거리는 특이한 스켈레톤들.

바로 천족의 등장이었다.

"으득! 저것들이 그 말로만 듣던 천계 놈들이구나."

류리크의 눈에서 시퍼런 광채가 뿜어졌다.

[크우르르루—]

스벤센 왕국의 솔샤르들이 일제히 적의를 드러냈다.

천족들이 팔짱을 끼고 오만한 자세로 거인족 솔샤르들을 굽어보았다.

마해 VS 천계.

천계 VS 마해.

역사상 이 2개의 이질적인 세력이 직접 맞부딪친 적은 없었다.

벨커스의 추종자들이 북부에 침투하고 천계의 서신장 도릭스가 토레 왕국 등에서 작전을 펼치면서 개인별 싸움은 몇 차례 있었지만, 이렇게 대규모로, 그것도 직접적으로 전쟁을 벌이는 것은 역사상 처음 있는 일이었다.

천족의 개입으로 인해 이제 전쟁은 새로운 국면으로 접어들었다.

〈다음 권에 계속〉